驚きで硬直する。
髪の色がリオの地毛である黒色に戻らないのだ。
正確には、灰白色だった髪の色が
より強く白みを帯びるようになっていた。
（……これも同化の影響か？）

精霊幻想記
【せいれいげんそうき】

「とても大事な品だから、
これは貴方が先に
ガルアーク王国へ運んで頂戴」
クリスティーナはそう言いながら、
指輪に巻かれた紐を使って首飾りとして、
フローラの胸元に身につけさせる。

精霊幻想記

21. 竜の眷属

北山結莉

HJ文庫
985

リオ（ハルト＝アマカワ）

母を殺した仇への復讐の為に生きる本作主人公
ベルトラム王国で指名手配を受けているため、偽名のハルトで活動中
前世は日本人の大学生・天川春人《あまかわはると》

アイシア

リオを春人と呼ぶ契約精霊
希少な人型精霊だが、本人の記憶は曖昧

セリア＝クレール

ベルトラム王国の貴族令嬢
リオの学院時代の恩師で天才魔道士

ラティーファ

精霊の里に住む狐獣人の少女
前世は女子小学生・遠藤涼音《えんどうすずね》

サラ

精霊の里に住む銀狼獣人の少女
リオのもとで外の世界の見聞を広める

アルマ

精霊の里に住むエルダードワーフの少女
リオのもとで外の世界の見聞を広める

オーフィア

精霊の里に住むハイエルフの少女
リオのもとで外の世界の見聞を広める

綾瀬美春

あやせみはる

異世界転移者の女子高生
春人の幼馴染でもあり、初恋の少女

千堂亜紀

せんどうあき

異世界転移者の女子中学生
異父兄妹である春人を恨んでいる

千堂雅人

せんどうまさと

異世界転移者の男子小学生
美春や亜紀と共にリオに保護される

登場人物紹介

フローラ＝ベルトラム

ベルトラム王国の第二王女
姉のクリスティーナとようやく再会した

クリスティーナ＝ベルトラム

ベルトラム王国の第一王女
フローラと共にリオに保護される

千堂貴久
せんどうたかひさ

異世界転移者で亜紀や雅人の兄
セントステラ王国の勇者として行動する

坂田弘明
さかたひろあき

異世界転移者で勇者の一人
ユグノー公爵を後ろ盾に行動する

重倉瑠衣
しげくらるい

異世界転移者で男子高校生
ベルトラム王国の勇者として行動する

菊地蓮司
きくちれんじ

異世界転移者で勇者の一人
国に所属せず冒険者をしていたが……

リーゼロッテ＝クレティア

ガルアーク王国の公爵令嬢でリッカ商会の会頭
前世は女子高生の源《みなもと》立《りっ》夏《か》

アリア＝ガヴァネス

リーゼロッテに仕える侍女長で魔剣使い
セリアとは学生時代からの友人

皇 沙月
すめらぎさつき

異世界転移者で美春たちの友人
ガルアーク王国の勇者として行動する

シャルロット＝ガルアーク

ガルアーク王国の第二王女
ハルトに積極的に好意を示している

レイス

暗躍を繰り返す正体不明の人物
計画を狂わすリオを警戒している

桜葉 絵梨花
さくらば えりか

聖女として辺境の小国で革命を起こした女性
自身が勇者であることを隠し行動している

CONTENTS

口絵・本文イラスト Riv

【プロローグ】

ヤグモ地方の最北西部。そして未開地の最東部。両者を横断する土地には、無人の山岳《さんがく》地帯が広がっている。

その中でも標高一万メートルを超《こ》え、高くそびえる山がある。頂にはぽつりと小屋があり、とある少女が千年近い月日を過ごしていた。

千年という月日を過ごした女性を少女と呼ぶのは妙《みょう》に思えるかもしれないが、彼女《かのじょ》はある理由から子供のまま肉体的にも精神的にも成長が止まっている。まだ十歳《さい》にも満たないであろうその容姿はまごうことなく少女のものであるし、少女は経験を積んだり知識を習得できたりはしても精神的な未熟さを抱《かか》え続けているのだ。

ともあれ……。

少女は孤独《こどく》だった。極稀《ごくまれ》に物資を求めて人里に降りることはあっても、交流のある特定の人間はいない。

だが、少なくとも少女は孤独を苦だとは思っていなかった。なぜならば、少女には使命

がある。千年以上前に――、

「君にはこの地に暮らす者達《たち》を守ってほしい」

と、お願いしてきた人がいた。少女にとって、その人物は主人と呼べる存在だ。主人面《しゅじんづら》して命令されたことなんて一度もなかったけれど、少女にとってその人物の言葉は絶対だった。世界で最も強く、崇拝《すうはい》すべき存在だったから。

「この争いを終わらせてくる」

憧《あこが》れの人がこう言うんだから、きっと争いは終わる。そう信じた。そして、その人は少女の前から立ち去り、戦いは本当に終わった。

世界に平和が戻《もど》った。

けど……。

戦いが終わっても、その人が少女のもとに戻ってくることはなかった。特別な主従の繋《つな》がりが途《と》絶《だ》えてしまったことが、少女にだけはわかった。そうして、少女は自らの神にも等しい主人を失ってしまう。ただ――、

「この戦いが終わった後は、君が生きたいように生きていい。ソラの人生は、ソラのものなんだから。主人として、私はそれを赦《ゆる》す」

その人が去り際《ぎわ》に残した言葉は、他にもあった。

「友達を作るのもいいかもしれないな」

少女にとって、その人物は育ての親とも呼べる存在だ。たった一人の主人であり、たった一人の家族であり、たった一人の他者との繋がり。

でも、たった一人なのは、憧れのこの人だって同じだ。

それゆえに、少女に自分以外の繋がりが持てないことを、この人は申し訳なく思っていたのだろう。だから、親が子の成長を願うような顔で、少女に自分以外の者達と触《ふ》れあうことを勧《すす》めた。けど――、

「いりません！」

少女は反射的にそう答えた。続けて――、

「貴方様《あなたさま》さえいればいいんです。これからも貴方様のお傍《そば》でお仕えするのが私の喜び。だから、どうかご無事にお帰りください」

とも、訴《うった》えかけた。

それから、およそ千年。

当時のことを、少女は千年経《た》った今でもよく覚えている。

すべてはあの人のおかげだった、と。

そう、あの人こそ戦いを終わらせた最大の功労者なのだ、と。

世界中の誰《だれ》もが忘れても、少女だけは覚えている。

主人が戦いを終わらせた直後、誰もが主人の存在を覚えていないことが許せなくて、主人が守ったヤグモの土地に主人にまつわる伝承を残したこともあったけれど、もはや当時を生きていた者達もいなくなった。

けど、少女だけは今でも覚えている。

だから、いいのだ。

この世界でたった一人、自分だけが取り残された気さえするけれど……。

それでいいのだ。

自分は主人と同じ生き方をする。

少女はそう考え続けて、主人が築き上げたこの平和な世界の片隅《かたすみ》で、今日も一人で暮らし続けている。だが……。

その日、その時、その瞬間《しゅんかん》。

転機が訪《おとず》れた。

およそ千年前に途切《とぎ》れたはずの主人との繋がり。

それが――、

「え……？」

唐突《とうとつ》に復活する。

「……竜王様《りゅうおう》？」

少女は慌《あわ》てて小屋の外に出ると、シュトラール地方へと繋がる空を見上げた。

【第一章】 失われた記憶と、残された想い

その日。

その瞬間。

人知を超えた圧倒的《あっとうてき》な力がぶつかり合った。

片や地面がひっくり返ったような大地の津波《つなみ》、片や大地を呑《の》み込《こ》むような光の奔流《ほんりゅう》。前者は土の高位精霊《せいれい》が憑依《ひょうい》したエリカが放った力で、後者はリオがアイシアと共に放った力だ。どちらかの力が勝っていたとは思えない。互角《ごかく》の力だったはずだ。

なのに、妙だった。いや、異常だった。とんでもない規模の事象が拮抗《きっこう》して争ったはずなのに、痕跡《こんせき》が綺麗《きれい》に消えている。天変地異が起きたのが嘘《うそ》であるかのように、何事も起きなかったような光景が広がっているのだ。巨大《きょだい》な事象の余波でオドやマナが吹《ふ》き荒《あ》れている様子もない。

しかし、そんなことすらもどうでもいいくらいに、この場にいる一同にとてつもない違《い》和《わ》感《かん》が押《お》し寄せていた。

すなわち、それは——、

「ねえ……、あそこで戦っていたのは、いったい誰？」

と、ラティーファが不安に駆《か》られた声で答えを求めた。それこそがこの場にいる誰もが抱《いだ》いている違和感の正体だ。

視線の先で誰が戦っていたのか、思い出すことができない。

そう、覚えていないのだ。

誰が、どうして、戦っていたのか？

覚えていない。いや、もしかしたら最初から誰が戦っているのか知らなかったのかもしれない。覚えていないのか、知らなかったのか、そのどちらかもわからない。

気がつけば、視線の先で力と力がぶつかり合っていた。そして嘘みたいに全《すべ》てが消えてしまった。

「…………」

セリア、美春《みはる》、リーゼロッテ、沙月《さつき》、サラ、オーフィア、アルマ、シャルロット、ゴウキ、カヨコ、アリア。誰もがラティーファの疑問に答えることはできなかった。答えたくても、戦っていた者の名前を口にすることができない。

力のぶつかり合いが起きる直前の出来事を思い出せなくなっているのだ。思い出そうとしても、最初から何も知らなかったみたいに何も思《おも》い浮《う》かばない。

時間が止まった気がした。

いや、時間を飛ばしたような気がした。

今、湖の畔《ほとり》にいるラティーファ達は、視線の先で何が起きたのか理解できていない。

（……どうして？）

と、誰もが思った。

力がぶつかり合っている以上、誰かがそこで戦っていたはずなのに……。

覚えていることといえば、世界を埋《う》め尽《つ》くすような光の奔流が大地の津波を呑み込んで消えてしまったという最後の光景だけだ。その瞬間を起点に、以前の記憶が一部、綺麗に抜《ぬ》け落ちている……、ような気がする。

まるで夢でも見ていたかのようだった。どんな夢だったのか、目が覚めたら詳細《しょうさい》に思い出せないような状況《じょうきょう》に陥《おちい》っている。

「…………………」

誰もが一様に歯がゆそうな顔をしていた。

どうしてだろう？

あそこで戦っていたのが誰なのかわからない。なのに、気になって仕方がない。大切だと、心の底から強く思っている。誰なのか知りたい。

だから、足が勝手に動いていた。視線の先へ吸い寄せられるように、それぞれがおのずと前に歩きだす。だが、そんな一同の背中に――、

「待たれよ」

行ってどうするつもりだと、国王フランソワが声をかけた。

「…………」

一同、立ち止まって返答に困る。

相手が国王だから答えづらいというのもあるのだろうが、皆《みな》、誰と示し合わすこともせず、困惑《こんわく》しながらも焦《あせ》って動きだそうとしたのだ。

なんとなく、あの場所に行かないといけない気がした。それだけだ。理屈《りくつ》で動こうとしたわけではない。それでも――、

「……あの先で何が起きたのか、状況を確認《かくにん》する必要があるはずです。実力的にこ、この場にいる皆さんに調べていただくのが妥当《だとう》かと」

国王からの問いかけに、娘《むすめ》のシャルロットが機転を利《き》かせて答えた。

「では、あるが……」

状況を確認する必要性があることはフランソワも理解している。あの場所で何が起きた

のか知りたいと思っているのは、フランソワとて同じだ。

その上で一同を呼び止めたのは、何が起きたのかもわからない場所に皆を送《おく》り込むことを不安に思ったからである。戦いが終わったのかどうかも確信は持てない。「よし、では行ってこい」と簡単に指示することはできなかった。

調査役として送り出すのならば、極《ごく》数名の手練《てだ》れに厳選するのが望ましいだろう。戦力として見劣《みおと》りする者まで送り込むのは気が引ける。ここでフランソワの中で真っ先に思い浮かんだ候補がゴウキとカヨコの二人だったが――、

「何卒《なにとぞ》、ご許可を」

「お願いします!」

自分達が行くと言わんばかりに、セリアや美春が率先《そっせん》して頼《たの》み込んできた。一刻も早く駆けつけたいと、切羽詰《せっぱつ》まった顔をしている。

「ふうむ……」

逡巡《しゅんじゅん》するように唸《うな》るフランソワ。魔道士《まどうし》としてのセリアの優秀《ゆうしゅう》さはこれでもかというくらいわかっているが、厳選するのであればやはりゴウキやカヨコの方が調査役として相応《ふさわ》しいように思える。美春に限っては言うまでもない。

「私も行きます!」

「……我々も」

ここでラティーファも同行を申し出る。サラ、オーフィア、アルマも顔を見合わせながら続いた。さらには――、

「行かせてください、王様」

勇者である沙月までも同行を願い出る。

「むう……」

国王の立場から言うのであれば、虎《とら》の子の大切な勇者を戦場跡地《あとち》に送ることは相当の理由がない限りは控《ひか》えるべきだ。どんな危険があるのかもわからない。だが、それを言いだすのならなぜこの戦場に沙月を連れてきたのか？

（本人が望んだから、余はこの戦場にサツキ殿《どの》を連れてきた……。いや、そうだったか？　それだけだったか？　他に、何か、理由があったような）

沙月をこの戦いへ同行させたしっくりとくる理由を、フランソワは思い出せなくなっていた。ゆえに、理性的な判断が働いて躊躇《ためら》ってしまう。

だが、突然《とつぜん》の事態に大いに頭が混乱しているのは皆同じだ。覚えているはずのことを覚えていない。それでも何かあったのだという気がしている。そんな漠然《ばくぜん》とした根拠《こんきょ》で焦燥《しょうそう》し、動き出そうとしているのが周りの者達だ。

「勇者であるサツキ様直々《じきじき》の願いです、お父様」

と、シャルロットがフランソワの説得を試みる。それが説得材料にならないことくらい、聡明《そうめい》な王族であるシャルロットならば当然理解しているはずだ。ましてやこの場にいる全員でぞろぞろと調査に赴《おもむ》く必要性が薄《うす》いことなど、なおさら理解していて当然である。にもかかわらず、そのようなことを言ったのは――、

「どういうわけか私も、あの場へ参りたいと思っています。なぜそう思っているのか、私はその理由を知りたく思います。何卒、ご許可いただけないでしょうか？」

シャルロットも行く気満々だからだ。先ほどの説明で「この場にいる皆さん」などと言っていたことからも、もとより全員で行くつもりだったことは明らかである。

「何を…………」

守られるべき立場のシャルロットは足手まといにしかならない。馬鹿《ばか》なことを言うなと、フランソワの喉元《のどもと》まで言葉がこみ上げた。しかし、口が動かない。明らかに論外な頼みなのに、どういうわけか一蹴《いっしゅう》することができない。

「リーゼロッテ、貴方《あなた》からも直訴《じきそ》なさいな」

「え？」

「時と場合に応じてお行儀《ぎょうぎ》良く振《ふ》る舞《ま》えるのは貴方の美点だけれど、行きたいのでしょう？

貴方も」

と、シャルロットは今まで黙《だま》り続けていたリーゼロッテの心情を見透《みす》かしたように問いかける。

「……はい、私も向かいたく思います」

リーゼロッテは強い意志を覗《のぞ》かせて、力強く頷《うなず》いた。平時ならば誰よりも理屈を重んじて動くはずの彼女までもが、理屈を超えた行動をしようとしている。いや、今この場にいる誰もが理屈で動こうとしていないのだ。

理屈ではない。

では何なのか？

記憶を失っても、感情が残っているからなのかもしれない。

けど、当の本人達にはそれがわからなくて……。

感情は一過性のものだ。やがて風化していく。この場にいる者達が焦っているのは、本能でそれを悟《さと》っているからなのかもしれない。大切な感情までを失ってしまうのが怖《こわ》くて、だから感情を拠《よ》り所《どころ》に動こうとしている。

どうやら、それはフランソワも例外ではなかったようだ。この異常事態において、国王として最も理性的でなければならないはずなのに、この場にいる全員を調査役として送り込もうと思ってしまっている。この者達の意思を尊重してやりたいと、それが最善の選択《せんたく》なのだとも、根拠なしに考えてしまっている。

果たして――、

「………わかった。くれぐれも、気をつけよ」

フランソワは大きく溜息《ためいき》をつき、全員に調査の許可を出したのだった。

◇◇◇

時はほんの一、二分ほど遡《さかのぼ》る。

ガルアーク王国、グレゴリー公爵領《こうしやくりよう》、領都グレイユ近郊《きんこう》。ガルアーク王国軍が魔道船を停留させている湖から一キロほど離《はな》れた場所で。

（死んだ。今度こそ……）

リオはエリカの心臓に突《つ》き刺《さ》していた剣《けん》を消失させた。精霊《せいれい》が霊体化して霧散《むさん》するように、剣も光の粒子《りゅうし》となって消えていく。

「っと……」

リオは剣が消えたことで頽《くずお》れそうになったエリカの亡骸《なきがら》を抱きかかえた。だが、支えき

れずにバランスを崩《くず》して、ふらりと後ろに倒《たお》れてしまいそうになる。と――、

「春人《はると》」

アイシアが実体化し、後ろからリオの身体《からだ》を受け止めた。

「ごめん。急に身体の力が抜けて」

リオはエリカを抱えたまま、慌てて自分の力で姿勢を立て直そうとする。しかし、アイシアがリオの身体を後ろへ引っ張り、自分の身体にもたれかからせた。そして、いつくしむようにリオの腰《こし》に手を回してこう言う。

「無理をしないで」

「大丈夫《だいじょうぶ》、ちょっと疲《つか》れただけだから」

心配しないでと、リオは優《やさ》しく返した。

「たぶん、超越者《ちょうえつしゃ》の権能を発動させた反動。身体に負担が押し寄せているの」

そう語るアイシアの端整《たんせい》な顔立ちが、暗い翳《かげ》に縁取《ふちど》られる。

「超、越者……。そっか。でも、大丈夫だから。本当に」

聞き慣れぬ言葉に一瞬《いっしゅん》呆《ほう》けたリオだが、大丈夫だと、アイシアに言い聞かせるように優しく繰《く》り返す。

「ごめんなさい。春人の負担を少なくするのが私の役割なのに……」

「……よくわからないけど、アイシアのおかげで身体に負担が来る程度で済んでいるんだろ。いったい何が起きたのか、教えてもらっていいかな？」

やるせなさそうな顔になるアイシアに、リオは殊更《ことさら》明るい調子で呼びかけた。

「わかった。けど……」

「……どうかした？」

「みんなとは会わない方がいい。この場から離れよう。説明は後でする」

と、アイシアは少し言いにくそうに提案する。

「………そっか。俺達《おれたち》がいなくなって、みんなに危険はない？」

「大丈夫。当面の危険は去ったはず。それより私達がみんなと会う方が今は問題になるかもしれない」

「……わかった。じゃあ、行こうか」

リオはしばし間を置いてから、笑《え》みをたたえて素直《すなお》に頷いた。のっぴきならない理由があると、薄々《うすうす》わかっているからだろう。

「もう移動できる？」

先ほど後ろ向きに倒れかけたリオの身を案じているのか、アイシアがリオの背中を支えながら尋《たず》ねる。

「ああ。おかげで楽になってきたよ。けど、その前に……」

リオはエリカを抱きかかえたまま前に歩き、自力で立った。それから精霊術を発動させ、抱きかかえたエリカの亡骸だけを器用に凍《こお》らせ始める。そして――、

「《保管魔術《ストレージ》》」

呪文《じゅもん》を詠唱《えいしょう》して、時空の蔵《くら》を発動させた。分厚い氷で覆《おお》われたエリカの身体は亜空間《あくうかん》の揺《ゆ》らぎへと吸《す》い込まれて、その場から消える。

「どうするの？」

「……このまま放置はできないからね。死んだとは思うけど、しばらく様子を見てから国へ運んで埋葬《まいそう》するよ。約束もしてしまったし」

エリカが死んだという確信はあるが、エリカの中に眠《ねむ》っていた謎《なぞ》の存在については死んだという確証がない。また復活しないのか、念のためエリカの亡骸を保管してしばらく様子を見てみる必要があるのは確かだ。すると――、

「……みんながこっちに来ようとしている」

アイシアが湖の方角を見た。砂埃《すなぼこり》が舞っていて視界は悪いが、駆け寄ってくる一同の姿を視界の先に捉《とら》える。ちょうど移動を開始したところだった。オーフィアがエアリアルを呼び出しているので、一分とかからずやってくるだろう。

「行こう」

サラ達がいる以上、実体化したアイシアの気配にも気づかれているはずだ。リオは精霊術を発動させ、浮遊《ふゆう》を開始した。

「私は消えておく」

アイシアは霊体化し、契約者《けいやくしゃ》であるリオの内側へと移動する。そうして、リオは近づいてくるセリアや美春達から身を隠《かく》そうと、急加速して飛翔《ひしょう》を開始した。

その時のことだった。

ほんの数メートルの位置で膨大《ぼうだい》な魔力《まりょく》が膨《ふく》れ上がる。保護色になっているせいでリオも気づくことができなかったが、地面の石ころに紛《まぎ》れて転がっている、土色の水晶《すいしょう》みたいな石が魔力の発生源だった。石は目映《まばゆ》い光を放っていて――、

「っ……⁉」

リオとアイシアは咄嗟《とっさ》に魔力の発生源から距離《きょり》を置く。そうしている間にも光はどんどん膨れ上がっていき――。

石から溢《あふ》れる光はやがて一条《ひとすじ》の柱となり、天を穿《うが》ったのだった。

◇　◇　◇

リオとアイシアがいる場所へ向かい始めたセリアや美春達だったが、出発後間もなく巨大な光の柱が打ち上がると、たまらず足を止めた。

正確には、美春とセリアとシャルロットとリーゼロッテは、オーフィアが呼び出したエアリアルの背に乗って低空飛行していたが……。

「ちょ、ちょっと！　何が起きているの!?」

突然の事態に泡《あわ》を食い、片手で顔を覆いながら神装の槍《やり》を構える沙月。他の者達も多くが警戒《けいかい》して身構え始めた。

ただ、事象の規模とは裏腹に、周囲への物理的影響《えいきょう》は皆無《かいむ》である。強風が吹き起こったり、熱が放出されたりして、地形を破壊《はかい》することもない。ただただ太く巨大な光の柱が悠《ゆう》然《ぜん》と立ち上り続けている。

「これは……、転移魔術？」

咄嗟に一行を覆うだけの魔力障壁《しょうへき》を張ったオーフィアが、空間魔術独特のオドとマナの揺らぎを感じ取った。すると――、

「っ、大丈夫！　破壊的な事象ではありません！」

周囲の者達に向けて、サラがすかさず叫《さけ》ぶ。

「とはいえ、なんて凄《すさ》まじいっ……」

手で視界を塞《ふさ》ぐアルマ。薄ぼんやりと目を開けるのが精一杯《せいいっぱい》だ。光の発生源で何が起きているのか、これでは確認することもできない。

しばらくして光の柱が収まっていくと——、

「……消えた？」

沙月がぽつりと呟《つぶや》いた。

「ふむ……」

とりあえずの危険はないと判断したのか、ゴウキとカヨコが手にした得物を鞘《さや》へ納める。ただ、何が起きたのかわからない以上、警戒を緩《ゆる》めるわけにいかない。何が起きても対応できるよう、二人とも周囲を油断なく見据《みす》えていた。一方で——、

「今の光の柱は……」

見覚えがある、という反応を見せている者達もいた。セリア、リーゼロッテ、シャルロット、そしてアリアの四人だ。

「何か心当たりがあるんですか？」

エアリアルの背中で、美春がセリアに尋ねる。

「勇者召喚《しょうかん》の時と似ている……。ううん、一緒《いっしょ》だと思って。柱の色は王都で見たのと違《ちが》っ

たけど……」

かつてセリアが目撃《もくげき》したのは、重倉瑠衣《しげくらるい》がベルトラム王国城に召喚された時に立ち上った光の柱だ。

「はい。沙月様が召喚された時と同じ現象に見えましたね」

と、リーゼロッテが指摘《してき》する。

「じゃあ……、新しい勇者が召喚されたってこと？」

「どう、なんだろう？」

沙月とラティーファは顔を見合わせて首を傾《かし》げていた。

「サラちゃん、アルマちゃん。さっきまで感じていた精霊の気配が消えたって」

と、オーフィアが背後のエアリアルを見ながら告げる。

気配を感じ取ったのは、彼女の契約精霊《けいやくせいれい》であるエアリアルだ。そして、感じ取った精霊の気配はアイシアのものである。

「………確認しました。あの光が立ち上る直前に消えたみたいですね」

サラが胸元《むなもと》に手を添《そ》え、瞳《ひとみ》を閉じてから告げる。今は霊体化している契約精霊のヘルに訊《き》いたのだろう。

サラ達の契約精霊であるヘル、エアリアル、イフリータは共に中位の精霊であるので人の言語を用いて話をすることこそできないが、ある程度の意思の疎通《そつう》はできる。パスを通じて魂《たましい》レベルで契約者と繋がっているからだ。アルマも似たような仕草をして、彼女の契約精霊であるイフリータと意思の疎通を図《はか》っていた。

そうして、誰もが様々な反応を見せる中で――、

「行って確かめましょう。どのみちあの場に向かわねばならないのですから」

シャルロットが道を示す。

そうして、一同は再び現地へと向かうことになった。ゴウキとカヨコ、そしてアリアを先頭に、警戒しながら高速で進んでいく。と――、

「あ、あそこに誰かいるよ！　二人！」

ラティーファが進行方向を指さした。その言葉通り、全員の視界に少年と少女が二人で並んで立っているのが見える。

「あの二人は……」

土埃《つちぼこり》もおさまっていき、距離が近づくにつれて二人の姿がよく見えてくる。

「え、アレって……!?」

二人の顔をきちんと視認《しにん》すると、沙月が瞠目《どうもく》した。

「……どうして？」

エアリアルの背に乗る美春も驚《おどろ》きを隠せない。一同が進む先に立っているのは、彼女達《かのじょたち》も知る人物だったのだ。

特に少年の方は美春や沙月とは古い付き合いである。

すなわち――、

「雅人君《まさと》!?」

と、ラティーファがその名を呼ぶ。そう、光の柱が収まった地上に立っていたのは、千《せん》堂《どう》雅人だった。

夜会の終わりと共にガルアーク王国の南に位置する大国セントステラへと旅立ち、美春達とは別行動を開始した十二歳の少年がそこにいた。

すぐ隣《となり》には第一王女であるリリアーナ＝セントステラの姿もある。雅人とリリアーナも状況を受け止め切れていないのか、動揺《どうよう》の色を見せていた。二人できょろきょろと周囲を見回している。

だが、接近してくる美春達の姿を視界に収めたらしい。一同の存在に気づくと、雅人が抜き身《み》の剣を手にし、リリアーナを守るように前に立った。だが――、

「美春姉ちゃん達……!?」

雅人も相手が美春達だとすぐに気づいたようだ。警戒を解いて剣を下ろし、半ば呆《ほう》けた

顔で最も見知った者の名前を口にする。

そうしている間に両者の距離は埋まった。先頭を走っていたゴウキがわずか十メートルほどの距離を置いて立ち止まると――、

「お知り合い、ですかな？」

前方に立つ雅人と、すぐ後ろに控える沙月を見比べながら問いかける。

「はい。私が元の世界にいた頃《ころ》に後輩《こうはい》だった子の弟なんです。隣の人は隣国《りんごく》の王女様で」

と、沙月が二人の素性《すじょう》をゴウキに伝えた。

「ね、ねえ、雅人君！　ここに誰かいなかった？」

ラティーファが周囲を見回しながら、逸《はや》る気持ちを抑《おさ》えきれないように尋ねる。

「え……？　いや、特に見当たらなかったけど」

尋常《じんじょう》ならざる焦りを感じ取ったのか、雅人が戸惑《とまど》いがちに答えた。

「そっか……」

落胆《らくたん》、というわけではないが、ラティーファは呆けたように肩《かた》を落とす。他の者達も一様に周囲を気にしているそぶりを見せている。

「……みんな、どうかしたのか？」

雅人も場の雰囲気《ふんいき》を察したらしい。一同の顔色を窺《うかが》う。

「ついさっきまで、ここで戦いがあったの。本当に、すごい戦いで……。雅人君は何か知らない？」

今度は沙月が雅人に問いかけた。

「いや、俺達も気づいたらこの場所にいたんだ。そしたらみんながここに来て、何が何やら」

「そっか……」

雅人からの答えに、一同、顔を見合わせる。と——、

「ねえ、雅人君。その、亜紀《あき》ちゃん……達は？」

美春がエアリアルから降りて、雅人に問いかけた。達というのが亜紀以外の誰を指しているのかといえば、おそらくは貴久《たかひさ》のことだろう。

「ああ……、二人はセントステラ王国城にいるはずだよ」

貴久と美春の間で起きた出来事を連想したのか、雅人の声色《こわいろ》に少し気まずそうなニュアンスが籠《こ》もる。

「この場に来てからも皆様《みなさま》以外は誰も見かけていませんが……、こちらからもよろしいでしょうか？」

リリアーナは雅人の回答を補足しつつ、状況を確認するべく一同に質問を返す。

「ええ、どうぞ」

シャルロットが同じ王族として、リリアーナに応じた。

「いったい、ここはどこなのでしょう？」

というリリアーナの質問は、現在地を把握《はあく》していないことを意味していた。

「ガルアーク王国、グレゴリー公爵領の領都近郊です。先ほどマサト様が『気づいたらこの場所にいた』と仰《おっしゃ》っていましたが、お二人がこの場にいるのは自らの意思によるものではないと理解してよろしいでしょうか？」

「はい。直前までセントステラの王城で私とマサト様でお話をしていたのですが、気がつけばこの場に立っていました」

「なるほど」

「一応、伺《うかが》っておきたいのですが、我々をこの場へ呼び寄せたのは皆様ではないのですよね？」

「ええ。サツキ様が仰った通り先ほどまでこの場で正体不明の戦闘《せんとう》が起きていました。その調査へと訪れたところ、お二人がこの場に召喚されていたというわけです」

「なるほど。となると、誰が我々をこの場へ転移させたのかも不明であると？」

などと、互《たが》いに頭の回転の速さを発揮して、確認しておくべき事柄《ことがら》を率先して質問し合う王女二人。

現状がどちらかに非があるとなるとややこしい話になりかねない。この状況がお互いにとって想定外の事態であると念入りに認識《にんしき》を共有することは、必要な作業だった。

ただ――、

「まさしく。ですが、お二人がこの場へ召喚された理由についてはは心あたりがないわけでもありません。確証があるわけでもございませんが」

と、シャルロットは召喚の理由について見当をつけていることをほのめかす。

「……お教えいただけますか？」

一瞬《いっしゅん》の間を置いてから、リリアーナは訊いた。

「マサト様、あるいはリリアーナ様、どちらかが勇者様になられたかもしれません」

「…………えっ⁉」

シャルロットが端的《たんてき》に予想を口にすると、雅人はわかりやすくギョッとして声を上げた。

対して――、

「……そうですか」

リリアーナの反応は驚きよりは納得《なっとく》の色が濃《こ》い。自身の経験や知識をもとに、あり得る事態の一つとして薄々現状を捉えていたという感じだ。

「な、なあ……。じゃなくて、シャルロット王女、でしたっけ。勇者って、沙月姉ちゃんと同じ勇者のこと、ですよね？」

「はい」

「俺《おれ》かリリアーナ王女の、どちらかが？」

と、雅人はリリアーナも見ながら、懐疑的《かいぎてき》な物言いをする。

「前もってお伝えした通り確証があるわけではございません。おそらくお二人がこの場へ転移してくる直前に、サツキ様召喚の時とまったく同じ事象が発生したことからそう考えただけですから」

断言こそしないシャルロットだが、確度は高いと表情が告げていた。

「で、ございますか。となると……」

リリアーナが納得したように相槌《あいづち》を打ち、雅人の顔を見る。

「勇者の可能性が高いのはマサト様だと、私は考えます」

そう言って、シャルロットも雅人に視線を向けた。

「……え、俺!?」

雅人は慄然《りつぜん》として自分を指さす。

「マサト様はサツキ様や他の勇者様達《たち》と同じ世界のご出身ですから」

と、まずはシャルロットが、雅人が勇者だと予想する根拠を語る。

当然と言えば当然の推察だ。他の勇者達と同じ世界からやってきた雅人が勇者に選ばれたと考える方が自然である。それに――、

「……あとは、その剣です」

そう言って、リリアーナは雅人が手にする剣を見た。

「あ、ああ……」

雅人は手にした剣に意識を向ける。

「城にいる時には持っていなかった剣を手にしていた。まさかとは思っていましたが、皆さんが目撃した光の柱や我々に起きている事象と照らし合わせると、その可能性が高いように思います。かなりの業物《わざもの》であることは一目瞭然《いちもくりょうぜん》……。ソレは神装なのではないでしょうか？」

と、リリアーナに指摘され――、

「これが神装？　いや、この世界に初めて迷《まよ》い込んだ時と状況が似ているとは思っていましたけど……」

雅人はギョッとして手にした剣を見下ろした。

「先達《せんだつ》の勇者であるサツキ様のご意見はいかがでしょうか？」

ここでシャルロットが沙月に意見を求める。

「え、私？　いや……、神装なら、消えろと念じれば消えると思いますけど……」

不意に話を振られ、沙月は戸惑いがちに答えた。

「うーん……。あ、消えた……」

雅人が試《ため》しにむむむと念じてみる。

と、すぐに剣が消えた。

「決まり、かもしれませんね」

シャルロットは少し悩《なや》ましそうに吐《と》息《いき》を漏《も》らしてから――、

「情報の共有をより詳細に行いたいのですが、一応、ここは戦地でして。よろしければ本《ほん》陣《じん》までご同行いただけませんか？　お父様もいらしているので」

と、話を続け、面食らう雅人をよそに湖がある本陣の方角を見た。

「国王陛下が？」

驚き、目を見開くリリアーナ。

国王が直々に戦地まで出張ってくるとなると、相当重大な戦《いくさ》ということだ。ガルアーク王国内でそんな戦が発生したとは聞いていない。いったい何が起きたのかと、驚くのも無理はなかった。

「はい。少々……いいえ、お二人がこの場へ召喚されたことも含《ふく》め、極《きわ》めて特殊《とくしゅ》な事態が発生しているようです」

困惑しているのは我々も同じですと、シャルロットは物憂《ものう》げに嘆息《たんそく》する。その上でリリアーナを見据えて返答を待った。

「然様《さよう》でございますか……」

「……どうしたんです、リリアーナ姫《ひめ》？」

思案するリリアーナの横顔を、雅人が不思議そうに見る。

「いいえ、突然の事態に少々困惑しているようです。畏《かしこ》まりました。どうか、本陣までご案内ください」

何でもないと、リリアーナは笑みをたたえてかぶりを振った。

「ご協力、ありがとうございます。マサト様とサツキ様達がご友人であるように、セントステラ王国と我《わ》が国《くに》も友好国の間柄《あいだがら》です。第二王女シャルロット＝ガルアークの名において、お二人を国賓《こくひん》としてお迎《むか》えすることをお約束しましょう」

と、シャルロットは王族としての立ち振る舞いで宣誓《せんせい》する。

「シャルちゃんもこういう時はしっかり王女様をするのねえ……」

普段《ふだん》の小悪魔的《こあくまてき》な態度はすっかり鳴りを潜《ひそ》めているからか、沙月が少し感心したようにシャルロットを見る。

「当然です。というわけでお二人を本陣までお連れしたいのですが、ご協力いただいてもよろしいですか、オーフィア様？」

シャルロットは悪戯《いたずら》っぽく沙月に微笑《ほほえ》んでから、オーフィアに頼んだ。ここまで運んでもらったように、本陣までエアリアルに運んでほしい、ということだろう。

「はい、構いませんよ」

オーフィアは二つ返事で頷いた。

「それで、どなたかこの場に残ってもう少し探索《たんさく》に当たってほしいのですが。マサト様がいらっしゃいますので、サツキ様とミハル様は私と一緒にお越《こ》しいただけますか？」

と、シャルロットは雅人と同郷の美春と沙月にお願いする。

「うん、そうね……。行こうか、美春ちゃん」

「……はい」

この場所に何か漠然とした気がかりでもあるのか、美春は後《うし》ろ髪《がみ》を引かれるような顔で無人の荒野《こうや》である一帯を見回す。だが、雅人を放っておくこともできないのだろう。躊躇いながらもおもむろに頷いた。すると――、

「では、某《それがし》とカヨコがこの場に残ってもう少し周辺を調べてみましょう」

と、ゴウキがカヨコと目配せをしながら申し出る。

「私も残ります！」

ラティーファもすかさず調査役を買って出た。美春と同じだ。理由はわからないが、この場所に気になる何かがある。そんな顔をしていた。

「では、私も残りましょう。アルマ、貴方はオーフィアと一緒に皆さんの護衛を」

「了解《りょうかい》です」

サラがアルマに指示を出す。狐獣人《きつねじゅうじん》と狼獣人《おおかみじゅうじん》である二人は人間より遥《はる》かに鼻が利く。周辺の調査にはうってつけだ。さらには――、

「私も残るわ。魔力《まりょく》探知の魔法も使えるし」

セリアも調査役に名乗り出た。何が起きたのか気になっているのは、他の者達と同じなのだろう。表情がそう物語っていた。

こうして、この場に残って調査を行うメンバーが次第《しだい》に決まっていく。他に残っている者といえばリーゼロッテとアリアの主従コンビだ。

「貴方はどうするの、リーゼロッテ？」

シャルロットが主人の方に話を振る。

「はい、私は……」

不意に話を振られて生返事をするリーゼロッテ。謎の焦燥感に駆《か》られてこの場へ同行してきたのは彼女《かのじょ》も一緒だ。この場所に来れば答えが得られるかもしれないと考えたが、当ては外れた。それでも周辺を気にするそぶりを見せていたが――、

「……私も、本陣までご一緒します」

この場に残っても役に立てそうにはないと思ったのだろう。漠然とした理由でこの場に残り続けるわけにもいかない。リーゼロッテも本陣まで帰ることを選んだ。

その一方で――、

「…………なああ、美春姉ちゃん、沙月姉ちゃん」

雅人が美春と沙月に近づき、小声で話しかけた。リリアーナは盗《ぬす》み聞きしないよう、空気を読んで少し後ろに下がる。

「ん？　どうしたの、雅人君？」

いまだ名残惜《なごりお》しそうに周辺を見渡《みわた》していた美春だが、弟分の雅人から声をかけられると笑みを浮《う》かべて応じる。沙月はそんな美春の様子に気づいているようで、少しだけ顔を曇《くも》らせていた。ともあれ――、

「いや、サラ姉ちゃん達もお城の人達と一緒に行動しているんだなと思ってさ。エアリアルも普通《ふつう》に姿を見せているし」

と、雅人は二人に声をかけた理由を語る。

「ああ。雅人君と別行動をしてから、色々とあってね。その辺りも後で説明するわ」

沙月は先ほど少しだけ覗かせた表情の翳りを払拭《ふっしょく》して、雅人に言った。

「ん、そっか。……あれ？　でも、そういえば……」

雅人はなんとなく事情を察したのか、この場で深く尋ねはしなかった。ただ、同時に何か思い出したそぶりも見せる。

「そういえば、どうしたの？」

美春が続きを促《うなが》すが――、

「いや……、あれ？　何を言おうとしたんだっけ、俺？」

雅人は首を捻《ひね》る。

「いや、それを私達に訊かれても」

美春と顔を見合わせ、苦笑《くしょう》する沙月。

「そう、だよな。おかしいな。何か思い出しそうになったけど、ど忘れしちまって……」

うーん、と、雅人はさらに首を捻って唸《うな》る。だが、何を言おうとしたのかは結局思い出すことはできず――、

「そろそろ出発しようと思うのですが、よろしいですか、サツキ様方？」

シャルロットが出発を促してきた。

「あ、うん。ごめんね。いま行く！」

「マサト様とリリアーナ様、それにミハル様もエアリアルにお乗りくださいな」

「了解。行きましょ」

沙月が率先《そっせん》して歩きだし、雅人と美春とリリアーナが後を追う。

「うっひょー、久々だな、エアリアルに乗るの。よろしくな」

雅人は嬉々《きき》としてエアリアルに近づき、その頭を撫《な》でた。エアリアルは嬉《うれ》しそうに顔を雅人にこすりつける。

「この鳥がエアリアル、ですか？　ずいぶんと大きいですね……」

リリアーナはおっかなびっくりエアリアルに近づき、その巨躯《きょく》を間近から見上げた。

「襲《おそ》ったりしないから安心してください。よいしょっと。さあ、どうぞ」

雅人はエアリアルの背に乗ってから、リリアーナにスッと手を差し出す。エアリアルは身を屈《かが》めているし、実体化した時点で鞍《くら》をつけてあるので乗りやすくはなっているが、なんとも紳士的《しんしてき》な気配りだった。

「ありがとうございます、マサト様」

リリアーナは雅人に引っ張ってもらいながら、段差になっている足場を踏《ふ》んで背中に上っていく。

「へえ……」

沙月が雅人を見て、いたく感心したように唸る。

「な、なんだよ、沙月姉ちゃん？」

「雅人君、紳士《しんし》だなと思って」

「はあ？　な、何がだよ？」

「リリアーナ王女を自然にエスコートしたところ。少し会わないうちにずいぶんと成長しちゃって。ねえ、美春ちゃん」

「ふふ、そうですね」

美春は微笑ましそうに同意する。

「マサト様はとてもお優しいですから」

と、リリアーナもにこやかに語る。

「ったく……」

気心の知れた年上の少女達に包囲網《ほういもう》を敷《し》かれては分が悪いと思ったのか、雅人は気恥《きは》ずかしそうにそっぽを向いてしまった。

「良いお手本でもいたのかしら？　いったいどこの誰《だれ》に似たのか。ねえ、美春……ちゃん？」

途中《とちゅう》まで満足そうにニヤけて美春に水を向けた沙月だったが、唐突《とうとつ》に釈然《しゃくぜん》としない面持《おもも》ちになる。

「……どうしたんですか、沙月さん？」

美春が不思議そうに沙月の顔を覗《のぞ》き込《こ》む。

「いや、雅人君じゃないけど、私も言おうとした言葉が急に出てこなくなって。なんか……、なんだろう？」

喉《のど》まで出かかった言葉が途端《とたん》に出てこなくなって、なんともスッキリしない面持ちになる沙月。だが、その後も言いかけた何かを思い出すことはなく、美春達は一部の者を残して湖へと戻《もど》ることにしたのだった。

◇◇◇

一方で、一同の遥か上空では、リオとアイシアが地上の様子を窺っていた。

雅人が新たに勇者になったという推察は、地上の者達と同様にリオも行っていた。勇者召喚の光景はリオも実際にこの眼《め》で見ていたのだ。

勇者であるエリカを殺害した後に勇者召喚とウリ二つの事象が再び起きて雅人が現れたとなれば、雅人が勇者になった可能性が自然と導き出される。エリカのことを覚えている分、その思いは地上にいる者達よりもリオの方が強かった。

（アイシア）

と、リオは霊体化しているアイシアに念話で呼びかける。

（なに？）

返事はすぐに戻ってきたが――、

（あの怪物《かいぶつ》は雅人の中に宿ったのかな？）

（………………うん）

二度目の返事までしばしの間があった。

これで雅人が新たな勇者とほぼ確信した。

（そっか……）

アイシアのやるせない思いが伝わってきて、リオも複雑な思いに駆られる。

「…………………」

リオは地上へ降りたい衝動《しょうどう》に駆られたが、鋼《はがね》の理性で衝動的《しょうどうてき》な行動を抑える。どうするか決めるのは、アイシアの話を聞いてからでも遅《おそ》くはないと考えているからだ。

ただ……。

（もう少しみんなの様子を見届けたい。俺は本陣に戻るみんなを見ているから、こっちは任せてもいい？）

（わかった）

（じゃあ行ってくる）

ちょうど地上ではエアリアルが湖に向けて飛び立つところだった。アイシアの返事を聞くと、リオは遥か上空からエアリアルを追った。

◇　◇　◇

美春達が湖の本陣へ戻った後。

ゴウキとカヨコは魔力の足場を駆け上がって上空から、セリアとラティーファとサラは範囲探索魔法《エリアサーチ》と獣人《じゅうじん》の嗅覚《きゅうかく》を利用して地上から一帯の探索を開始した。

妙《みょう》な人影《ひとかげ》や痕跡《こんせき》はないか、妙な魔力の反応はないか、妙な残《のこ》り香《が》はないか、それぞれの得意分野を活《い》かして多角的に調査を行う。

まずはサラとラティーファが一帯の匂《にお》いを嗅《か》いでみることにした。精霊術《せいれいじゅつ》で身体能力を強化することで、その感度はさらに底上げされる。

「どう？」

すんすんと鼻を利《き》かせる二人に、セリアが尋《たず》ねた。

「血の香《かお》りがします。あとは誰か、おそらく男性と女性の香りが……」

と、サラが嗅ぎ分けた匂いについて語るが、何やら釈然としない表情をしている。

「どうかした？」

「いいえ、この香りは……」

「知っている香りなの？」

「……私達が使っているのと同じ石鹸《せっけん》の香りがします」

「石鹸の香りがするのは、私達がこの場にいるからじゃない？」

「いえ、体臭《たいしゅう》に交じって石鹸の香りがするので」

「そ、そんなことまでわかるのね……」

瞠目するセリア。もちろん二人の嗅覚が優《すぐ》れていることは知っているが、それを強く実感する機会は日常生活ではなかなかないからだ。

「香りが新しいですからね。少し前までこの場所にいたんだと思います」

「なるほど……。でも、私達が使っている石鹸って……」

「ええ、私達が作った石鹸です。一部に作り方は教えましたが、現状だと使用者はまだそう多くはないはずですが……」

と、そこで――、

「セリアお姉ちゃん、サラお姉ちゃん、ここ！」

無心になって匂いを嗅ぎ分けていたラティーファが、とある地点で立ち止まって二人を呼んだ。そこはちょうどリオがエリカの心臓を貫《つらぬ》いた場所だった。

「血の跡《あと》があるわね」

「やはりまだそう時間が経《た》っていませんね」

セリアとサラがラティーファに近づき、血で湿《しめ》った地面を見下ろす。

「戦っていた人の血……なんだよね？」

と、ラティーファが恐《おそ》る恐る言う。

「おそらくは。他の人の香りもここからしますね」

サラがすんすんと鼻を動かす。ラティーファも同じことをして、現場に残る誰かの残り香を嗅ぎ取っていた。セリアも不思議そうにすんすんと鼻を動かすが、匂いを嗅ぎ取ることはできないのか不思議そうに首を傾げている。

（この、香り……）

どうしてだろう？

ラティーファは泣きそうな顔になった。初めて嗅いだはずなのに、とても懐《なつ》かしい匂いがしたのだ。なぜだかわからないけれど、涙《なみだ》がこみ上げてきそうになった。

「……ま、周りを探してみよう！」

ラティーファはいてもたってもいられず、香りの追跡《ついせき》を試みた。

獣人として優れた嗅覚を持つとはいえ、ラティーファやサラが嗅ぎ取ることができるのはあくまでも至近距離《きより》の残り香だけだ。風に乗って匂いが流れてこない限りは、遠くの匂いを嗅ぎ取ることはできない。

ただ、残り香が続く限りは、どこまで追跡することはできる。もはやラティーファは覚えていないが、それでかつてベルトラム王国の王都から隣国のアマンドまでリオを暗殺するべく追跡したこともある。だから、血が付着している地点を中心に歩いて、匂いを嗅ぎ回ることにした。

「《範囲探索魔法《エリアサーチ》》」

もしかしたら手がかりになる痕跡が残っているかもしれない。セリアも呪文《じゅもん》を詠唱《えいしょう》して付近の魔力《まりょく》反応を探《さぐ》った。彼女を起点に幾何学紋様《きかがくもんよう》の魔法陣《まほうじん》が浮かび上がると、光が半径百メートル以上にわたって円形に放出される。が――、

（……魔力反応はなし、か）

セリアは嘆息すると、目を凝《こ》らして一帯の魔力を可視化した。魔力の可視化ができるのならばわざわざ魔法で魔力探知する必要がないようにも思えるが、先ほどの光の柱のせいで一帯のオドとマナが乱れているのだ。

（これだけ魔力が吹《ふ》き荒《あ》れていると目視も当てにならないわね）

セリアはもう一つ、大きく溜息《ためいき》をついた。

現状を例えるなら、肉眼では視《み》えない濃《こ》い霧《きり》がかかっているようなものだ。肉眼だと遠くまでよく見晴らすことができるが、魔力を可視化し始めたところで一気に靄《もや》がかかって視界が魔力の粒子《りゅうし》で埋《う》め尽《つ》くされる。こういう状況《じょうきょう》では一定以上の魔力を持った存在だけが探知に引っかかるよう調整が利く範囲《はんい》探索《たんさく》の魔法が役に立つ。

「どうですか、セリアさん？」

周辺を歩き回って匂いを嗅いでいたサラがセリアに近づいてきた。

「駄目《だめ》ね。とりあえず私も動き回って範囲《はんい》を広げてみるわ。そっちは？」

「こっちも。香りが途切《とぎ》れているみたいで」

「手がかりはなし、か」

「ここへ来る前に精霊の気配がいきなり現れたんですが、どうやら霊体化してしまったみたいです」

「へえ。シュトラール地方に精霊がいるなんて珍《めずら》しい……わよね？」

セリアが意外そうに目をみはる。

「少なからず存在しているとは思いますよ。実体化して出てくることがないだけで」

「そうなんだ」

精霊は基本的にほとんど霊体化した状態でいる。契約者《けいやくしゃ》がいなければ実体化し続ける魔力を捻出《ねんしゅつ》できないからだ。それに、精霊は警戒心《けいかいしん》が強い存在である。理由がなければ人前に姿を現すことはないし、信頼《しんらい》した相手でなければ契約を結ぶこともない。

「けど、それでも……」

「……それでも？」

「かなり強力な精霊だったらしいんです。そっちの意味では極めて珍しいはずです」

「強力な精霊か……。ドリュアス様みたいに？」

セリアが知る限りで最も格が高い精霊がドリュアスだ。

「ですね。人型精霊の可能性もあると思います」

「そう、なんだ………」

一瞬、遠い目をして、歯切れの悪い相槌を打つセリア。気のせいだろうか。脳裏《のうり》に桃色《ももいろ》の髪《かみ》をした少女の後ろ姿が浮かんだ気がしたのだ。だが、本当に一瞬のことで、残影《ざんえい》すら残らなかった。

「どうしたんですか？」

サラが不思議そうに首を傾《かし》げる。

「……ううん。なんか……」

セリアは何かを思い出そうとする。

と、そこへ――、

「お姉ちゃん！」

ラティーファが駆け寄ってきた。

「手がかりはあった？」

セリアは気を取り直して応じる。

「匂い、やっぱり途切れているみたい」

どの方向へ進んでも残り香は続いていなかったと報告するラティーファの耳は、しゅんと垂《た》れていた。

「そう……」

「もしかしたら、空を飛んで移動したのかもしれませんね。それだと追跡が一気に難しくなりますが……」

地上を移動したのであれば匂いを辿《たど》って追跡できるが、空を飛んで移動したとなるとそれができなくなる。

「召喚《しょうかん》に巻き込まれて入れ替《か》わりでどこかへ行った、という可能性はないのかな？」

ラティーファが考えられる可能性を口にした。

「だとしたらいなくなった人達はセントステラ王国へ移動したということになるけど」

どうなの？　と、セリアは転移魔術《テレポート》の実用化に成功した精霊の民であるサラを見た。

「私の知る転移系の魔術は基本的には一方通行で、入れ替わりで移動するという話は聞いたことがありませんが……」

雅人とリリアーナを呼び寄せた転移魔術《テレポート》がどういったものなのか未知である以上、ありえない、とは断言できないサラ。

「……もう少し、探索の範囲を広げてみましょうか」

「ですね。セリアさんは私と一緒《いっしょ》に来てください。ラティーファは離《はな》れすぎないように探索を」

「うん！」

ラティーファはすかさず走り出し、サラとセリアも探索を継続《けいぞく》する。そうして、三人は範囲を広げて調査を継続することにした。

◇◇◇

ゴウキとカヨコは三人の頭上数十メートルの位置で、一帯を駆け回っていた。妙な人影がいないか、上から見下ろして調査を行っている。

探索から数分。得られた成果は地上組と同様だ。セリア、サラ、ラティーファ以外の人影は一切《いっさい》見当たらず、とりあえず周囲に不審者《ふしんしゃ》がいないことを確認《かくにん》すると――、

「妙だとは思わぬか、カヨコよ」

ゴウキはカヨコに近づき併走《へいそう》を開始し、声をかけた。

「妙なことだらけですが、どのことを指して仰っているのでしょう？」

「……我々はどうしてカラスキ王国を出たのだろうか？　亡《な》きアヤメ様がゼンとこの地へ移り住んでお亡くなりになったと、我々はどうやって知った？」

それは今この場にいる根本的な疑問だった。

ゴウキとカヨコはかつてアヤメに忠義を尽くしきれなかったことをずっと悔《く》やみ続けてきた。だからこそ、アヤメのためにカラスキ王国での立場を捨てて遠き異国のシュトラー

ル地方へとやってきた。そこまではいい。

だが、いくらアヤメのためとはいえ、漠然《ばくぜん》とした情報を根拠《こんきょ》に祖国を後にしたとは我ながらどうしても思えなかった。ゴウキは国王ホムラの命を受け、重要な役職に就《つ》いていた国の上級武士だ。生半可な動機で役職を捨てようなどとは思うはずもない。

なのに、カラスキ王国を出ると決める契機《けいき》となった記憶《きおく》を思い出すことができない。そのことに、今――、

「なぜ今になってそのようなことを？　と、申したいところですが、同感です。確かにいっこうに思い出せませんね。どうして国を出ようと思ったのか」

ゴウキとカヨコは名状しがたい違和感《いわかん》を覚えていた。

「内々ではあるが、我らが国を出ることはホムラ陛下のご裁可も賜《たまわ》っている。確固たる根拠と想《おも》いがあって国を出た……」

はずだ。現に今、ゴウキはこの地にいることを何も後悔《こうかい》していない。望んでこの地にいるのだと、胸を張って言える。

「……………うむ、そうだ。そうなのだ」

ゴウキは自問自答し、自らの内にある想いを確かめた。すると――、

「なにやら一人で勝手に納得しているようですが、その割にはまだどこか浮かない顔をし

ていますね」

流石《さすが》は妻である。カヨコが表情からゴウキの心の機微《きび》を見抜《みぬ》く。

「儂《わし》は今望んでこの地にいる。それがわかった。お主もそうであろう？」

今からでもカラスキ王国へ帰りたいかと、ゴウキは言外に妻へ問いかける。

「無論です」

カヨコは迷わず即答《そくとう》した。

「儂らはこの地で成さねばならぬ何かがある。亡きアヤメ様のために」

「ですね」

「だからこそ、すっきりせぬのだ。成さねばならぬ何かが何なのか、この地を訪《おとず》れた契機が何なのか、思い出せぬことが」

浮かない顔をしているのは、それゆえである。

「根拠はございませんが……」

「何だ？」

「その何かが、この場所にあったのではないかと私は思います」

カヨコは滔々《とうとう》と自分の考えを口にした。

「……うむ。儂もそう思う」

だからこそ、この場の調査役を買って出たのだ。この場所で何が起きたのか、この場所で戦っていたのが誰なのか、気になって仕方がない。

ただ、そんな思いとは裏腹に、やはり地上にラティーファ達以外の人影は見当たらない。手がかりになりそうな痕跡もない。

「………見当たらぬな。一度、下に降りてラティーファ様達と合流するとしよう」

カヨコと話をしながらも地上の一帯を見回していたゴウキだったが、ここでいったん探索を打ち切ることを提案した。が――、

「ん……？」

何か引っかかったような顔になる。

「……いかがなさいました？」

一瞬、カヨコも釈然としない面持ちを覗かせた。

「いや、儂は今、ラティーファ様とお呼びしたな」

「ええ」

「ラティーファ様、セリア殿《どの》、サラ殿……。オーフィア殿、アルマ殿、ミハル殿、サツキ殿、シャルロット王女……。ラティーファ様……。うむ、ラティーファ様、スズネ様」

ゴウキは敬称《けいしょう》をつけて各々《おのおの》の名前を繰《く》り返し口にしていく。ラティーファの偽名《ぎめい》である

スズネという名前も様付けで呼んでみた。

「……ラティーファ様のことはラティーファ様とお呼びするのがしっくりときますね」

頭の中でそれぞれの名を口にしてみたのだろう。カヨコは夫のゴウキが何を考えているのか理解した上で、合いの手を入れる。

「やはりそうか……」

なぜラティーファにだけ当然のように様という敬称をつけたのか？　ゴウキは地上をもどかしそうに駆け回るラティーファに視線を向ける。

「一度、皆《みな》さんとお話をする必要がありそうですね」

きっと、他の者達も同様に釈然としない違和感を抱《いだ》いているはずだ。

「であるな」

ゴウキは深く相槌を打ち、カヨコと共に地上へと向かったのだった。

◇　◇　◇

美春達は湖にあるガルアーク王国軍の駐屯地《ちゅうとんち》に戻っていた。

「お父様」

シャルロットが先頭を歩き、ちょうど陣頭指揮《じんとう》を執《と》っていたフランソワに声をかける。

「む、早かったな」

「はい。調査はゴウキさん達《たち》にお任せして一足先に戻りました。予期せぬお客人を迎えましたので」

そう言って、シャルロットは背後に控《ひか》えていた雅人とリリアーナに視線を向けた。

「お久しぶりです、フランソワ国王陛下」

ドレスの裾《すそ》を摘《つ》まんでフランソワに会釈《えしゃく》するリリアーナ。

「リリアーナ王女に、マサト殿……であるな」

流石に意表を突かれたのか、フランソワの瞳《ひとみ》が驚《おどろ》きで揺《ゆ》れた。面識はほとんどないはずだが、雅人のこともきちんと覚えていたらしい。

「先ほどの光の柱はお父様もご覧になったでしょう？　その場所にお二人が転移なさっていらしたのです」

「……なるほど」

今の説明だけでおおよその事情を察したのか、わずかに間を置いてから、雅人を一瞥《いちべつ》するフランソワ。

「リリアーナ様もご同席の上でお話しできればと思いまして。帰国を目指すにあたって、色々とお話をする必要もあるでしょうし」

「わかった。すぐにでも時間を取るとしよう」

フランソワが即断《そくだん》する。後回しにはしないのは、それだけ優先度が高い案件だと判断したからだろう。

「……よろしいのですか？　こちらのことは後回しにしていただいても構いませんが」

リリアーナが駐屯地を見回しながら確認した。現在の駐屯地はかなり慌《あわ》ただしい。そこらじゅうで兵士達が駆けずり回っているのがわかる。

「さしあたって必要な指示は出し終えたところだ。追加の指示を出すにしても、光の柱が立った場所で何が起きたのか話をしておきたい。そう長くは時間を取れぬかもしれぬが」

「そういうことであれば、ありがたく」

「では、リリアーナ王女とシャルロットは余と共に。サツキ殿達《どのたち》はしばしマサト殿のお相手を頼《たの》めるかな？」

「ええ、もちろんです」

と、沙月は二つ返事で頷《うなず》く。

◇　◇　◇

数分後。

湖の駐屯地に張られた国王の天幕へ、フランソワ、シャルロット、リリアーナの三人が移動していた。フランソワとリリアーナが向かい合わせで腰《こし》を下ろし、シャルロットはフランソワの背後へ移動して起立したまま控える。と――、

「早速《さっそく》だが、まずは前提から話をしておくとしようか。セントステラ王国への連絡《れんらく》は迅速《じんそく》に取らせるとしよう」

フランソワが話を切り出した。

「ありがとうございます」

「同盟国として当然の対応だ」

それに、本題はここからだ。そう言わんばかりに、フランソワは背後に立つシャルロットを見て、彼女に視線で報告を促した。

「改めてご報告いたします。我々が戦いの地に赴《おもむ》く途中、光の柱が立ち上りました。そこでリリアーナ様とマサト様に遭遇《そうぐう》した次第です。直前までお二人はセントステラ王国城にいらしたとのことなので、何かしらの要因によって転移してきたものだと考えられます。状況から推察するに……」

と、シャルロットは滔々と語り——、

「マサト様が勇者として召喚されたものと考えます。現に神装と思《おぼ》しき剣《けん》を手にされていましたので」

少し間を置いてから、報告を締《し》めくくった。

「だそうだが、リリアーナ王女の見解を聞きたい」

「……シャルロット王女が仰《おっしゃ》ったように、私とマサト様は直前までセントステラ王国城におりました。光の柱こそ目撃《もくげき》していませんが、マサト様が神装と思しき剣を手にしていたのは事実です。状況的《じょうきょうてき》に新たな勇者が誕生した可能性があることは否定できません」

「であるか」

こうして双方《そうほう》の認識《にんしき》を共有すると、リリアーナもフランソワもなんとも悩《なや》ましそうに息をついた。というのも——、

「……仮に新たな勇者が召喚されたとして、勇者の召喚を行うのは聖石だ。勇者召喚を行った聖石がガルアーク王国内に存在していたというのであれば、我《わ》が国《くに》としては聖石の所有権を主張したい」

フランソワは国を代表する者としての意見を率直《そっちょく》に伝える。ガルアーク王国の領土内で雅人が勇者として召喚されたかもしれないというのはなかなかデリケートな状況なのだ。

その上で――、

「ただ、だからといって聖石に選ばれたマサト殿を無理に束縛《そくばく》するつもりもない。双方が納得《なっとく》できる落とし所を見つけたいものだな」

と、フランソワは物憂《ものう》げに付け加えた。国としての利益を最優先に考えるのであれば勇者となった雅人を取り込むべきだが、無理に取り込もうとすれば沙月との関係が悪化するのは目に見えている。

「同感です。が、この案件について現状、私では正式に回答することはできません」

リリアーナはセントステラ王国の第一王女であるが、あくまでも王女だ。国王ではない。王から権限を与《あた》えられない限り、国を代表して交渉《こうしょう》することはできない。現状が己《おのれ》の領分を超《こ》えた事態であることを、リリアーナは正直に伝えた。

「無論、理解している。だからこそ、セントステラ王国への連絡は急がせよう。お父上の意見を仰《あお》ぐとよい」

「ご配慮《はいりょ》、ありがとうございます」

今のリリアーナは着の身着のままで異国に召喚されている。雅人と二人で、お供もなしに自力でセントステラ王国へ帰ることは不可能だ。現実的に考えて、ガルアーク王国に協力してもらう他に選択肢《せんたくし》はない。

「こちらとしてもマサト殿の意向を無視して、この場で結論を出すつもりはないのでな」

状況は立て込んでいるし、話を進めるのは勇者達が見るという夢を雅人が見てからでも遅くはないからだ。

まあ、そこまで詳《つまび》らかに実情を語ることはしなかったが……。

「ただ、現状でこちらの要望を付け加えられるのであれば一つ言っておこう。我が国との対等な交渉をするにあたって必要な連絡に協力する代わりに、当面はマサト殿と共に我が国に滞在《たいざい》する方向で予定を調整してもらいたい」

フランソワは見返りを要求する。セントステラ王国へ連絡するにあたって、リリアーナがこのまま雅人と共に帰国するのを阻止《そし》するのが目的だ。それをやられると最悪、ガルアーク王国は何の主張もできないまま雅人の身柄《みがら》を明《あ》け渡《わた》すことになりかねないからだ。そして両国の関係は悪化する。とはいえ――、

「無論、どうしてもマサト殿がセントステラ王国へ帰りたいと言うのであれば無理に止めることはできぬがな。ゆえに、この場での話をマサト殿に伝えて、帰国するかどうか相談してもらっても構わん。こちらもサツキ殿には詳らかに意向を伝えるつもりだ」

あくまでも雅人の意思を尊重するという前提は変わらない。だから、これは紳士協定《しんしきょうてい》の申し入れだ。こっちが誠意を見せて事態の解決に協力するのだから、そちらも誠意を見せ

て出し抜《ぬ》くような真似《まね》はしないでくれよというお願いに近い。リリアーナの立場であれば雅人にそれとなく吹き込んで早々に帰国するように仕向け、帰国した後は知らんぷりということもできるので、保険をかけたのだ。

沙月や雅人にもこの場でのやりとりをオープンにする以上、以降はガルアーク王国としてもセントステラ王国としてもずる賢《がしこ》い手段はとりづらくなる。立ち回りを間違《まち》えると沙月達の心証を悪くして悪者になりかねないからだ。彼女達《かのじょたち》の人柄も踏まえ、瞬時《しゅんじ》に段取りを提案したフランソワの手管は実に見事だった。

「……承知しました。では、マサト様ともご相談の上、当面は貴国に滞在する方向で諸々《もろもろ》の予定を調整するよう祖国にも働きかけてみます」

リリアーナとしても雅人の心証を悪くするようなことはしたくないのだろう。フランソワの意向を素直《すなお》に受け容《い》れた。

「受け容れてくれるか。であれば、シャルロットよ」

「はい、お父様」

「サツキ殿やマサト殿への説明はそなたとリリアーナ王女に一任する。セントステラ王国との連絡についても、王都へ戻り次第《しだい》すぐにそなたが手配してやれ」

「畏《かしこ》まりました」

と、シャルロットは恭《うやうや》しくこうべを垂れる。

そんな一連の話し合いを――、

（……とりあえず、雅人のことは任せておいても大丈夫《だいじょうぶ》かな）

美春達《たち》を追って駐屯地に忍《しの》び込んだリオが、天幕の裏で密《ひそ》かに聞き耳を立てていた。フランソワやシャルロットのことは信用しているが、新たに勇者となったかもしれない雅人がどういう扱《あつか》いを受けるのか、見届けておきたかったのだ。

（あとはみんなの様子も見届けたいところだけど……）

リオは天幕の外に意識を向ける。卓越《たくえつ》した精霊術士であるオーフィアやアルマがいる以上、いかにリオとはいえ不用意には近づけない。透明《とうめい》になって姿を見えなくする結界を張っても、オーフィア達には見破られてしまうからだ。

正直、皆の話も聞いておきたかったが――、

（みんなとは会わない方がいい、か）

先ほどのアイシアの発言を思い出し、衝動を抑《おさ》えこむ。それから――、

（……雅人達のことをお願いします）

リオはフランソワ達に向けて静かに一礼すると、天幕を後にして駐屯地の外へと飛び立ったのだった。

【第二章】 ❖ 超越者の謎

リオは霊体化したままのアイシアと合流すると、湖の駐屯地と領都グレイユを俯瞰《ふかん》できる無人の丘《おか》に岩の家を設置した。

「もう大丈夫だよ」

と、リオが言う。

（うん）

という念話の直後に、アイシアが実体化して顕現《けんげん》した。岩の家には複数の結界が張り巡《めぐ》らされており、中にいる限りは精霊であるアイシアの気配も隠《かく》される。これでサラ達の契《けい》約精霊《やくせいれい》に気配を勘付《かんづ》かれることもないだろう。

「座《すわ》ろうか」

広々としたリビングに今はリオとアイシアしかいない。リオはハンガーラックにコートをかけ、閑散《かんさん》とした空間を見回してから、ソファに腰を下ろした。

「……うん」

アイシアもリオの向かいに座る。どこか思《おも》い詰《つ》めたような顔をしているのは、気のせいではないのだろう。だからか――、

「話しにくいなら、気持ちの整理がついてからでいいよ」

リオも無理には訊《き》かない。アイシアが話したくなったら話してくれればいいと、穏《おだ》やかな声色《こわいろ》で言った。だが……。

「……春人《はると》のことだから。いま、何が起きているのか話す」

アイシアはおもむろにかぶりを振《ふ》ってから――、

「目」

リオの瞳をじっと見つめて、そう言った。

「え？」

「春人の目、色が変わっている」

「目の、色が？」

リオは右側の額に利き手《て》で触《ふ》れて、けげんな面持ちで視界を覆《おお》う。鏡でもない限り自分の目の色を確かめることはできないが、目にこれといった違和感はない。

「赤くなっている。ごめんなさい」

アイシアは後ろめたそうにこうべを垂れて、謝罪の言葉を紡《つむ》いだ。彼女《かのじょ》が言う通り、朽《くち》

葉色《ばいろ》だったリオの瞳は赤みを帯びているわけだが——、

「別に異常は感じないよ。普段《ふだん》通りに見える。目の色が変わるくらい、どうってことはないし、アイシアのせいだとも思えないけど……」

リオはアイシアが気に病《や》まないように笑って、軽く流そうとする。ただ、アイシアの表情はそれでも曇《くも》ったままで、次のように語った。

「……目の色が変わっているのは、私と同化したせいだと思う」

「どう、か？」

「さっきの戦いで春人は超越者の権能と呼ばれる力を行使した。その力は本来、人が扱えるものではないの。人の身で無理に扱おうとすれば死んでしまう。だから、春人が権能を行使している間、私は春人と一つの存在になっていた。融合《ゆうごう》していたと言ってもいい。それが同化」

「……今はこうして二人で別々にいるけど、俺《おれ》とアイシアが一つの肉体で一人の存在になっていた……ってこと？」

どういう状態を指すのかいまいちピンときていないのか、リオが確かめた。

「うん。人の身で超越者の権能を無理に行使すれば死を迎《むか》える。それを避《さ》けるために、春人の肉体を造りかえた。私と同化することで、春人の肉体は精霊の私と一体化して精霊に近いものになっていたと考えればいい」

「……なるほど。そんなことが、できたんだ」

「精霊霊約《せいれいれいやく》。精霊契約《けいやく》よりも強く契約者と精霊を結びつける秘術。私と春人はそれを使って普通《ふつう》の精霊契約よりも結びつきを強めてあったから、同化することができた」

「そんな秘術が……、精霊の里にもそういった技法の使い手はいないよね？」

「存在すら知られていないと思う。精霊霊約を生み出したのは七賢神《しちけんじん》。千年以上前でも極々《ごくごく》一部の限られた者しか使えなかった特別な技法」

「精霊契約と精霊霊約。具体的な違《ちが》いは何なの？」

「形式だけ見れば精霊契約は当事者が精霊術で契約を結び、精霊霊約は特殊《とくしゅ》な魔術を用いて契約をより強固に結ぶという違いがある。実質的な違いは魂《たましい》の結びつきの強さや深度。どちらも人と精霊の魂を結びつける約定である点では共通しているけど、精霊が人の肉体に同化して同一の存在になれるのは、精霊霊約によって互《たが》いの魂が一体化するほどに強く結びついているから」

「……つまり、同化が可能になるかどうかが精霊契約と精霊霊約の主な違いでもあるって考えておけばいい？」

「うん。同化することで霊約者はいくつかの恩恵《おんけい》を受ける。その一つが霊装の獲得《かくとく》。霊約者は自らの魂を武具として物質化できるようになる」

と、アイシアに言われて、リオの脳裏に真っ先に浮《う》かんだのが――、

「……あの時の剣」

先の戦いで具象化させた剣のことだった。あの時、リオは勇者が神装を出現させるように剣を創り出した。

「そう。あの剣は超越者の権能とは異なる。同化により具象化した春人の霊装。精霊が自分の霊体を実体化させて受肉するのと同じようなものだと考えればいい。あの剣を具象化するのは私が同化している最中でないとできない」

「……確かに、やろうと思ってもあの剣を今は創り出せない気がする。超越者の権能？っていう力は、今の状態でも使えそうだけど……」

そう言いながら、リオは自分の利き手をまじまじと見つめる。

先の戦いでは実体化させた剣に権能を乗せて発動させたが、必ずしも剣が必要というわけではない。理屈《りくつ》ではなく、感覚的にそれがわかった。

「超越者の権能を安易に使っては駄目。使う時は絶対に私と深く同化している時にして」

と、アイシアは珍しく強い声色で釘《くぎ》を刺《さ》す。

もし、アイシアがいない時に力を使ったら？　その答えは先ほどアイシアが説明した通

りだ。すなわち――、

「……同化しないで人のまま権能を使えば死ぬ、だね。うん、わかった」

人の領分を超えた力を身に宿して行使する代償《だいしょう》は重い。人の身で耐《た》えられる限界を超えて権能を発動させた瞬間《しゅんかん》、死を迎えることになるのだという。リオはその意味を嚥下《えんげ》するように、重く頷いた。

「同化には礼装の獲得以外にも恩恵がある。さっきも言った通り同化している最中は霊約者の肉体は精霊に近い存在となる。同化の度合いを強めれば強めるほど、霊約者の力は大きく底上げされるし、肉体を損傷しても精霊のようにそう簡単には死ななくなる。それこそ、権能を行使しても死なないで済むように」

「同化を強くすればするほど、人間離れするってことかな？」

「そう」

「同化にも段階があるってことか」

「うん。数字で表現するのなら、一％から百％まで。あるいは、それ以上も」

「じゃあ、さっきの戦いはどのくらいの数字だったの？」

「限りなく百％に近かったと思う。そのつもりで同化した。だから、同化を解除しても同化の影響《えいきょう》が残って目の色が変わってしまったのかもしれない」

アイシアは歯がゆそうな顔になる。

「さっきも言ったけど、目の色が変わるくらいどうってことはないよ。むしろ同化のメリットが良いことだらけに思えるくらいだし」

そう、大幅《おおはば》な基礎《きそ》スペックの向上に加えて、生命力まで強化されるとなると、霊約者にとっては良いこと尽くしではある。が――、

「……デメリットもある」

そう上手《うま》い話でもないようだ。

つまりは――、

「同化している最中は人以外の生命体になっているのも同然。人でもなく、精霊でもない。安定はしているけど、極《きわ》めて不自然な状態。春人が言った通り、同化を強くすればするほどに人間離れして不安定な存在になっていく。だから、同化を強めていけばどういう影響が出るのかがわからない……というのがデメリット。目の色が変わったし、同化を解除した後は春人の肉体にも強い負担が押《お》し寄せた。肉体への負担は超越者の権能を行使した反動が主な理由かもしれないけど……」

同化を強めたことも理由であるかもしれない。アイシアはそう語り、リオをじっと見つめた。そして――、

「他にも目に見えない変化が起きているかもしれない。その変化が良いものなのか、悪いものなのか、一時的なものか、永続的なものなのかもわからない」

と、さらに訴《うった》えかける。

例えるなら、効果こそ劇的だが、どんな副作用があるかわからない薬を服用するようなものだろう。何も悪影響《あくえいきょう》はないかもしれないし、最悪、生命に関《かか》わるようなことが起きるかもしれない。そんな不安を抱《かか》えることになるということだ。

「………………強い同化を何度も繰り返すと、最悪、同化を解除しても春人は人間に戻《もど》れなくなるかもしれない」

アイシアは悩んだ末に、そう付け加えた。リオはかすかに目を見開いてその言葉を受け止める。だが、アイシアに責任を感じてもらいたくないからだろう。

「……まあ、なるようになるさ」

リオは悲観的にならずに、明るい調子で応じた。その上で――、

「それより、アイシアに悪影響はないの？　あるならなおさら同化は多用しない方が良いかもしれない」

自分ではなく、アイシアの身を案じる。

「……どれだけ強く同化しても、私の方はリスクは少ないはず」

「本当に？」

胡乱《うろん》だというわけではないが、リオは念を押して確認する。

「精霊の私は霊体が本体だけど、実体化して肉体を維持《いじ》することもできる存在。けど、春人は肉体が本体。霊体化することはできない人間。にもかかわらず、同化している最中は霊体に近づく。明らかに春人の方が不安定な存在になるのは確か」

ゆえに、抱えるリスクもリオの方が大きい、ということなのだろう。肉体の上にしか存在できないはずの人間が同化によって霊体へと近づき、同化を解除すれば再び肉体を持った物質的な存在である人へと戻る。生まれつき両者の間を行き来できる精霊よりも負担が大きいのは、確かに必然ではあるのかもしれない。

「そっか……。わかった」

「問題があるとすれば、沙月《さつき》達の方。精霊霊約は勇者にも用いられている技法だから」

ここでアイシアは勇者について言及《げんきゅう》した。が、唐突《とうとつ》というわけでもなかった。その理由は今のアイシアの発言と、ここまでの説明である。つまりは――、

「……勇者は高位精霊と同化している？」

と、推察できるからだ。勇者は高位精霊と同化している。そう考えれば、勇者がこの世界に来ていきなり超人的《ちょうじんてき》な能力を獲得したことにも、神装を獲得して自由に具象化できる

ことにも説明がつく。

　果たして、その答えは……。

「そう、召喚された勇者の中には高位精霊が封印《ふういん》されている。聖女エリカに憑依《ひょうい》していたのは土の高位精霊」

「やっぱり……」

　これまで謎に包まれていた勇者の力に説明がついた瞬間だった。

「ただ、春人と私が結んでいる霊約とは細部で大きく異なると思う。勇者と高位精霊が結んでいるのは霊約であり、隷約《れいやく》のはずだから」

「……れいやくであり、れいやく？」

　耳にしただけでは同音異義語の区別が瞬時につかなかったのだろう。リオは頭上に疑問《ぎもん》符《ふ》を浮かべる。

「私達が結んでいる精霊霊約に用いられた魔術の術式は原形で、勇者が高位精霊と結んでいるのは六賢神《ろくけんじん》が改造を加えたもののはず。術式はより洗練されていて、契約《けいやく》に色々と条件を付け加えられるようになっている。それで高位精霊は極めて不利な約定を勇者と結ばされているの。そういう制約を賢神達が勇者召喚の仕組みに組《く》み込《こ》んだ」

　アイシアは勇者と高位精霊、そして賢神達との関係性について触れた。そして――、

「だから、私は恨《うら》まれているの。美春《みはる》も……」

と、忸怩《じくじ》たる思いで吐露《とろ》する。

「美春さんと、アイシアが恨まれている……。それは、つまり……」

「綾瀬美春の前世は七賢神だった。追放された七人目の賢神。名前はリーナ」

「…………」

今日一番の驚愕《きょうがく》が降りかかり、リオは言葉を失った。アイシアの言葉を疑っているわけではない。だが、あまりに突拍子《とっぴょうし》もない事実であるのも確かだった。

さらには――、

「そしてある意味では私も、七賢神のリーナだった……のかもしれない」

アイシアはさらに追い打ちをかける。それはあたかも美春とアイシアが同一人物であったかのような告白だった。

「え……？」

リオはさらに面食らい戸惑《とまど》う。

「今からおよそ千年前。神魔《じんま》戦争が終結した直後に私は誕生したの。七賢神のリーナ。彼女は自らの神性を切り離して私を産んだ。そして転生する竜《りゅう》の王と私に霊約を結ばせて、竜の王の魂に私を宿した」

いよいよ本題なのかもしれないが、またずいぶんと複雑な経緯《けいい》がありそうである。

「……………驚くことばかりだな」

リオは深く息をついて、背もたれに背中を預けた。

そして、ゆっくりと天井《てんじょう》を仰《あお》ぐ。

「ごめんなさい」

「謝《あやま》ることじゃないよ。ただ、少し頭を整理する時間がほしい。続きは夜ご飯を食べた後にしてもいいかな？」

既《すで》に聞いた話だけでもかなりの情報量だ。続きを聞く前に一度情報を整理しておきたかった。

「わかった」

「じゃあ、先にお風呂《ふろ》にでも入ってこようかな」

先ほどの戦闘《せんとう》でだいぶボロボロになってしまった。血も付いているので、早めに綺麗《きれい》にしておきたい。

「うん」

「アイシアはどうする？」

「一緒《いっしょ》に入る？」

アイシアはきょとんと首を傾《かし》げてリオに問いかけた。

「い、いや、そういう意味じゃなくて……。先に入るなら入っていいよ」

思わず顔を赤くして焦《あせ》ったリオだが、これまでと何ら変わらないアイシアの様子を微笑《ほほえ》ましく思ったのか、すぐに口許《くちもと》をほころばせておかしそうに釈明《しゃくめい》する。

「私は霊体化すれば汚《よご》れは落ちる。春人が先に入っていい」

「そっか。じゃあ、お言葉に甘《あま》えて」

リオはソファから立ち上がると、ハンガーラックにかけていたコートを手に取り、浴室へと向かったのだった。

◇　◇　◇

そうして浴室へと移動したリオだが、入浴する前に長らく愛用してきたブラックワイバーン製のコートをじっと観察していた。

（だいぶ傷《いた》んでいるな）

このコートはリオが知りうる限りでは最大の防御力《ぼうぎょりょく》を誇《ほこ》る武具だが、先の戦闘で高位精霊が憑依したエリカの攻撃《こうげき》を立て続けに食《く》らったせいですっかりボロボロになってしまった。魔力《まりょく》攻撃を受けた箇所《かしょ》は革《かわ》が熱で溶《と》けていて、今後もロングコートとして使い続けるのは無理そうだ。

（……もったいないけど無事な部分を使って再利用するしかないか）

保護面積は減るだろうが、やむを得ない。

ブラックワイバーンの革は取扱《とりあつか》いが難しく、加工にはドミニクのような超一流《ちょういちりゅう》の腕《うで》がいるが、簡単な裁縫《さいほう》程度ならリオにもできるはずだ。マフラーを作ったり、ショートコートにするのがいいかもしれない。

（ドミニクさん達に悪いことをしたな）

ブラックワイバーン製のコートはもちろん、高位精霊との戦いに耐えきれず折れてしまった剣もドミニクを始めとするドワーフ謹製《きんせい》の品だ。破壊《はかい》された剣は湖の駐屯地に残してきてしまったから、回収は難しいだろう。リオは溜息《ためいき》を漏《も》らすと、手にしたコートを脱衣所《だついじょ》の棚《たな》に置いた。

そして、ふと思い出したように鏡を見る。鏡に映る瞳は確かに紅《あか》く変化していた。リオは瞬《まばた》きをし、片目を押さえて左右の視力に異常がないか改めて確認《かくにん》した。やはり視力が悪くなった感じはしない。というより、むしろよく視《み》えるようになった気さえする。

ともあれ、リオは続けて髪《かみ》の色を変える魔道具を外した。すると――、

「……………」

驚きで硬直《こうちょく》する。

髪の色がリオの地毛である黒色に戻らないのだ。正確には、灰白色《かいはくしょく》だった髪の色がより強く白みを帯びるようになっていた。

（……これも同化の影響か？）

断定はできないが、その可能性が高いように思えた。試《ため》しに髪を束で掴《つか》んでみる。別に傷んでいるわけではないようだ。軽く髪を引っ張ってみるが、ごっそり髪が抜け落ちるようなこともない。今後は一本だけ摘まんでピンと勢いよく引っこ抜いてみた。

（色が……）

至近距離《きょり》からまじまじと抜き取った髪を観察すると、次第に地毛である黒色に戻っていくのがわかった。

（戻った）

いったい自分の体に何が起きているのか？　疑問に思わないわけでもない。が、考えて答えが出る問題でもない。リオはそれから何秒か鏡を見つめ続けると、シャツを脱《ぬ》いで上半身を晒《さら》した。すると――、

（身体の古傷も消えている）

ということにも気づき、硬直する。

リオの身体にはスラムにいた頃《ころ》に作った細かな傷跡《きずあと》がいくつもあったのだが、それらがすべて綺麗になくなっていたのだ。おそらく、というよりほぼ間違いなく、これもリオの肉体がアイシアとの同化により精霊に近づいた影響だろう。ただ——、

(……いちいち驚いていても仕方がない、か)

リオはそう割り切って着替《きが》えを済ませ、浴室へと向かった。

◇◇◇

同時刻。

ガルアーク王国軍が滞在する湖の駐屯地にある天幕では——、

「こちらからの説明は以上です」

シャルロットが美春や沙月を集め、雅人《まさと》の処遇《しょぐう》を主とした今後の方針を説明し終えたところだった。

「またずいぶんと開けっぴろげに教えてくれるのね」

室内には当の雅人はもちろん、リリアーナもいる。今の話を聞いてどう反応すればいい

のかと、沙月は少々困った表情を覗《のぞ》かせた。

「その方が誠実だろうと、リリアーナ様とも協議して決めました」

「……まあ確かに」

「付け足しておくと特定の反応を求めて打ち明けたわけではありません。既に申し上げた通り、我が国は無理にマサト様を引き留めるつもりはございませんので。ですが、勇者召喚《しょうかん》に使用された聖石の所有権については主張させていただきたくもあります、という国の事情をお伝えしておきたかっただけのことです」

「えっと、じゃあ俺は自分のいたい場所にいていいってことですか？」

雅人が遠慮《えんりょ》がちに手を上げて尋《たず》ねた。

「はい。ガルアーク王国に所属してくださる場合はサツキ様と同様の待遇《たいぐう》にて、諸手《もろて》を挙げて歓迎する用意がございます。セントステラ王国に所属されたい場合は要調整になりますが、その辺りはリリアーナ様ともご相談くださいな」

そう語って、シャルロットはリリアーナを一瞥する。

「ええ、まあ……、わかりました」

状況《じょうきょう》をきちんと説明してくれ、リリアーナとの相談も許してくれる辺り、本当に裏がないと窺《うかが》えたからだろう。雅人はやや拍子抜《ひょうしぬ》けした様子で頷いた。あるいは、まだ自分が勇者になったという実感が十分に湧《わ》いていないのかもしれない。

「しょせん国とは群れ社会。群れの利益になる財産を無償《むしょう》でよその群れに差し出しては納得しない貴族も多い。難しく言うのならば政治問題ですが、そんなことに巻き込んでしまうことをお許しください」

シャルロットは雅人に向けてぺこりと頭を下げる。

「い、いいえ、そんな」

相手がまだほとんど面識のない王女であるからか、はたまたシャルロットが歳《とし》の近い可《か》憐《れん》な少女であるからか、雅人はかなり萎縮《いしゅく》した様子で首を左右に振った。

「そう仰っていただけると幸甚《こうじん》です」

シャルロットは可愛《かわい》らしく微笑む。それで視線が重なると、雅人は気恥《きは》ずかしそうに赤面して顔を背《そむ》けた。

「雅人君、相変わらず可愛い子には弱いわね」「あはは……」

沙月がひそひそと耳打ちし、美春が苦笑《くしょう》する。

「このような戦地で恐《おそ》れ入りますが、とりあえずはサツキ様やミハル様との久方ぶりの再会をご享楽《きょうらく》くださいな。早めに王都へ戻れるように手配しますので」

ここでいったんシャルロットが話をまとめる。と――、

「……まだ外では戦闘は起きているの？」

沙月が外の様子について尋ねた。

「確かなことはまだ申せませんが、空挺騎士《くうていきし》が調査した限りでは都市の外に武装した集団は見当たらなかったとか。先ほど部隊が領都グレイユの調査へと出発しました。戦《いくさ》が終《しゅう》了《りょう》したかどうかわかるのはその報告を受けてからになると思います。早ければ我々だけでも一両日中には王都へ戻ることになるでしょう」

「そっか……」

「なあ、美春姉ちゃん」

「なに、雅人君？」

「いったい何が起きたんだ？」

雅人がすぐ傍《そば》に座る美春に問いかける。

「…………それがね。よく覚えていないの」

「覚えていないって……、なんで？」

雅人は不思議そうに首を傾げた。

「なんでなんだろう……？　この土地の都市がよその国に占領《せんりょう》されて、それを取り返すために私達《たち》も来ることになったのは覚えているんだけど。雅人君が召喚されて。けど、その前に何か、忘れちゃいけないことを忘れた気がしていて……」

美春はやるせなさそうに顔を曇らせる。

「ミハル様が仰るように、現在不可思議な事態が発生しています。この地でいったい何が起きたのか。どういうわけか一部の出来事を誰《だれ》も覚えていないのです」

謎の喪失感《そうしつかん》に襲《おそ》われて顔を曇らせる美春の言葉を受け、シャルロットが補足する。

「やっぱり雅人君があの場に現れる前の記憶《きおく》が妙《みょう》に抜け落ちているのよね。気がつけばとんでもない光景が広がっていて……」

沙月も焦《じ》れったそうに頭を抱えた。

「何を覚えていて、何を覚えていないのか、セリア様達が戻られたら皆様《みなさま》の記憶を照らし合わせたいところですね」

そう言って、嘆息《たんそく》するシャルロット。

「はい……」

美春はもどかしそうに頷《うなず》いた。

すると、その時のことだった。

――無理よ、今の貴方《あなた》では何も思い出せない。

突然《とつぜん》、突き放すように、そんな声が聞こえた。

気がした。

「……え？」

美春はハッとしてきょろきょろと視線をさまよわせる。

「……どうしたの、美春ちゃん？」

突然の挙動に、沙月が面食らって訊いた。

「い、いえ、いま誰か喋《しゃべ》りませんでした？」

「いや……、シャルちゃんの言葉？　セリアさん達が戻ったらみんなの記憶を照らし合わせようって」

美春ちゃん、頷いていたわよね？　と、沙月は戸惑う美春の顔を覗き込む。

「そう、ですか」

聞き間違いだったのだろうかと、呆《ほう》ける美春の脳裏《のうり》に疑問の泡《あわ》が浮かぶ。

「……大丈夫？」

「はい。すみません、ぼうっとしていて。空耳だったみたいです」

沙月から優《やさ》しく案じられ、美春は誤魔化《ごまか》すように笑《え》みを貼《は》り付ける。ただ──、

（空耳、だったのかな……？）

先ほどの声が妙な余韻《よいん》を残し、美春の中でしばらく響《ひび》き続けた。

◇◇◇

その日の晩。

岩の家のダイニングで。

「ご馳走様《ちそうさま》」「ご馳走様、美味《おい》しかった」

リオとアイシアは二人きりの夕食を済ませ、リビングのソファで向き合って腰《こし》を下ろしていた。淹《い》れ立てのお茶に口をつけ、心を落ち着けると――、

「じゃあ、話の続きをしようか」

と、リオから提案する。

「うん」

「あれから色々と考えたんだ。最初に報告しておきたいことと、疑問に思ったことがある。続きを聞く前に俺からいいかな?」

「なに?」

「まずは報告から。脱衣所で気づいたんだけど、髪の色も変わっていたみたいだ。身体《からだ》の古傷も消えていた」

リオは髪の色を変える魔道具を外す。いらぬ心配をかけないために隠しておこうかとも思ったが、一緒にいれば遅《おそ》かれ早《はや》かれ気づかれる。ゆえに、打ち明けることにした。

「………」

瞳《ひとみ》や髪の色が変化し、古傷がなくなってしまったのは、それだけリオの肉体が人ならざる霊的《れいてき》な存在に近づいたからである。どういった後遺症《こういしょう》が生じるのかもわからない今、アイシアは辛《つら》そうに口許を歪《ゆが》めた。案の定の反応に――、

「古傷が消えたのは良いことだし、他の変化も目立った悪影響はないんだ。そんな顔はしないで。それより、疑問に思ったのは勇者についてだ。神装を自由に出し入れできる以上、勇者は常に高位精霊と同化し続けていると考えていいのかな？」

リオはさっさと報告を打ち切って、話題を変えた。

「……うん」

「なら、同化のリスクを抱えているのは勇者も同じだよね？　むしろ日常的に同化をしているのなら余計にどういう影響が出るかわからないんじゃ……」

そう、勇者だって自分と同じような負担を背負うことになるのではないか？　常に同化した状態であれば尚更《なおさら》である。

けど、リオが知る限り、沙月達の外見が何か変化したという話は聞いていない。その理

由は何なのだろうか？　リオが不思議に思ったのはそこだった。

「たぶん、勇者の同化は日常生活をする分には無視して構わないほどリスクが低い」

「それは……、どうして？」

「普段の勇者はたぶんほんの数％も同化していないから。数字が上がるのは神装を出し入れして戦闘する時。権能を行使する時でもせいぜい七割から八割くらい……のはず。他にも勇者に対する特殊な保護が勇者と高位精霊の霊約に盛《も》り込まれているかもしれないけど、それが理由」

「同化の度合いが弱ければ、リスクも低くなるってこと？　それこそ、ずっと同化し続けていても問題ないくらいに」

「うん。戦闘時以外は数％くらいの状態を保っているのなら、同化し続けてもリスクはないと思う。存在が人間寄りになるか、精霊寄りになるか。戦闘で一時的に上げる分には、五割を超《こ》えなければ存在の安定性も保てると思う」

「存在が不安定になり始めるのは同化が五割を超えたら。裏を返せば、多用を控《ひか》えるべきなのも五割を超える同化になる。そういう理解でいい？」

「そう。数字が上がるほどに短時間で済ませた方がいい。これは春人と私が同化する場合も同じ」

「割合を抑えて同化する分には、そこまで気にしなくてもいいってことだね」

となれば、用法を守るのであれば、同化は戦闘における心強い切り札になってくれるだろう。基礎的《きそてき》な身体スペックの向上に加え、生命力の上昇《じょうしょう》、そして霊装も使えるようになるのだから。

「けど、権能を使う時は限りなく強く同化しなければならない。そうでないと権能行使の反動に耐えられない」

「……高位精霊と同化しているのなら、勇者も権能を行使しても死ななくて済むんじゃないかとも思ったんだけど。聖女エリカが死んでしまったのは、権能行使の反動に耐えられなかったからだよね？」

「エリカが死んだのは、勇者と高位精霊が完全には同化できないように六賢神が制限をかけているからだと思う。いま言った通り、権能を行使する時でもせいぜい七割から八割くらいしか同化していないはず」

つまりは、七割から八割くらいの同化では権能の行使には耐えきれないということだ。

「なぜ、六賢神はそんな制限を？　強く同化できれば勇者は死なずに済むのに……」

「六賢神は高位精霊の力は利用したいけど、高位精霊が復活することは避けたいと思って勇者召喚の仕組みを作り出したから。同化を強めていくと高位精霊が勇者の肉体に憑依して乗っ取る恐れがある。だから、高位精霊《せいれい》が前面に出てこないよう、霊約に条件を加えて封印を施《ほどこ》している」

「……何やら複雑な事情がありそうだけど、裏を返せば権能を行使しない限り勇者の身は安全って考えていいのかな？　聖女エリカがそうだったように、高位精霊が勇者の肉体を乗っ取る恐れもそう強くはない？」

「うん。基本的に勇者と高位精霊の霊約は勇者に有利な内容になっているはず。同化を上げる主導権は勇者にあるはずだから、高位精霊が勇者の肉体を乗っ取る恐れもかなり低いはず。けど、聖女みたいに強く同化した状態で回復力を前面に押し出して無理をしすぎると、高位精霊に肉体の主導権を奪《うば》われる恐れが出てくるんだと思う」

「なら、危険な戦いがない限り美春さんと沙月さんが一緒にいても問題はないと考えてもよさそうだね」

「うん」

「といっても、勇者を戦いから遠ざけるのは問題の先送りにすぎないわけだけど。問題を根本的に解決するのなら、高位精霊の怒《いか》りを鎮《しず》めてもらうのが望ましいのかな？」

「……うん、それができれば理想的ではある」

「けど、エリカの中にいた高位精霊は、美春さんとアイシアをリーナと同一視した上で怒りをぶつけようとしていた。だよね？」

「うん、リーナは美春の前世だから。そして……」

「アイシアの前世でもあるの？」

「そう、でもある、と思う」

間違《まちが》いではない。だが、完璧《かんぺき》な正解でもない。そんなニュアンスを持たせて、アイシアは首を縦に振《ふ》った。そして――、

「高位精霊達《たち》はリーナも六賢神と一緒に裏切ったと思っているんだと思う」

と、付け加えた。

「裏切った、か……」

いったいリーナを含《ふく》む七賢神と高位精霊達の間に何があったというのか？

「他に聞いておきたいことがなければ、どうして高位精霊が七賢神を恨んでいるのか、他にも大昔に何があったのか、もっと詳《くわ》しく話す」

「なら、お願いしようかな」

「わかった。千年以上前。ううん、それよりもずっとずっと昔のこと。世界には一柱の神と、神に従う十四の超越者《ちょうえつしゃ》がいた。竜《りゅう》の王、すなわち竜王と、六大精霊、そして七賢神」

と、アイシアは超越者について語り始める。

内訳としては七賢神が七柱、六大精霊と呼ばれる高位精霊が六柱、そして竜王が一柱で、合計十四なのだろう。ともあれ——、

「竜の……王」

聞き覚えのある言葉に、リオが反応する。エリカとの戦いの中で、エリカの中にいた誰かが他《ほか》ならぬリオに向けて言った言葉だ。

「竜の王は春人のこと」

「俺《おれ》の……」

アイシアから面と向かって告げられ、リオは軽く言葉に詰《つ》まる。

「リオの前世が天川《あまかわ》春人であるように、天川春人の前世が竜の王だった」

「……なるほど」

前世のさらに前世があったとは、実に胡散臭《うさんくさ》く感じる話ではある。だが、アイシアを疑うという選択肢《せんたくし》はリオの中にはない。それに、美春の前世が七賢神のリーナだとは既に聞いていたし、リオに天川春人という前世がある以上、天川春人に前世があってもおかしくはない。ゆえに、驚《おどろ》きは少なかった。

「神は世界を創造し、超越者達と共に世界を管理していた。けど、ある日を境に神は世界から消えた。残ったのは十四の超越者達。それと、神は世界を去る前に超越者達に指示を

出し、それを実行するための法則《ルール》をいくつか残していった」

「続けて」

「世界から唯一《ゆいいつ》の神が消えた後、超越者達は神が定めた法則の下で、神の代わりに協力して世界を管理することになった。ただし、神がいた頃とは管理の積極性が大きく変わった」

「というと？」

「神がいた頃、神は予言を行い、時には天罰《てんばつ》も加えることで積極的に人類に干渉《かんしょう》していた。人類が歩む歴史を神が定め、神が人間社会の決まりを定め、人々は神に従って生きていた。人々が予言に従わず、過《あやま》ちや悪が誕生しそうになれば、神は天罰を加えてその芽を摘《つ》み取っていた。それは神が示した方向へと進んでいく世界。すべての生命が調和した、神だからこそ創《つく》れる理想郷。これが、神が去る前の世界の在《あ》り方」

けど、神はそんな理想郷を放棄《ほうき》して、世界を去って超越者達に世界の管理を託《たく》したのだという。

（……どうして神は世界を去ったんだろう？）

リオの脳裏に浮かんだのは、そんな疑問だ。ただし、話の腰を折ることはしないで、もっと話を聞いてみることにした。

「ここからは神が世界を去った後の話。神は世界を去る前、超越者達に役割を与《あた》えた。そして世界の管理を必要最小限に留《とど》めるよう指示した。そうして人類は神の導きを失い、神が定めない歴史を歩むことになる。結果、人々の意見が対立するようになり、価値観にも個人差が生まれた。一つにまとまっていた群れはいくつもの集団に分裂《ぶんれつ》して、身分の差ができて、貧富の差が開いて、人類同士の争いも起きるようになった」

それらは必然といえば必然の流れに思えた。というより、今の世界の在り方と何ら変わらない。人は自由意思を持つ生き物だからだ。

人類の価値観を一つにして争いをなくす術《すべ》など、少なくともリオには思《おも》い浮《う》かばない。それができていれば人類は戦争をしない。神がいったいどうやってそれを実現していたのかもわからない。

「神がいた頃と比べて、世界は乱れた。けど、超越者達は神が残した指示に従って静観し続けた。どうしても看過できない局面において、自らの役割を果たすべき時にのみ世界に介入《かいにゅう》した」

「……今の世界とそう変わらない、のかな？」

「超越者が存在していたこと以外は概《おおむ》ね。けど、今は大国の対立によって均衡《きんこう》がとれている分、戦争の回数や死者の数は昔の方が多かった。だから、超越者の中にはそうして荒《あ》れ果てる世界を嘆《なげ》く者がいた。中には失望する者もいた」

なぜだ？　なぜ神は世界を去ったのだ？　全知全能の神ならばわかっていたはずだ。世界がこうなることを。世界が不条理で満ちてしまうことを。

そう思ったのだという。なまじ神が実現した理想郷の管理を間近で手伝っていた分、超越者達の失意は大きかったのだろう。

「だから、この世界からあらゆる不条理をなくしたいと願った。超越者という役割を与えられた自分達がどうにかしようと思った」

アイシアはそこまで語ると、少し間を空けて――、

「それがすべての始まり」

と、付け加えた。

「どうにかしようと思ったのは七賢神《しちけんじん》達。別の次元に消えたとされる神を連れ戻そうと、次元に孔《あな》を開ける研究を独断で始めた」

アイシアはさらに説明を続ける。

「それは超越者の能力をもってしても難しいことだった。通常の空間魔術《まじゅつ》では達成し得ない神の御業《みわざ》。けど、成果が出始めた。神がどこにいるのかまでは突《つ》き止《と》められなかったけど、別の次元が存在することを観測した」

すべては神をこの世界に戻すために、だ。

「それから、七賢神は観測した次元に孔を開けるための実験を繰《く》り返すようになった。研究は難航しながらも、問題を一つ一つ乗り越《こ》えて少しずつ前進した」

でも——と、アイシアは口を動かす。

「七賢神は一枚岩ではなかった。神を世界に戻すという目的は建前として共有していても、本音である思惑《おもわく》までは共有していなかった。リーナ以外の賢神達は世界に不条理を振りまく人類に失望しきっていたのかもしれない。だから、次元に孔を開けることの危険性を知りながらも、孔を開けようとした。それでリーナは他の賢神達を止めようとした。けど、できなかった。リーナは幽閉《ゆうへい》されて、七賢神は六賢神になった」

「……続けて」

色々と気になることは多いが、リオは話を掘《ほ》り下げることで本題が脇道《わきみち》に逸《そ》れることを嫌《きら》ったらしい。

「リーナを幽閉した状態で、他の六賢神達は実験を継続《けいぞく》した。そして、遂《つい》に任意の次元に孔を開けることに成功する。それが今から千年と少し前のこと」

「その頃って、確か……」

今から千年と少し前といえば……。

リオの脳裏にとある歴史的事実が思い浮かんだ。

「うん、神魔《じんま》戦争の勃発《ぼっぱつ》。六賢神達が成功させた実験。その結果がそれ」

「……とんでもない話を聞いてしまった気がする」

リオは深く息をついて背もたれに体重を預けた。またしても頭を整理する時間が欲《ほ》しい衝動《しょうどう》に駆《か》られたが、こうなったらもう最後まで聞いておくべきだろうと腹をくくったのか、再び重心を前へと移す。

「次元に孔が開いた結果、異界から魔の軍勢が大挙して押《お》し寄せてきた。場所はシュトラール地方の西端《せいたん》。異界にも超越者と並ぶ存在がいて、何よりも魔物の物量が圧倒的《あっとうてき》だった」

結果、人類に被害が及ぶのは目に見えていたのだという。

「六賢神は異界の物量に対抗《たいこう》するため、人類に魔術と魔法を与えた。そして現代では発明もできない強力な魔道具を量産した。それで戦争はしばらく膠着《こうちゃく》状態になった。けど決め手には欠ける。そこで高位精霊《せいれい》や竜王にも協力を求めることを検討し始めた。幽閉していたリーナの協力も得ようとした」

神魔戦争の勃発は高位精霊や竜王が動くに足る理由だったそうだ。

「問題はその時点で六賢神はリーナからの信頼《しんらい》を失っていたということ。事の顚末《てんまつ》を正直に伝えると、高位精霊や竜王からも反発を買う恐れがあったということ。そこで、六賢神はまずリーナの幽閉を解くことにした」

協力を求められて、リーナは事の顛末をすべて打ち明けた上で高位精霊と竜王に助けを求めるべきだと六賢神《ろくけんじん》に訴《うった》えたそうだ。そして、六賢神はリーナを高位精霊と竜王のところへ使者として送《おく》り込むことを決めた。

「世界から不条理をなくそうとした結果、さらなる不条理を招いてしまった。リーナは神魔戦争の勃発を食い止められなかったことを深く悔《く》いていた。だから、高位精霊と竜王への謝罪を兼《か》ねて、協力を要請《ようせい》しに出向く使者役を買って出た。それでまず向かったのが高位精霊達のもと」

当時、高位精霊達は未開地に集結していたのだという。精霊の民達も既に里を築いて暮らしていて、今と同じように人間と関《かか》わらず慎《つつ》ましやかに暮らしていたそうだ。

「高位精霊達は怒りながらも、外敵の排除《はいじょ》を優先して眷属《けんぞく》の精霊達と一緒にシュトラール地方へ向かった。精霊達が戦いへ赴《おもむ》いた事実に気づき、里の民達も神魔戦争へ参戦した。リーナは残る竜王の説得へと向かった」

戦力は充実《じゅうじつ》し、この世界の軍勢が優勢になるかと思えたが――、

「そこで新たな問題が発生した。高位精霊が未開地を出発して間もなく、リーナが竜王の説得に向かっている間に、異界の軍勢がヤグモ地方の一部に出現した」

どうやらシュトラール地方から転移して送り込まれたらしい。

「……かなり逼迫《ひっぱく》していたんだろうね」

「それだけじゃない。リーナが竜王の説得に成功した頃、シュトラール地方に向かった高位精霊が六柱とも消失した。正確には六賢神が勇者召喚のシステムを構築して高位精霊をその核《かく》に組《く》み込んだ。リーナは高位精霊を解放しようとしたけど、できなかった。だから、高位精霊達はリーナも六賢神達と一緒に裏切ったと思っている。ううん、七賢神を恨んでいる」

「……なるほど」

およそ千年前に何があったのか、これでようやくリオも大筋を理解できた。

「以降、リーナは説得した竜王と行動を共にした。ヤグモ地方に押し寄せてきた軍勢を一掃《いっそう》すると、シュトラール地方に向かって神魔戦争を終結させた」

「……竜王と行動を共にする辺りから話が一気に飛んだ気がするんだけど。どうやって神魔戦争を終結させたのか、とか、六賢神がどうなったのか、とか」

「……その辺りのことは何もわからないの。戦争終盤《しゅうばん》のこともよくわからない。思い出せないのか、覚えていないのか。記憶が、曖昧《あいまい》で……」

それすらもわからないと、アイシアはもどかしそうに右手で額に触《ふ》れた。

「覚えているのは、竜王の命が危《あや》うくなるほど力を使い果たしていたこと。リーナも消耗《しょうもう》していて、そんな状態で不穏《ふおん》な何かを予見したこと。だから転生を試みた。そして私が誕生した。竜王の力を転生した竜王自身に還《かえ》すために……」

と、語りながら自らの内に眠《ねむ》っていた記憶を掘り起こそうとしているのか、アイシアは焦点《しょうてん》の定まらない目になる。

「……まだよくわかっていないんだけど、美春さんの前世がリーナであり、アイシアもある意味ではリーナだったかもしれない、っていうのは？　リーナがアイシアを産んだって言っていたけど……」

ちょうどいま語られている内容とも関連すると思ったのか、リオはアイシアの記憶を喚《かん》起《き》するべく新たな問いを投げる。

「……うん。私は、リーナが創り出した人型精霊なの。転生する間際《まぎわ》、竜王の力と一緒に、必要な……、必要な……」

アイシアは頭痛を堪《こら》えるように、額を手で押さえ始めた。

「思い出せないなら、無理に思い出そうとしなくてもいいよ？」

リオは慌《あわ》ててアイシアに呼びかける。

だが——、

「私の中にある千年前の記憶は、リーナの記憶を転写したもの、みたい。私を創り出したその時には、リーナも死が近かった。だから、リーナは私に……」

その時、アイシアは目の前に座《すわ》るリオを見ているようで、見ていなかった。代わりに彼《かの》女《じょ》の瞳に映っていたのは、他ならぬ自分自身だった。

◇◇◇

どうしてだろうか？

「ごめんなさい。時間がないわ。すべてを転写する前に彼《かれ》が死んでしまいそう。千年後の彼と貴方にすべてを託すことになってしまう」

血まみれの手で、床《ゆか》に描《えが》かれたとても複雑な術式を起動させている。目の前にはおぼろげな瞳をしたアイシアが立っていた。

「彼をお願い……。とても優しい人なの。転生した私はとても無力だろうから」

床に描かれた術式の中央に、擦《かす》れた視線を向ける。そこには今にも息絶えてしまいそうな男性が横たわっていた。この人物こそが竜《りゅう》の王だと、なぜかわかった。

「……」

アイシアはぼんやりとした顔で、こくりと頷いていた。

その瞬間《しゅんかん》、気づいた。

いま見ているこの光景は、アイシアの記憶ではない。

そう、これはリーナの記憶なのだと。

「彼が死ぬ前に、転生させないと。霊約《れいやく》を発動させるわ。さあ、貴方は彼の中に……」

リーナは自らの生命力すらも魔力《まりょく》に変換《へんかん》して、神代の大魔術を発動させようとしている。

そして、アイシアは……。

「……アイシア？　アイシア？」

リオがアイシアの名を呼んだ。

◇◇◇

「アイシア、アイシア？」

と、リオに名前を呼ばれて——、

「……何？」

アイシアは大きく見開き続けていた目を瞬《しばた》かせて、ハッと我に返った。

「ぼうっとしていたけど、大丈夫《だいじょうぶ》？」

リオが心配そうにアイシアの顔を覗き込む。

「………」

アイシアは返事をせず、突然、霊体化した。かと思えば――、

「え？」

テーブル越しに座るリオの真横で実体化する。

そして、愛《いと》おしそうにリオに抱《だ》きついた。

「……えっと。アイシア？」

いきなり抱きつかれて困惑《こんわく》するリオ。急にどうしたんだろうかと、気遣《きづか》うようにアイシアの名を呼んだ。

「記憶が断片的《だんぺんてき》な理由を思い出したの。私はリーナの記憶を不完全に転写されただけ。だから知らないこともたくさんある」

と、アイシアはリオに抱きついたまま言う。

「そっか」

「私はリーナの記憶を持つけど、リーナではない。美春も、リーナの生まれ変わりではあってもリーナではない」

「……うん、そうだね。俺もそう思う」

美春がリーナの生まれ変わりだと言われても、正直、リーナという人物に対して何か特別な思いが湧《わ》くわけではない。美春は美春だ。アイシアはアイシアだ。それがリオの偽《いつわ》りない本心だった。

「私が持つ千年前の記憶は完璧ではない。けど、これだけはわかった。リーナと竜王は転生してでも成《な》し遂《と》げたい何かがあった」

アイシアは確かな声色《こわいろ》で語った。そして——、

「でも、春人は春人。そしてリオでもある。美春も美春。竜の王でも、賢神リーナでもない。だから、今の二人が覚えてもいない前世に縛《しば》られる必要はない」

と、付け加える。

「……確かに、そうかもしれないね」

リオとしても天川春人のことならまだしも、まったく記憶にない竜の王とかいう前世の前世が貴方のことだと言われても、まったく実感が湧かない。だが——、

「でも、それでも俺は竜の王が転生した存在なんだよね？　魂《たましい》だけでなく、その権能も引き継《つ》いでいる」

リオは少なくとも、自分の前世の前世が竜の王であったらしいということを否定はしなかった。なぜなら——、

「……春人が背負《せお》う必要はない。美春が背負う必要もない」

　アイシアが、一人で抱《かか》え込もうとしている。そんな顔をしている気がしたからだ。もし、今度はリオが死に追い込まれるようなことがあったら？　つい先ほど垣間見《かいまみ》たリーナの記憶が脳裏をよぎって、最悪の場面を想像してしまったのかもしれない。アイシアはとても不安そうな顔で、リオも美春も竜王とも賢神リーナとも別人なんだと暗に訴えた。

「そうだね。竜の王として生きようだなんて、思えないし思わない。でも、それを言ったらアイシアだってそうだろう？　アイシアはアイシアだ。記憶なんて関係ない」

「私は……、リーナから託されてしまったから」

　これは、自分がやるべきことだと、アイシアは一人で背負い込もうとする。

「なら、俺も一緒《いっしょ》に背負うよ。アイシアがこれから背負おうとしているものを」

　リオは何の迷いもなく、そう言ってのけた。

「でも……、とても危険なことが起きるかもしれない。千年前、強力な権能を持つ竜王ですら死の淵《ふち》に追い込まれた」

「だから、自分一人でなんとかする。もしかして、そう言おうとしていない？」

　と、リオはアイシアの胸中を見透《みす》かしたように訊《き》いた。

「……私は春人に死んでほしくない」

アイシアは不安そうに想《おも》いを吐露《とろ》した。

するとリオは柔《やわ》らかく笑って——、

「俺も一緒だよ。アイシアには死んでほしくない。だから、尚更アイシア一人に託すわけにはいかない。権能は俺じゃないと使えないんだろ？」

ここでアイシアを抱きしめ返した。それはアイシア一人では行かせないという決意の表れである。

「…………」

自分からもリオを抱きしめる腕《うで》の力を強くしていいのか、アイシアが逡巡《しゅんじゅん》しているのがわかった。だから——、

「今はまだ何をすればいいのかもわかっていないんだろ。なら、深く考えないで一緒にいればいいさ」

とんとんと、リオは子供をあやすようにアイシアの背中を叩《たた》いて告げる。

「……うん」

アイシアは泣きそうな声で頷き、リオの胸元《むなもと》に顔を埋《うず》めたのだった。

◇◇◇

それから、どれほどの時間が経《た》っただろうか。何分も経ったわけではない。一分も経っていないかもしれない。

「…………」

アイシアは胸元からのそりと顔を上げて、リオの顔を見つめた。

「……もう大丈夫？」

「うん」

「そっか。じゃあ……」

仕切り直そうかと言いかけたリオだが、今の自分達が密着している状態であることを思い出す。椅子《いす》に座るリオにアイシアが屈《かが》んで抱きついている体勢だ。

「とりあえず座って話そうか」

と、リオは少しバツが悪そうに提案してから、立ち上がりながら小柄《こがら》なアイシアの身体を抱きかかえた。そして隣《となり》の椅子に座らせると、自分も元いた椅子に腰を下ろす。

「私が記憶しているだいたいの大筋は話した。他に何か聞きたいことはある？」

「神が定めたルールについて、かな。今の俺はみんなから忘れられている。みんなとも会わない方がいい。そう言っていたけど、これもそのルールが関係している？」

「うん」

「どんなルールか、記憶はある？」

「ある。超越者は神がいなくなった世界で、神の代わりに世界を管理する者達《たち》。そして超越者はその気になれば世界すら滅《ほろ》ぼしうる力を持つ。だから、神はそんな力を持つ超越者達が特定の個人や集団だけに肩入《かたい》れしないよう、そして特定の個人や集団が超越者を取り込めないよう、ルールを定めた」

それは、すなわち――、

「超越者は自らの権能を行使する度《たび》に、世界から存在を忘れられる」

ということだった。

「……超越者に関することを、全部？」

「そう。超越者を特定できそうな情報はすべて人々の記憶《きおく》から抜《ぬ》け落ちる」

「でも、六賢神や高位精霊の伝承は各地で残っているよね？」

「誰が超越者なのかを特定できなければ、この世界に超越者が存在するということは認識《にんしき》できるし、超越者がどういうことをしたのかを記録することもできる。ただ、誰《だれ》がその超越者なのか、個人を特定しうる情報は一切《いっさい》記憶することができなくなる」

結果、超越者は半ば伝説の存在として扱《あつか》われるのだという。

「じゃあ、一度記憶を失ったら、絶対に思い出すことはない？　記憶を失った相手にどうして記憶を失ったのかを明かすことは？」

ルールの抜け道《みち》はないのか、リオが質問する。

「……教えた瞬間、記憶が抜け落ちていくと思う。何度も記憶を失うとどういう影響《えいきょう》が出るかわからないから、無理に思い出させようとするのは推奨《すいしょう》できない。それに、超越者になった者は記憶に残りづらい存在になる。超越者であることを隠《かく》して接触《せっしょく》しても、気がつくと存在を忘れられてしまう」

「魔術、なのかな？　精霊術？　いや、でもそんな世界規模でどこにいようが発動させることなんて……」

「神はそれができた」

「……凄《すさ》まじいね」

あまりに規格外《きかくがい》すぎる能力に、リオはかろうじて言葉をひねり出した。

「ルールの注意点はこれだけ？」

「……まだ、他にもルールはある」

ルールの内容がなかなか辛《つら》いものなのか、言いづらそうにするアイシア。

「気にしないでいいよ。言って」

リオは既《すで》に覚悟《かくご》を決めているのか、顔を引き締《し》めて促《うなが》す。

だが――、

「権能を行使しない場合であっても、超越者は特定の個人や集団の利益のために肩入れしてはならない。超越者は人類や世界全体の利益のために力を振るう必要がある。ただし、特定の個人や集団の利益と、全体の利益とが重なる場合は別。それと、正当防衛に該当《がいとう》する場合や超越者の役割をまっとうする場合もこの限りではない。超越者は超越者のことを忘れない」

「もしいずれの例外にも当たらない場合に、超越者が誰かに肩入れしたら？」

「……今度は超越者もその誰かのことを忘れるようになる」

アイシアから告げられた二つ目のルールは、事前の覚悟をもってしても容易に受け止めることはできない代物《しろもの》であった。

肩入れしようとする相手の記憶を失ってしまえば、どうして肩入れしようとしているのかもわからなくなってしまう。

そういうことなのだろう。超越者の力が巨大《きょだい》すぎるから、世界のパワーバランスを崩《くず》さないようにする。神がこんなルールを定めた理由はもっともなのかもしれないが、なんともむごい仕打ちであった。

「だから、みんなとは距離《きょり》を置いた方がいい、か」

「うん……」

アイシアは悲しそうな声で、俯《うつむ》くように首肯《しゅこう》する。そして――、

「誰かに肩入れしたからといって、すぐにルールが発動するわけではない。必要性を判断するためなのか、多少はお目こぼしされる……らしい。けど、誰かと行動を共にし続けることで肩入れしていると判断される恐《おそ》れはある」

と、アイシアはリオを気遣うように付け足した。

「どこまで肩入れしたら記憶を失うのか、線引きができないってことか。確かに、迂闊《うかつ》にみんなと接触しない方がいいかもしれないね」

「……うん」

「確認《かくにん》するまでもないのかもしれないけど、今の俺は、超越者……だよね？　だからルールが適用される立場にある」

「うん。権能の行使をもって超越者だと判断される。春人も、同化していた私も、聖女エリカも、さっきの戦いで超越者だと世界から認識されたはず」

つまり、今後リオが何かしらの事態に介入するとなったら、皆《みな》の記憶を失う覚悟で介入する必要があるということだ。

「……………そっか。わかった」

大切なみんなのことを忘れるのは怖《こわ》いのだろう。かろうじて絞《しぼ》り出したリオの声は小さく震《ふる》えていた。

——みんなから忘れられてしまうのは、私だけでいい。

アイシアはそう言って、暴走した高位精霊を一人で止めようとした。

けど、みんなから忘れられるだけではなかったのだ。自分もみんなのことを忘れてしまうかもしれない。

やはり自分が一人で背負うべきだったのではないか？　今になってあの時の言葉が脳裏《のうり》をよぎり、アイシアは沈痛《ちんつう》な面《おも》持ちで俯いてしまう。だが——、

「……大丈夫だよ。後悔《こうかい》はしていないから」

と、リオはアイシアの気持ちを察したように微笑《ほほえ》みかけた。

「アイシアが一人だけ忘れ去られるようなことにならなくて、本当に良かった」

それはリオの偽りない本心だった。

「…………」

「どうすればいいかは、また改めて考えよう。誰とも接触できないのは不便かもしれないけど、少なくとも俺達《おれたち》はお互《たが》いのことを忘れないんだから。アイシアがいてくれて本当に

良かった」

二人でいれば孤独《こどく》じゃないと、リオは軽い調子で告げながら手を伸《の》ばし、アイシアの頭を優《やさ》しく撫《な》でた。すると――、

「ルールがあるから、昔の超越者達も滅多《めった》に誰かの前には姿を現すことはしなかった。でも、だからこそ超越者は眷属を持つことが許されている」

アイシアが思い立ったように、新たな単語を口にした。

「……眷属？」

「眷属も超越者のことを忘れない。超越者と同様にルールに縛られるけど、超越者が特定されないよう超越者の手足として動く者」

「じゃあ、俺にも眷属がいる、の？」

「千年以上前にはいた……と思う」

「竜王の眷属については、アイシアも知らない？」

「リーナから託された記憶の中にはない……と思う。思い出せない」

「……なるほど。まあ、でも、千年以上前のことだし」

まさか今この時代にもいるとは思えない。仮にいるとしても、リオも竜王の記憶は失っている以上、どこにいるかすらもわからない。相手もリオが竜の王だとはわからないので

はないだろうか？

「超越者と眷属は繋《つな》がりがある。だから超越者は自分の眷属を呼び出せる……らしい」

「呼び出すって、どうやって？」

「……わからない」

そもそも竜王は一度死んだのだ。

繋がりが残っているのかも怪《あや》しいだろう。

とはいえ――、

「いでよ、眷属……とか？ なんちゃって」

物は試《ため》しだ。リオは手を伸ばし、それっぽいフレーズを口にした。ただ、自分で言って恥《は》ずかしくなったのか、こそばゆそうに苦笑いを漏《も》らす。

その直後のことだ。空間魔術でも発動したかのように、リオが手をかざした先の空間が歪《ゆが》んだ。そして――、

「え……？」

一人の少女が現れる。年頃《としごろ》は十歳《さい》にも満たないほどに幼い。日本なら小学二、三年生くらいに見える。服装はシュトラール地方のものではなく、ヤグモ地方で作られたデザインであるように思えた。

「我こそは偉大《いだい》なる竜王様の眷属でございます！　お久しぶりです！　お会いしとうございました！」

少女は大仰《おおぎょう》な手振《てぶ》りを添《そ》えて恭《うやうや》しく頭を下げ、ノリノリに登場の口上を口にした。ただ、様子が変だった。

「うーん、少し仰々しいですかね。でも、千年ぶりの再会を果たすわけですし、粗相《そそう》がないように最初は畏《かしこ》まって挨拶《あいさつ》をしないと……」

何か違《ちが》うと思ったのか、少女はうーんと頭をひねり出す。なんというか、すぐ傍《そば》にリオとアイシアがいることに気づいていない感じだ。そもそもリオとアイシアがいる方を見ていない。

「…………」

リオは呆気《あっけ》にとられて少女を見つめている。

「え……？」

ここでようやく少女がリオとアイシアに気づく。

「えっと……、初めまして」

リオはぺこりとお辞儀《じぎ》を添えて挨拶した。すると――、

「…………し、失礼しました！　です！　竜王《りゅうおう》様！」

少女はみるみる顔を真っ赤にし、地面に頭をこすりつける勢いでその場にひれ伏《ふ》したのだった。

【第三章】 ❀ 眷属

「竜王様！」

と、少女がリオの前で平伏《へいふく》している。

「……えっと、とりあえず頭を上げてくれないかな？」

反応に困ったリオが恐る恐る少女に呼びかけた。

「め、滅相《めっそう》もございません！　とんだご無礼を……！」

少女は「ははあ！」とでも言わんばかりに頭を下げ続けている。すると、リオが少し俯《ふ》に落ちない表情を覗《のぞ》かせて――、

「君は……俺《おれ》が竜王だってわかるの？」

と、質問した。

「はい！　眷属である私を呼び出せるのはこの世で唯一《ただ》人、竜王様だけであらせられます！　竜王様との繋がりも感じます！　お姿が変わったのは何か理由があってのことでしょうが……」

少女は頭を下げたまま、迷わず断言する。

「そう……なんだ。けど、やっぱり顔を上げてくれない？　というか、座らない？」

「よ、よろしいのでしょうか？」

「もちろん。というかお願いしたいくらいだから。さあ、立って」

十歳にも満たないであろう女の子が自分にひれ伏している姿を見るのは、なかなか精神衛生上よろしくない。リオはそそくさと手を差し出した。

「あ、ありがとうございます！」

少女は恐る恐る顔を上げると、歓喜《かんき》してリオの手を掴《つか》み立ち上がった。立ち上がって手を離《はな》した後は、瞳《ひとみ》をキラキラさせて自分の手を見つめている。なんというか、憧《あこが》れの有名人と握手《あくしゅ》できて喜んでいる時の反応だ。

（……この子が竜王の眷属、なんだよな？）

リオはなんともバツが悪そうに少女を見つめてから――、

「じゃ、じゃあ、そこの椅子に座って……、どうしたの？」

と、少女に着席を促した。ただ、少女が胡乱《うろん》げにアイシアを見つめ始めたことに気づいて、何事かと尋《たず》ねる。

「………そ、そこの女からあの女の気配がするんですが」

少女は憮然《ぶぜん》としてアイシアを指さした。

「……あの女？」

「七賢神のリーナです！」

と、少女は不服そうにその名を口にした。

「……そんなことまでわかるの？」

「ど、どうしてですか⁉」

「え、えっと、何が？」

どういうわけか少女は「むううっ」と拗《す》ねたような顔をしている。何やらただ事ではない気迫《きはく》を感じとり、リオは押され気味に訊き返した。

「千年の間、その女とずっと一緒にいたんですか？」

「いや……、まず彼女はリーナじゃないというか」

「え？」

「それに、俺も竜の王じゃないし」

「ええ⁉」

「正確には、竜の王の記憶がないんだけど……」

「き、記憶が……ない？」

少女はぱちぱちと目を瞬いて呆《ほう》けてから——、

「じゃ、じゃあ、私のことも覚えていないんですか⁉」

泡《あわ》を食ってリオに尋ねた。

「……うん」

嘘《うそ》をつくわけにもいかず、リオは首を縦に振《ふ》る。

「そんな……」

少女はうるうると目に涙《なみだ》を滲《にじ》ませた。彼女が本当に竜王の眷属であるのなら、見た目通りの年齢《ねんれい》をしていないことは確かだ。実年齢はおそらく千歳《せんさい》以上。

しかし、十歳にも満たない少女にしか見えないのもまた確かだし、今にも泣き出しそうな顔はあどけない少女のそれである。

「その……、ごめん」

リオは罪悪感を滲ませて頭を下げた。すると——、

「あ……、い、いえ！　そんな、頭をお上げください！　し、失礼しました！　取り乱してしまい！」

少女はハッと我に返り、何度もぺこぺこと頭を下げ返す。

「いや、困惑しているのはお互い様《さま》だから」

気にしないでと、リオは少女に言い聞かせる。そして――、

「じゃあ、そちらの椅子に」

「し、失礼します！」

リオに勧《すす》められ、少女は向かいの席に腰《こし》を下ろす。

「飲み物、冷たいお茶でいい？」

「は、はい！　なんでもありがたく！」

少女は萎縮《いしゅく》した様子で返事をする。

「《解放魔術《ディスチャージ》》」

リオは時空の蔵《くら》から金属製のタンブラーやお菓子《かし》を取り出し――、

「はい」

冷たいお茶を注いで、少女に差し出した。

「あ、ありがとうございます！　……綺麗《きれい》な容《い》れ物《もの》ですね」

少女は緊張《きんちょう》気味につかえながら礼を言うと、金属製の容器が物珍《ものめずら》しかったのか、見惚《みと》れたように瞠目《どうもく》する。タンブラーはドワーフ謹製《きんせい》の品だ。飲み物が冷めにくいので、リオもよく利用している。

「どうぞ。お菓子もあるから」

「はい……。ふぁ、美味《おい》しい」

少女は両手でタンブラーを掴んで飲み物を口にすると、大きく目をみはった。

「それは良かった」

「お、お菓子も美味しいです！」

「遠慮《えんりょ》しないでいいからね」

リオは嬉《うれ》しそうにお菓子を食べる少女を見て微笑ましそうに言う。そして――、

（……竜の王が存在していた頃《ころ》から生きているのかと思ったけど、実はそんなに長生きしていないのかな？）

そんな疑問も抱いた。

「はい、おしぼり」

アイシアが濡《ぬ》れた布巾《ふきん》を差し出す。

「ありがとうございます。……はっ⁉」

少女はにこにこと笑《え》みを浮《う》かべて口を拭《ふ》く。だが、子供っぽく見られているとでも思ったのか、すぐに気恥《きは》ずかしそうに頰《ほお》を赤らめ俯いてしまった。

「じゃあ、まずは自己紹介《しょうかい》から、いいかな？」

リオは少女を気遣って話を振る。

「は、はい！」

「俺はリオ。シュトラール地方で生まれ育ったけど、両親はヤグモ地方のカラスキっていう王国の出身で、年齢は……、もうすぐ十七歳になる」

「リオ……様」

少女は目をみはり、噛《か》みしめるようにその名を呼ぶ。

「で、この子はアイシア。七賢神《しちけんじん》のリーナが生み出した人型の精霊《せいれい》で、今は俺と契約《けいやく》している」

リオは続けてアイシアを紹介した。

「アイシア、むう……」

七賢神のリーナに対して複雑な思いがあるのか、少女はアイシアに警戒心《けいかいしん》の籠《こ》もった眼《まな》差《ざ》しを向けている。それを察して――、

「リーナから記憶を受け継いでいるらしいけど、アイシアはリーナとは別人だよ」

と、リオは諭《さと》すように付け加える。

「はい……」

「アイシアがリーナの記憶を取り戻《もど》したのは今日なんだ。それで俺も竜の王の生まれ変わりだって教えてもらったんだけど……」

いきなり生まれ変わったなんて話をして信じてもらえるだろうか？　リオは説明しながら少女の反応を窺《うかが》った。

「竜王様は転生したんですね」

少女は複雑な気持ちなのか顔を曇《くも》らせる。

「……信じてくれるんだ」

リオは意外そうに目を丸くした。

「私が竜王様を疑うなんてありえません！」

「そ、そっか」

「それに、七賢神共はそういう研究をしていたって、リーナが言っていました」

「……君はリーナと会ったことがあるの？」

「はい。竜王様を神魔《じんま》戦争の場に引きずり出したのはあの女ですから。それで竜王様が戦いを終わらせて、けど竜王様との繋がりが途絶《とだ》えて、今日に至るまで……」

少女は当時のことを振り返ったのか、はたまた竜王がいなくなってからの千年の想いがこみ上げてきたのか、可愛《かわい》らしい瞳にじわりと涙をにじませた。

「そう、なんだ」

リオはいたたまれない気持ちになる。

「やはり竜王様は亡《な》くなられたのですね」

「………」

そうだよと、肯定《こうてい》するのは簡単だ。しかし、今にも泣きそうな少女にそれを教えるのは気が引けてしまった。リオは辛《つら》そうに口を噤《つぐ》んでしまう。だが――、

「だ、大丈夫です！　泣いていませんから！　ぐすっ」

少女は知りたがった。どう見ても泣いているのだが、強がって涙を拭く。それでリオも告げる覚悟を決めた。

「戦いの直後に竜王は死んでしまったらしい。そして千年後の今、その魂は俺の肉体に宿っているらしい、んだけど……」

「昔の記憶がないのですね」

「……うん。竜王は前世の前世に当たるみたいなんだけど、前世の記憶はあっても、竜王の記憶はさっぱり」

「竜王様は一度ならず、二度も転生を？」

「うん。一度目の転生はここは違う別の世界で果たしたんだけど、そっちの世界でも竜王のことなんかまったく覚えていなかった」

「けど、今度の転生では前世の記憶を覚えていると。それは、妙《みょう》じゃありませんか？　ど

うして竜王様の記憶だけ……」

　少女はもどかしそうに唇《くちびる》を尖《とが》らせる。

「確かに、前世の俺の記憶だけあって、竜王の記憶だけ喪失《そうしつ》しているのは不思議だけど」

　リオも少女と共通の疑問に行き着き、もしかすると答えを知っているかもしれないアイシアに視線を向けた。すると――、

「この世界の住民と見なされた者が外の世界へ移動すると、転生でも転移でも記憶を失うみたい。詳《くわ》しい理由はリーナにもわからなかったみたいだけど、たぶん神が定めたルールの一つ」

　と、アイシアはリーナの知識を頼《たよ》りに回答する。

「……なるほど」

「外の世界の住民がこちらの世界に入ってくる分には記憶を保てる。けど、この世界の住民が外の世界へ一時的に移動して戻ってくる場合は駄目《だめ》。外の世界の住民になったとは見なされないから、前後の記憶を保つこともできないらしい」

「だから俺は竜王の記憶を失っている、か……。けど、アイシアはリーナの記憶を取り戻した。それはどうして？」

「そ、そうです！　どうしてお前だけ覚えているんです!?　ルールには何か例外があるの

ではないですか⁉」

もしかしたらリオが竜王の記憶を取り戻すこともできるかもしれないと思ったのだろう。少女はリオの疑問に便乗してアイシアに迫《せま》った。

「……それはわからない。竜王の魂と共に外の世界に出た時点でルールは適用されたはず。だから私も記憶は失っていた」

「思い出してください！　何か、何か抜け穴《あな》があるんです！」

少女は必死だった。

「……私が持つリーナの記憶は厳密には私自身の記憶ではない。体験を伴《ともな》う記憶ではなく、転写されて学び取った知識に近い。だから、かも？」

アイシアは自信なげに首を傾《かし》げて推測する。

「そんなの、理由になっていません！　きっとあの女は見つけたんです！　神が定めたルールを破る手段を」

「……破れるの？」

リオが瞠目して尋ねる。

「七賢神共はルールをかいくぐる研究をしていました。少なくともルールの強制力を和《やわ》らげる手段は見つけていた」

少女はそう語ると「《解放魔術《ディスチャージ》》」と呪文《じゅもん》を詠唱《えいしょう》した。どうやら少女も時空の蔵と同等か類似《るいじ》する空間魔術の魔道具を所持しているらしい。その腕にはリオが装着する時空の蔵とは異なるブレスレットが装着されていて、少女は一つの仮面を取り出した。

「……この仮面は？」

「千年前に竜王様とリーナがつけていた仮面の予備です。コレを装着している間は超越者《ちょうえつしゃ》に適用されるルールの効果を軽減してくれます」

「そんな品が……」

リオは思わず息を呑《の》んだ。

「私が知っている知識の中にもない」

どうやらアイシアも知らない品のようだ。というより、アイシアがリーナから受け継いでいる記憶がやはり不完全なのだろう。

「じゃあ、これをつけていれば記憶の喪失を防ぐことができる？」

一筋の光明が差した。そう思ってリオが期待を込《こ》めて訊く。が――、

「超越者自身が記憶を失うことは防げます。ですが、権能の行使による忘却《ぼうきゃく》の発生を回避《かいひ》することまではできません」

「……そっか」

そう上手《うま》くはいかないようだ。

「権能を行使しない場合であっても、超越者は特定の個人や集団の利益のために肩入れしてはいけない。超越者は全体の利益のために力を振るう必要がある。他のルールにも効果はあるみたいですが、この仮面は主にこのルールの縛《しば》りを和らげるためのものです」

「なら、これをつけていれば誰かのために力を振るって、戦ったりすることもできる？」

「時間制限付きで、ですが。これは不完全な消耗品《しょうもうひん》です。効果が発動している最中は常に仮面に負荷《ふか》がかかって直《じき》に割れてしまいます」

「仮面は全部で何個あるの？」

「五個です」

「量産は……」

「できません。少なくとも私には。これは当時リーナが造った品なので、リーナがいれば再生産できるかもしれませんが……」

そう言って、少女はアイシアを見る。

「……私は造り方を知らない」

アイシアは申し訳なさそうに首を横に振った。

「となると、竜王様が誰かのために戦えるのはこの仮面が五回壊《こわ》れるまでです。仮面はすべて竜王様にお渡《わた》しします」

少女は「《解放魔術《ディスチャージ》》」と呪文を詠唱し、残る四つの仮面をテーブルの上に置いた。

「……いいの？」

「当然です。竜王様の所有物ですから」

「…………ありがとう」

リオはお礼を言って、仮面を一つ手に取ってみる。

「仮面を顔につければ自動で固定されます。仮面が壊れるか、装着者が取り外そうと念じて取り外さない限り外れることはありません」

「なるほど……」

リオは試しに仮面を顔にあてがった。すると、少女が言った通り、仮面が固定されて動かなくなる。おそらくは魔術的《まじゅってき》な設計のおかげなのだろうが、仮面を装着しているような違和感《いわかん》はほとんどなかった。視界も良好だ。

「一つはアイシアが持っていた方が良さそうだね」

「わかった」

「……どうしてです？」

リオがアイシアに仮面を手渡すと、少女はきょとんと小首を傾げる。

「俺は精霊《せいれい》であるアイシアと同化することでようやくまともに竜王の権能を行使することができるんだ。だから、アイシアも超越者として認定《にんてい》されていると思う」

「えっ⁉　竜王様と同化⁉　この女がですか⁉」

少女はギョッとし、勢いよく身を乗り出す。

「ア、アイシアとは精霊霊約っていう特殊《とくしゅ》な契約を結んでいるらしいんだ。今の俺は人間だから、このままで権能を行使すると負担に耐《た》えられないらしくって。だからアイシアと同化して霊体に近づくことで権能を行使できるようにって……、わかるかな？」

リオはたじろぎながら同化について少女に説明した。

「そ、そういう……」

少女はむうっとふくれっ面《つら》になってアイシアを睨《にら》む。

「そ、そうだ。この仮面は超越者以外が装着しても何の効果もないの？」

リオは咄嗟《とっさ》に別の質問をして話題を逸《そ》らそうとする。

「……霊体を持つ種族特有の気配を隠す効果もあります。霊体を持つ眷属《けんぞく》のための効果ですから、もちろん精霊にも効果はあります。その馬鹿《ばか》みたいに全身から垂れ流しの精霊の気配も隠せるはずです」

「そんな効果が……。だったら尚更《なおさら》アイシアもつけておいた方が良さそうだね」

「つけてみる」

アイシアも仮面を手に取り、自分の顔にあてがった。すると、リオと同じように仮面が顔に固定される。そして――、

「どう？」

気配はちゃんと隠せているのかと、アイシアは尋ねた。

「精霊の気配が隠せているのか、俺にはわからないけど」

「大丈夫《だいじょうぶ》。ちゃんと隠せています」

精霊の気配を感じ取れないリオの代わりに、少女が答える。

「なら、良かった。似合っている？」

アイシアは続けてきょとんと首を傾げて訊《き》いた。

「ああ、ちゃんと似合っているよ」

「ありがとう。お揃《そろ》いの仮面」

「むううっ」

リオとアイシアの何気ないやりとりを見て、少女は羨《うらや》ましそうに唇を尖らせる。そんな少女からの視線を感じ取り――、

「えっと、そういえばまだ君の名前を聞いていなかったよね。遅《おそ》くなったけど、教えても

らってもいいかな？」

ここでリオが少女の名前を尋ねた。

「……私は、ソラです」

一瞬《いっしゅん》、少女は寂《さび》しそうな表情を覗かせてから、自分の名前を口にする。

「ソラちゃんか。良い名前だね」

「……ありがとうございます。この名前は、竜王様から頂いた自慢《じまん》の名前です」

だからこそ、特別な思い入れがあるのだろう。他《ほか》ならぬ竜王の生まれ変わりであるリオが名前を忘れてしまっていることが寂しかったのかもしれない。だが、名前を褒《ほ》めてもらったことで優しい笑みを覗かせた。

「そう、なんだ……。じゃあ、ソラちゃんって呼んでいいかな？」

「は、はい！　もちろんです！」

「よろしく、ソラちゃん」

「よろしくお願いします、竜王様！」

きっとこれが少女、ソラの素の表情なのだろう。えへへと、ソラは人懐《ひとなつ》っこそうに笑って喜んだ。

「竜王って称号《しょうごう》は呼び慣れないから、リオって名前で呼んでもらえると嬉しいかな」

と、リオはちょっぴり気まずそうに頼《たの》むが――、

「そ、そんな畏《おそ》れ多《おお》いです……！」

ソラは畏《かしこ》まってテーブルに平伏する。

「けど……、いや、そういえば竜王の名前ってなんだったの？」

リオは何かをソラに言いかけたが、代わりに竜王の名前を訊いた。

「……リュオ様です」

「え、それって……」

瞠目するリオ。その名前には聞き覚えがあったからだ。かつてリオがカラスキ王国の村で暮らしていた時に、ゴウキの息子《むすこ》であるハヤテが検税官として村を訪問してきた時に教えてもらった話に登場する英雄《えいゆう》の名だ。

「何か思い出したのですか？」

「いや、ヤグモ地方のカラスキ王国にいた頃に聞いたことがあって。ヤグモ地方を訪《おとず》れた魔の軍勢を追い返した伝説の英雄だって……」

「あ、その伝承を広めたのは私です」

ソラはさらっと告白する。

「えっ⁉」

リオはかなりびっくりして目を白黒させた。予期せぬ形で大昔の伝承の創作者と対面したのだ。驚《おどろ》くのも無理はなかった。

「竜王様に助けてもらったくせに竜王様を批判し、あまつさえ竜王様の存在を忘れた連中がのうのうと暮らしているのが許せなかったんです。だから国の王を教育して伝承を広めさせました」

ソラはえっへんと胸を張り、伝承を広めた動機を語る。

「あはは……。けど、そうか。リュオの傍には誰《だれ》か行動を共にしている者がいたって聞いた。一緒《いっしょ》に戦いへ赴《おもむ》いたとも。七賢神リーナのことを指していたのか」

いったいソラが当時の王にどんな教育をしたのかはともかく、リオはかつて聞いた伝承の内容を思い出し、今日知った超越者の知識と興味深そうに照らし合わせた。が――、

「あ、それは……」

「ん、違った?」

リオの推察に誤りがあるのか、ソラが何か指摘《してき》しようとする。

「い、いえ、違わないのです!」

ソラの声が裏返りかける。

(わ、私のことだなんて畏れ多くて言えないです! でもこのままだとあの女が竜王様の

特別な同志だということに……！）

　ぐぬぬと、ソラは激しく葛藤《かっとう》した。すると――、

「あとはソラちゃんも」

　と、リオが付け加える。

「え？」

「ソラちゃんも当時の竜王を助けていたんだろう？　なら、竜王の代わりに、俺がお礼を言うよ。ありがとう」

「い、いえ！　当時の竜王様からもお褒めの言葉は賜《たまわ》りましたので！」

　ソラは顔を真っ赤にして俯《うつむ》いてしまった。

「でも、そうなるとやっぱりソラちゃんは俺なんかよりずっと年上ってことになるんだよね？　ちゃん付けで呼ばれるのは嫌《いや》……だったかな？」

　女の子に年齢の話をするのもどうかとは思ったが、おそらくソラはリオよりも千歳以上は年上だ。このまま子供扱《あつか》いしていいのか悩《なや》み、リオは問いかけた。

「い、嫌じゃありません！　ソラにとって竜王様は永遠のご主人様であり、育ての親なのですから！」

「そ、そう？」

リオはすっかりソラの勢いに押《お》されてしまう。

「はい！　そ、それに、ソラは竜王様の眷属になった時点で肉体的にも精神的にも成長が止まってしまったと教えられました。だから、生きた年数なんて関係ないのです！　ソラのことは配下として扱ってください！　そ、そして、じ、自分の子供のように……、あ、い、いえ、子供扱いしてくださって構いませんので！」

と、勢いに任せて自らの胸中に宿る思いをぶちまけるソラだが、恥ずかしくなってしまったのか、最後の方は声を上ずらせ頬を紅潮させていた。

「…………うん、わかった。じゃあ、ソラちゃんということで」

いくつか気になる情報をソラが口走ったのだが、リオはとりあえず言及《げんきゅう》しないでソラの呼称《こしょう》について正式に決定を下した。

「はい！」

心の底から喜んでいるのか、ソラはだらしなく頬を緩《ゆる》ませる。こうして見ると本当に千年以上も生きている人物のようには見えない。ただの子供だ。精神的な成長が止まっているというのもあながち突飛《とっぴ》な話ではないように思えた。

「それで、一つ訊いておきたいんだけど、ソラちゃんの種族は何なの？　こうしてみると人間にしか見えないんだけど……」

ソラは人間には感じ取れないはずの精霊の気配を感じ取っているし、少なくとも神魔戦争の頃から生きているはずだ。竜王の眷属になった時点で肉体的にも精神的にも成長が止まってしまったって言っていたのも気になっていたので、リオはソラの種族を訊いてみることにした。

「ソラはもともと人間でした。それを竜王様に拾ってもらって眷属になったんです」

色々と話をし、お互《たが》いの自己紹介も済んで緊張も解けてきたのだろうか。それが素の呼び方なのか、ソラの一人称《いちにんしょう》は自分の名前になっていた。

「人間……が、超越者の眷属になれるの？」

ソラが人間と聞いてリオは驚く。

「実際、ソラはなれましたので」

「……眷属だけは超越者の権能行使による忘却の影響《えいきょう》を受けないんだよね？　なら、記憶《きおく》を取り戻してほしい相手を眷属にすれば記憶を復活させることもできる？」

もしかしたらみんなの記憶を取り戻すこともできるのではないか？　リオが気になったのはそこだった。

「実例を見たことがないのでソラにはわかりません。けど、可能性はあるの、かも？」

「眷属はどうやって選ばれるのかはわかる？」

「誰を眷属にするか、竜王様が選ぶんです。任意の相手を眷属にすることができると仰《おつしや》っていました」

「なら、他にも竜王の眷属はいた？」

「竜王様の眷属はソラだけです。そもそも眷属の数が多いのは好ましくないそうです。竜王様ご自身が仰っていました」

「それはどうして？」

「神のルールがあるからだと。一人の超越者が使役《しえき》できる眷属の数は最大で三人までと決まっているそうです」

「またそれか……」

リオが嘆息《たんそく》する。どうやら神は超越者が世界と関《かか》わりを持つことをずいぶんと危惧《きぐ》していたようだ。

「あと、眷属になることでその者は超越者と同じようにこの世の理《ことわり》を外れた存在となり、先ほども説明したように肉体と精神の成長が止まってしまいます。他にも、眷属になることで主人の意向に反することは一切《いつさい》できなくなってしまいます。家族がいればその人達《たち》との繋《つな》がりも絶たなくてはいけません。だからむやみやたらと誰かを眷属にするべきではないと、竜王様は仰っていました」

「そう、か……。それは、そうだね。うん、同感だ。でも、それならどうして竜王《りゅうおう》はソラちゃんを眷属に？」

リオは眷属という存在が何なのかをまだよく理解していなかった。だから、抜《ぬ》け落ちていた視点を教えてもらったことで、目から鱗《うろこ》が落ちた。そして、同時にソラが竜王の眷属になった経緯《けいい》が気になった。

「ソラは千五百年くらい前に生まれました。人間同士の戦争で死にかけていたところを竜王様が助けてくれて眷属になったんです」

「そう、なんだ……。辛《つら》いことを訊いてしまったね。ごめん」

「そんな！　今のソラがあるのは竜王様のおかげなんです！　なんだって聞いてください！」

「……なら、誰かを眷属にする方法と、眷属になることで生じる変化を教えてもらってもいいかな」

ソラの説明を踏《ふ》まえると、リオはあと二人、眷属にすることができる。安易に誰かを眷属にしようと考えているわけではないが、自身に関連することだ。知っておく必要があると考え、リオは問いを投げかけた。

「眷属は超越者から血肉を分け与《あた》えてもらうことで誕生すると仰っていました。ソラも血を飲ませていただいたので、間違《まちが》いはないはずです」

「な、なるほど。血肉を……」

「眷属になることで生じる変化ですが、眷属は主人となる超越者の影響をとても強く受けます。だから、ソラは竜王様の影響を色濃《いろこ》く受けているんです。例えば……」

そこまで語ると、ソラは不意に立ち上がった。直後、何もなかったはずのソラの頭部と臀部《でんぶ》に角と尻尾《しっぽ》が生える。

「え……？」

リオは思わず目を瞬《しばた》いて凝視《ぎょうし》した。

「今のソラは人間ではなく、言うならば竜人です。肉体の他に、霊体を持つようになりました。これはその霊体を部分的に肉体の上に実体化させている状態です。その気になれば全身に霊体を纏《まと》って竜になることもできるんです」

竜王様の眷属は竜になれるようになる。だからこそ竜の王様なのです。と、ソラは誇《ほこ》らしげに付け加える。

「ソラが精霊とは違う強い気配を発しだした」

アイシアが目を丸くして指摘した。

「受肉させた霊体特有の気配です」

「じゃあ、竜王ももしかして普段《ふだん》は人の姿で、竜の姿にもなれた？」

「その通りです。肉体が本体なのが人間、霊体が本体なのが精霊であるのなら、肉体が本体でありながら霊体も併《あわ》せ持つのが竜人種の竜王様であり、眷属のソラです」

「……てっきりこの世には竜族ってのがいるんだと思っていた。亜竜《ありゅう》もいるくらいだし」

「遥《はる》か昔に竜王様の加護を受けた種族が亜竜ではあるそうです。ただ、あの子達は肉体が本体ですし、人の姿にもなれません」

「加護……というのは？」

　また新たに知らない言葉が出てきたので、リオは訊いてみた。

「うーん、眷属とは違うんですが、竜王様の特性を与えるものだとかなんとか……。たぶん魔力《まりょく》を弾《はじ》くという皮膚《ひふ》の性質がそれだと思います。ソラも竜の姿を実体化させるとその部分は魔力による攻撃《こうげき》を受け付けなくなりますし。あとはエルフ、ドワーフ、獣人《じゅうじん》なんかは高位精霊の加護を受けているから、精霊術の適性が高いそうですよ」

「へえ……」

　なかなか興味深い話である。が――、

「俺《おれ》、ブラックワイバーンの革《かわ》を使った防具を持っているんだけど、だとしたら前世の前世で加護を与えた種族を殺《あや》めてしまったのか。襲《おそ》われたからとはいえ……」

リオは複雑な表情を覗《のぞ》かせた。

「亜竜にはより強者である竜人の気配がわかるんです。だから本来なら亜竜が竜王様を襲うことなど本能的に絶対ありえないんですが、ソラも今日まで竜王様との繋がりを確認《かくにん》できませんでしたから、知らずに竜王様を襲ったんでしょうね。ですが、気にする必要はないです。竜王様を襲うなど万死《ばんし》に値します」

竜王に対するリスペクトゆえか、ソラはばっさりと切って捨てる。

「そ、それはちょっと過激かな」

「ですが、亜竜の社会は弱肉強食。連中だって食うために色んな種族を殺めていますし、襲われたのなら反撃するのは当然です。竜王様が気に病《や》むことではありません。竜王様は優《やさ》しすぎです」

リオが気に病む姿を見たくないのか、ソラはむううと頬を膨《ふく》らませて説得を試みた。

「まあ、そうだね。割り切るしかない」

殺さざるを得なければ、殺す。

それだけだ。

「他に眷属となることで生じる変化についてご説明します。ご承知の通り肉体と精神の成長が止まって不老になること。あとは主人が存命の場合は無限にも等しい魔力の供給を受けることもできるようになること。主人の命令には逆らえなくなること。主人から呼び出されれば強制召喚《しょうかん》されること。どこにいても主人の居場所がわかるようになること。主人の同意さえあれば眷属からでも主人をお呼びできること。あとは主人に適用されるルールは眷属にも適用されるので、主人がルールの適用によって忘れた記憶は、眷属も忘れることと……くらいでしょうか」

ソラはひいふうみいようと指を一本ずつ折って変化を挙げていく。

「色々と気になることばかりだけど、主人の命令には逆らえなくなるっていうのは？」

「主人が魔力を込めて発した命令は眷属に対して絶対の強制力を持つようになるんです。これは眷属が超越者の意向に反しないようにするための措置《そち》だと聞きました」

「それは、なんというか物騒《ぶっそう》だね。気をつけないと……」

「千年前の竜王様もその力のことは嫌がっていました。だから、ソラに命令をしたことなんてなかったです。ソラへの言葉はいつだってお願いでした」

いま目の前にいるリオとかつての竜王が重なったのか、ソラは嬉しそうに語る。この少女は本当に竜王のことが好きだったんだなというのが、リオにもなんとなくわかった。

「そっか……。訊きたいことが多すぎて、すっかり話が長引いちゃったね。疲《つか》れてない？」

「大丈夫です！」

「なら、もう少し話を続けようか」

「はい！」

もっとお喋《しゃべ》りしたいですと言わんばかりに、ソラは無邪気《むじゃき》に返事をする。

「といっても、話題がとっちらかっているから、何を話すかな……。そうそう、急に呼び出しちゃったけど、元いた場所に帰るの大変だよね？　アイシアとの話の途中《とちゅう》で超越者には眷属がいるって知って、試《ため》しに念じてみたら君が来てしまったというか……、俺が呼び出しちゃって、ごめん」

と、リオは話を仕切り直す。

「全然、大変じゃないです！」

「えっと、ここはシュトラール地方のガルアークっていう王国なんだけど、ソラちゃんはどこにいたの？」

「……未開地と、ヤグモ地方に跨《また》がる山脈です」

「遠いな……。転移できれば一瞬だけど、転移結晶《けっしょう》とか持っていたりする？」

「も、持っています、けど……、その、ソラは帰った方がいいですか？」

ソラは迷子になった子供のように、不安そうな目でリオの顔色を窺う。

「もちろんソラちゃんが残りたいなら残ってもいいけど……」

「残りたい！　残りたいです！　残って竜王様と一緒にいたいです！　千年も、千年も竜王様の帰りを待ち続けました！　だからっ！」

帰ってほしいとでも言われると思ったのだろうか、ソラはがむしゃらに懇願《こんがん》した。

「……残るにしても必要な準備とか、心の整理とかあるだろうし、一度戻《もど》っても構わないけど」

「竜王様との繋がりを感じ取った後、いつでも呼び出されてもいいように準備していました！」

「そ、そっか……」

それでリオはすっかり押され気味になるが――、

「ただ、俺は竜の王ではないよ？　少なくとも、ソラちゃんが知っていた竜の王はもう死んでしまった。俺の中に竜の王の記憶はない。だから、君が知る竜の王として振《ふ》る舞《ま》うこともできない。竜の王であればしなかったようなこともするかもしれない。そのせいでソラちゃんに悲しい思いをさせてしまうかもしれない」

それでもいいのかと、リオは思いきって尋ねた。どうもソラはリオのことを千年前の竜王と同一視しているような傾向《けいこう》が見られる。はっきりと言葉にして告げるべきか悩んだが、リオも知りもしない人物として振る舞うことはできない。

それでも竜王らしく振る舞えばソラは従うのかもしれないが、そうやってなし崩《くず》しにソラと関係を構築することを不誠実に感じるのが、リオという男であった。

「確かに、竜王様……、リオ様はリュオ様とは別人として生まれ変わったのかもしれません。けど、何百年もずっと一緒にいたソラだからわかるんです。竜王様は生まれ変わっても、記憶を失っても、竜王様なんだって。竜王様とソラとの間に復活した主従の繋がりもそれを裏付けています」

と、ソラは微塵《みじん》の疑念も差し挟《はさ》まずに語る。

「そう、なのかな？」

対するリオは自信が持てずに戸惑《とまど》う。竜王に対する信奉心《しんぽうしん》を自分に向けられても受け止めきれないのではないか？　そう思っているのだ。

だから……。

「一つだけ、お願いというか、最初に決めておきたいことがある」

「……なんでしょうか？」

「俺は君のことをまだほとんど知らない。君も今の俺のことはまだ何も知らないと思う。だから、一緒に行動していくことでやっぱり何かズレを感じることが起きてしまうと俺は思うんだ」

「ソ、ソラは煩《わずら》わしいでしょうか？」

ソラは不安そうに尋《たず》ねる。

「そうじゃないよ。けど、俺が竜王の生まれ変わりだからって、盲目的《もうもくてき》に俺に仕えなくていいってことを伝えておきたいんだ。ソラちゃんの人生はソラちゃんのものだ。竜王の眷属だからって、生まれ変わった俺にまで縛《しば》られる必要はない。俺の存在が呪縛《じゅばく》になるのは嫌だ。心変わりするようなことがあったら、その時は遠慮《えんりょ》しないで言って。君が生きたいように生きていいから」

リオはいま自分の中にあるソラへの想《おも》いを、ありのままに伝えた。ただ……。

――君が生きたいように生きていい。

その言葉は奇《く》しくも、かつてリュオが最後にソラに残した言葉とまったく同じものだった。だからか――、

「……うっ、ううっ」

瞬間《しゅんかん》、ソラがくしゃっと泣きそうな顔になり、続いて瞳《ひとみ》からぽろぽろと雨のような涙粒《なみだつぶ》があふれ出した。

「え、ええ？　ごめんね、嫌なことを言ったかな？」

突然《とつぜん》、ソラが泣き始めたので、リオは面食《めんく》らってしまう。

「ち、違う！　違うんです！　ず、ずみません！　千年前にも同じことをリュオ様から言われたことを思い出して、ふぇっ、ぐすっ！　うわーん！」

千年分の孤独《こどく》が堰《せき》を切ってあふれたのだろう。ソラはわんわんと声を上げて子供みたいに泣きじゃくり始めた。すると――、

「春人《はると》。ううん、リオ」

アイシアがリオの名を呼ぶ。彼女《かのじょ》がリオを「春人」ではなく「リオ」と呼ぶのは珍《めずら》しいことだ。

「何？」

リオは少し意表を突《つ》かれる。

「ソラを抱《だ》きしめて、あやしてあげて。この子は千年間、それを望んできた」

「……うん」

リオは静かに頷《うなず》くと、椅子《いす》から立ち上がって向かいの席で一人泣くソラのもとへと移動した。そして幼いソラの身体《からだ》をそっと抱きしめる。

「ううっ！　りゅうおう、ざまっ！」

ソラは迷子の子供が親を見つけたようにリオに抱きつき、その泣き声は火が点《つ》いたようにいっそう激しさを増した。

「ごめんね。俺が複雑に考えすぎていたのかもしれない」

とんとんと、リオはソラの背中を慈《いつく》しむように優しく叩《たた》く。

「一緒に暮らそうか、ソラちゃん」

ソラが泣き止《や》むまでの数分間、リオは自分の胸を少女に貸し続けた。

【第四章】 今後の方針

翌朝のことだ。

「さ、昨夜は大変失礼いたしました、竜王様！」

ソラは起床《きしょう》して一番に、キッチンで朝食を準備していたリオに土下座していた。

「ま、まあまあ、頭を上げて、ソラちゃん。謝《あやま》ることなんて何もなかったんだから。土下座なんて簡単にするものじゃないよ」

昨夜はソラが泣きじゃくり、そのまま眠《ねむ》りに就《つ》いたので、話は翌日に持ち越《こ》すことになった。そのことを謝っているのかもしれないが、そんなの気にする必要はないとリオはソラに呼びかける。

「い、いいえ、竜王様の御前《おんまえ》で、ソラは、ソラはなんと、なんとはしたないっ……！」

ソラは耳まで真っ赤にして声を震《ふる》わせていた。

「は、はしたないことなんて、何もなかったよ？」

はしたないというフレーズにどきりとするリオ。いったいソラは何の話をしているのだろうかと、戸惑いがちに宥《なだ》める。

「ですが、ソラは泣きじゃくり、あまつさえその勢いに乗じて竜王様と一夜を共にしたいと求める始末っ！　ソラは、ソラはなんと畏れ多いことをっ！」

穴があったら入りたいと言わんばかりに、ソラは床《ゆか》を見つめていた。

「一緒の部屋で寝《ね》たいって言っただけだよね⁉　別々のベッドで！　言葉のチョイスには気をつけよう⁉　誤解を生むからね」

もしこの場にラティーファ達がいたらどうなっていたか？　想像に難《かた》くない。ただ、今はもうアイシア以外は誰もいなくなってしまったわけで――、

「……とにかく、さあ立って。ほら」

リオはソラへ手を差し出した。

「ですが……」

ソラは頑《かたく》なに顔を上げようとしない。

「もうすぐ朝ご飯ができるから」

「ソ、ソラは朝ご飯抜きで構いません！」

自分への罰《ばつ》です――とでも言わんばかりに、ソラは言いきった。

「……でも、ソラちゃんの分も作っちゃったんだけど」

「え？　そ、そうなのですか？」

「ソラちゃんが食べてくれないと困っちゃうな……」

と、リオは小さな子供に言い聞かせるように云《い》う。

「で、ですが、ソラは自分への罰を……」

ソラの心は揺《ゆ》れていた。お腹《なか》が減っている。朝ご飯を食べたい。竜王様と一緒の千年ぶりの朝ご飯。しかも、竜王様の手作り。この上ないご褒美《ほうび》である。だが、今の自分に竜王様からご褒美を与《あずか》る資格はあるのだろうか。否《いな》、断じてない。しかし、竜王様を困らせるわけにもいかない。果たして――、

「……た、食べてもよろしいのでしょうか？　ソラは、竜王様と一緒の朝ご飯を」

ソラは激しく葛藤した末、恐《おそ》る恐る顔を上げてリオに訊いた。

「食べちゃ駄目《だめ》だなんて、俺は一度も言っていないよ。昨日のことはもういいから、さあ立って」

「は、はい！」

リオは今度こそソラの手を握《にぎ》って立たせてやる。

「じゃあアイシアも起こしてきてくれるかな？　三人で一緒に食べよう」

「了解《りょうかい》しました！」

ソラはビシッとポーズを取って返事をすると、とととっと音を立ててキッチンを小走りで去っていく。

（朝から元気がいいな）

リオはソラの後ろ姿を眺《なが》めながら、おかしそうに口許《くちもと》をほころばせた。

◇◇◇

朝食後。

「お、美味《おい》しかったです……」

ソラはリオが作った朝ご飯をたっぷりと堪能《たんのう》し、幸せそうに放心していた。その言葉が嘘《うそ》ではないことを裏付けるように、ソラは食事中に何度も「美味しいです」と口にして食べることに夢中になっていた。

アイシアもそうだが、リオも口数が多い方ではない。ソラには「遠慮しないでたくさん食べてね」と促《うなが》し、食事に集中していた。

「お腹はいっぱいになった？」

「はい！　竜王様との千年ぶりのお食事！　竜王様の手作り朝ご飯。とっても美味しかったです！」

　というより、ソラにとっては誰かと食事すること自体、千年ぶりである。昨夜の出来事もあって、リオはなんとなくそれを察した。

「そっか……。それは良かった」

「竜王様は料理がとってもお上手なんですね」

「ありがとう。ソラちゃんは料理得意？」

「や、焼くのは得意です！」

　ソラは正直な子だ。明らかに上ずっている声から、さほど料理は得意ではないことが窺《うかが》えた。

「えっと、普段はどういうものを食べていたの？」

「……お肉、です！」

「お肉ばかりだと栄養が偏《かたよ》るよ？　野菜は？」

「ソ、ソラは病気にならないので……」

　実にきまりが悪そうに、リオから視線を逸らすソラ。

「……眷属が不老になるっていうのは、病気にもならないことを意味するの？」

　リオは溜息《ためいき》交じりに尋ねた。

「主人となる超越者《ちょうえつしゃ》によって眷属《けんぞく》が獲得《かくとく》する不老の程度が異なるみたいです。竜王様はひときわ丈夫《じょうぶ》な不老の肉体をソラに与えてくださいました」

ソラはえっへんと胸を張って答える。

「だからといって、千年前の竜王はソラちゃんにお肉ばかり食べさせていたのかな？」

「……や、野菜も食べなさいと、よく仰っていました」

「だったらちゃんと野菜も食べないと。……って、その割には朝ご飯の野菜はしっかり食べていたね」

リオはソラが食べ終えて空になった皿を見回す。

「それは竜王様の料理がすごく美味しかったからです！　特に黄色い野菜、お菓子《かし》みたいに甘《あま》かったです！」

「カボチャの煮物《にもの》だね。食べたことはなかった？」

「はい、初めて見る野菜でした！」

初めて見る野菜だったのはそれだけソラが偏食家《へんしょくか》だからか、あるいはカボチャがシュトラール地方や精霊《せいれい》の里以外では栽培《さいばい》されていない品だからかもしれない。

「……そっか。なら、また作るよ」

無邪気なソラを見ていると、強く咎《とが》めることもできない。今後はソラのためにいっそう栄養バランスを考えた料理を心がけようと、リオは心の中で静かに誓《ちか》った。

「ありがとうございます！」

ソラはにこにこと元気に礼を言う。

「じゃあ、ご飯も食べ終わったことだし、今後のことについて話をしたいんだけど、その前に千年前のことについてもう少し話をしておきたい。いいかな？」

と、リオはアイシアとソラを順に見て呼びかけ――、

「うん」「もちろんです！」

二人の返事が重なった。

「七賢神《しちけんじん》のリーナは成《な》し遂《と》げたい何かがあった。そのために死にゆく竜王の魂《たましい》を転生させて俺の肉体に宿した。そして自らの魂も転生させて美春《みはる》さんに宿した。この理解で間違いはないかな、アイシア？」

リオはまず前提となる事実の確認から始めた。

「うん」

「なら、その成し遂げたい何かが何だったのか。それを突き止《と》めることが今後の目的の一つになるのかな」

「ちょ、ちょっと待ってください！」

ここでソラがギョッとして声を発した。

「……何？」

と、リオは応じたが、ソラがどうして強く反応したのかは見当がついているような表情をしていた。

「あの女……リーナも転生しているんですか⁉」

「うん、アイシアの話によるとね。今は綾瀬《あやせ》美春さんっていう女の子に転生している」

「じゃ、じゃあ、そいつから色々と聞き出せばいいのでは？」

ソラの疑問はもっともである。だが、そう単純な話でもないのだ。

「まあ、それができれば手っ取り早いんだけどね。美春さんも俺と同じで超越者だった時の記憶がまったくないんだ」

「そんな……。くっ、竜王様を巻き込《こ》んでおいてなんと呑気《のんき》な」

ソラはぐぬぬと歯嚙《はが》みする。

「といっても、神が定めたルールが影響している以上、覚えていないのは仕方がないよ」

この世界の住民と見なされた者が外の世界へ移動すると、転生でも転移でも記憶を失ってしまう。一方で、外の世界の住民がこちらの世界に入ってくる分には記憶を保つことができる。昨夜アイシアが語ったところによれば、そういうことなのだという。

「ですが、絶対また竜王様を碌《ろく》でもないことに巻き込もうとしているに決まっているんです！　そのアヤセミハルが何か鍵《かぎ》を握っているのは確かなのでは？」

と、ソラは焦燥感《しょうそうかん》を募《つの》らせて訴《うった》える。

「どう思う、アイシア？」

「……わからない。けど、今の美春もまた記憶を失っている。そして、美春はもう超越者にはなりえない」

「それはどうして？」

「超越者の権能を負担なく使えるのは神に連なる存在、つまり神性を持つ者だけ。そして、この世界で神性を持つ者は超越者しかいない。リーナが持っていた神性は私が引き継《つ》いで所持している」

「つまり……？」

「リーナは神性を失い、ただの人として美春に転生した。だから、美春は春人《はると》のように超越者の力を取り戻《もど》すことはできない。今はもう、魔力が多いだけのただの女の子。そんな美春が何かをなしえるとは考えにくい」

「神性を受け継いだアイシアがリーナの権能を行使することはできない？」

「権能は超越者の魂に刻《きざ》み込まれている力のはず。リーナの魂が美春に宿っている以上、私にはリーナの権能を行使できない」

「なら、アイシアが引き継いだ神性を美春さんに戻せば、美春さんが権能を行使できるようになる、とか？」

「……それならできるかもしれない。けど、私にはその手段はわからない」

「ましてや記憶を失っている美春さんがわかるはずがない、か」

いま必要なのは事実と認識《にんしき》の共有だ。現状、最も情報量が少ないのはリオだが、昨日のうちにある程度のあらましは教わっている。リオは昨日よりも丁寧《ていねい》に質問して情報を掘《ほ》り下げていった。

「けど、仮に私がリーナから引き継いだ神性を美春に戻せたとしても、美春には権能の行使に伴《ともな》うリスクを回避《かいひ》する手段がない」

「……同化できればいいんだよね？　アイシアとは精霊《せいれい》霊約を結ぶことはできない？」

「できない。精霊が霊約を結べる対象は一人に限られる。私以外の精霊を探すしかないけど、霊約を結ぶのに必要な魔術《まじゅつ》の知識が私にはないから、霊約を結ぶなら美春に記憶を取り戻してもらうしかない」

「そっか……。でも、ならどうしてリーナはアイシアに神性を譲渡《じょうと》したんだろう？　俺は竜王の神性を保持したまま転生したんだし、だから竜王の権能を行使できる。だよね？」

「それはたぶん竜王の権能を行使する春人の負担を減らすため。神性は権能の行使に伴う負担を軽減してくれるけど、軽減されても人間には負担が大きすぎる力。リーナの神性を譲《ゆず》り受けた私が春人と同化することで、春人は同化と二重の神性で保護を受けることができる」

「つまり、アイシアがリーナから神性を譲り受けていなかったら、権能を行使して死にはしなくても身体への負担がもっと大きかったってこと？」

「そうなる」

「となると、リーナは竜王に権能を使わせる前提でいたと見るのが自然なのか」

「そう考えていい」

「そっか……。でも、だとすると新たに疑問に思ったことがあるんだけど」

リオは顎《あご》に手を添《そ》えて考《かんが》え込みながら言う。

「何？」

「リーナはどうして神魔戦争が終わった千年後のこの時代に何かが起きることを予測できたんだろう？　明確な根拠《こんきょ》があってこの時代に竜王を転生させたんだよね？　そして権能を使わせようとしていた」

千年も先のことなんて、通常は知り得る手段などない。何かしらの根拠や計算に基づいて未来を予測したにしても、千年という月日は長すぎるように思える。

ただ――、

「リーナには未来を見通す力があった。七賢神としてのリーナの権能。それを使って千年後の未来に何かが起きることを知った」

どうやら七賢神のリーナはリオの常識的な思《おも》い込みを覆《くつがえ》す能力の持ち主だったらしい。

「未来を見通す権能……、それも千年先を。とんでもないな」

今さらどんな力の持ち主が出てきても驚《おどろ》かない……とはいかず、リオは思わず引きつった笑いを漏《も》らした。

「リーナが権能で知ったその何かは私に転写された記憶《きおく》にはないらしい。思い出そうとしても何も出てこない」

「そっか……。どんな記憶が転写されていて、どんな記憶が転写されていないのか、基準がよくわからないね」

「まったくです！　あの女ときたら」

何なんだろうと、リオが不思議そうに首を捻《ひね》る。その向かいの席ではソラがぷりぷりと怒《おこ》って、しきりに頷いていた。

「ごめんなさい。記憶の転写が行われていた時点で竜王はリーナでも治癒《ちゆ》が不可能なほど衰弱《すいじゃく》していた。転写に必要な時間を確保できなかったんだと思う」

「一部でも記憶が転写されていたから知ることができたこともたくさんあるんだ。ソラちゃんともこうして出会えたし。謝ることじゃないよ。ね？」

「ま、まあ、そこはお手柄《てがら》でした」

リオから不意に話を振られ、ソラは照れ臭《くさ》そうに同意する。

「……全部、リーナは知っていたのかな？　転生した竜王が天川《あまかわ》春人として、そしてリオとして、どんな人生を歩み、どんな未来にたどり着くのか。あるいは、すべてリーナが仕組んだ通りになっている？」

リオはソラを見て優しく微笑《ほほえ》んでから、そんな疑問を口にした。

かつて竜王と七賢神だった二人が天川春人と綾瀬美春という幼馴染《おさななじみ》に転生し、天川春人はさらに生まれ変わってリオとしてこの世界へ舞い戻り、綾瀬美春は勇者召喚に巻き込まれる形でこの世界へと転移してきて再会を果たした。

壮大《そうだい》なドラマだ。だが、リーナが権能で未来を知ることができたのであれば、転生した先でどんな人生を歩むのかも知り得たのではないか？　さらには運命にすら干渉《かんしょう》して、ドラマを描《えが》くことすらできたのではないか？　そう思ったのだ。

「……だから嫌《いや》なんです。神魔戦争の時も、今も、あの女はすべてどうなるかわかった上で竜王様を巻き込みやがったに違いないです」

ソラが不服そうに唇《くちびる》を尖《とが》らせてぼやく。

「誰《だれ》かの行動一つで未来はいくらでも分岐《ぶんき》しうる。だから、確かにリーナは権能を使って運命に干渉し、未来を変えたこともあったらしい」

と、アイシアもリオの疑問を裏付けるようなことを語る。

だが、その一方で――、

「ただ、未来を変えるのはそう簡単なことじゃない。未来には無数の可能性がある。その可能性をすべて知ろうとしたら賢神《けんじん》の頭脳でも負荷《ふか》に耐《た》えられない。だから、リーナの権能で知ることができるのはその時点で最も到達《とうたつ》する可能性が高い未来の情報に限られる。未来が変化するものである以上、知っていても変えられない未来もあった。未来を変えた結果、悪い方向へ作用してしまったこともあった」

リオの疑問を否定するようなことも語る。

「つまり、何なんです?」

ソラが焦《じ》れったそうに結論を促す。

「転生術は転生先を厳密に指定することができるはず。数多《あまた》ある転生先の候補から竜王を天川春人に、リーナ自身を綾瀬美春に転生させたのはリーナの思惑《おもわく》通り。そして、春人がリオに転生したことも計算の上。けど……」

　そこまで語ると、リオをじっと見つめた。

「リーナが何かを狙《ねら》って竜王の魂を春人とリオに宿らせたからといって、竜王が憑依《ひょうい》してリオを操《あやつ》ってきたわけじゃない。天川春人として、リオとして、行動を選択《せんたく》してきたのは常に春人自身だったはず。今この時点でリーナが知っていた未来とは異なる未来になっている可能性もある」

「……そう、だね。全部が全部、必然ではないのかもしれない。わからない未来に囚《とら》われすぎるのも良くはない、か」

「竜王様やリーナの記憶が戻れば何かわかることもあると思うのですが……」

　と、ソラがもどかしそうな顔で言う。

「まあ、そうだね。それができれば手っ取り早く情報を得ることができるけど」

　リオも美春も超越者だった時の記憶を失っている。この世界から別の次元へ移動すると記憶の流失も発生してしまうらしいのが原因だという。

　現状、手がかりがあるとすれば、竜王の転生と共に別の次元へ移動したにもかかわらず記憶を取り戻したアイシアだが……。

「アイシアはどうして千年前の記憶を取り戻したのか、やっぱり思い出せない？」

「うん……」

「となると、記憶を取り戻す手段を独自に模索《もさく》していくしかないか。ソラちゃんは何か心当たりはないかな？　リーナの痕跡《こんせき》が残っていそうな場所とか」

　リオがソラに尋ねる。過去にリーナが使用していた拠点《きょてん》などあれば、何か手がかりが残っているかもしれない。そう思ったのだ。

「七賢神はいくつか研究の拠点を持っていると聞きました。リーナは他の賢神共に追い出されてからは、この家みたいに空間魔術で持ち運びできる拠点を使って研究をしていました。竜王《りゅうおう》様と行動を共にするようになってからもそこで研究をしていたので」

「持ち運びのできる拠点か。となると、見つけるのは難しいかな。空間魔術で収納されていたら見つけようもないし……」

　仮にどこかに設置されて残っているとしても、かなり高度な魔術で隠蔽《いんぺい》が施《ほどこ》されている可能性も高い。大陸中を探し回って見つけるのは、砂漠《さばく》の中で小さな宝石を見つける作業に等しいだろう。

「神魔戦争の最終決戦はシュトラール地方の西側で行われたはずです。その付近を探《さぐ》ってみればあるいは……」

「可能性の高い地域を絞《しぼ》れるのはいいね。ありがとう。近いうちに西側の諸国へ向かってみようか」

「はい！」

リオに礼を言われて、ソラは嬉《うれ》しそうに返事をする。

「じゃあ、今後の方向性について大まかに整理しよう。一つはリーナが竜王を転生させて何をさせたかったのかを探ること。そのためにリーナの痕跡を探ったり、失った記憶を取り戻したりする手段がないか探す。七賢神の痕跡があるのなら、それを探るのもいいかもしれないね。他にもアイシアやソラちゃんにもわからない千年前の出来事がありそうならそれも調べるということで。何かある？」

「……リーナの生まれ変わりであるアヤセミハルのことはどうするのでしょうか？」

ソラが美春について言及《げんきゅう》した。

「話を聞こうにも今の美春さんはリーナの記憶がない。超越者でもなくなっているから、俺とアイシアのことも忘れていると思う。超越者になった俺が迂闊《うかつ》に接触《せっしょく》してルールが発動してしまうのは怖《こわ》いし、だから様子見かな。何か変化がないか、継続《けいぞく》して探りは入れておきたいけど……」

権能を行使しない場合であっても、超越者は特定の個人や集団の利益のために肩入《かたい》れしてはならない。超越者は全体の利益のために力を振るう必要がある。それを破れば記憶を失ってしまう。

超越者になったリオが美春達《たち》と行動を共にし続けることで肩入れしていると世界から判断されてしまえば、リオは美春達の記憶を失ってしまいかねない。一時的な接触であればリスクは低いのかもしれないが、現状では判断は保留にしようとリオは考えた。

「なんならソラが調べてきましょうか？　超越者の代わりに世俗《せぞく》と関《かか》わりを持つのも眷属の役目ですから」

「……そこも含《ふく》めて、まあ、様子見かな？」

リオは視線を泳がせてから、悩《なや》ましそうに判断を保留した。

（ソラちゃんを信用していないわけじゃないけど……）

ソラが正攻法《せいこうほう》で美春達と接触を図《はか》ろうとすると、ガルアーク王国に面会の許可を申《もう》し込むところから始めなくてはならない。それを避《さ》けるために秘密裏《ひみつり》に接触を試みるにしても、ソラがどれほどの隠密《おんみつ》行動をできるのかリオにはまだわからない。

仮に上手《うま》く国の警備をかいくぐって接触できたとしても、美春達から警戒《けいかい》されてしまう恐れもある。信用を得て円滑《えんかつ》に話をする能力も必要となるだろう。果たしてそういった能力がソラに備わっているのか、まだ出会ったばかりの今の時点では不安があった。

「必要になったらお願いするかもしれないから、その時はよろしくね」

「わかりました！」

ソラは張り切って頷いた。

「アイシアは何かある？」

「ソラ以外にも超越者の眷属がいれば何か知っているかもしれない」

「確かに、超越者の眷属が不老になるのなら今も生きているはずだよね。ソラちゃんは他の眷属に心当たりはある？」

リオはすかさずソラに尋ねた。

「残念ながら、どこにいるかまでは……」

「じゃあ、他の眷属と面識はあったりするのかな？」

「高位精霊の眷属と、リーナの眷属であれば会ったことはあります」

「リーナの眷属はどんな人達だったの？」

「ホムンクルスの魔道士が一人と、ゴーレム二体でした」

「ホ、ホムンクルスと、ゴーレム？」

七賢神の眷属が気になってソラに訊いてみたが、予想の斜《なな》め上をいく答えが返ってきてリオは面食らった。

「両方とも七賢神共の研究で生まれた存在らしいです。ホムンクルスの方は各種族の良いとこ取りした人間離《にんげんばな》れした人間ですね。眷属《けんぞく》になったことで七賢神であるリーナの特性を引き継いでいたので、ずば抜《ぬ》けた天才でした。で、リーナの補佐《ほさ》もしていました」

「じゃあ、ゴーレムの方は？」

「疑似《ぎじ》人格を搭載《とうさい》して、戦闘《せんとう》に特化した攻撃用《こうげきよう》の魔道具です」

「人格があるのなら、意思の疎通《そつう》は図れるのかな？」

「うーん。魔力《まりょく》供給されないと動かないし、指示された命令をこなすだけの存在だったので、意思の疎通を図るならホムンクルスの方でしょうか。まあ、リーナと一緒《いっしょ》に最終決戦に臨《のぞ》んだので、無事に生きていればの話ですが」

「……不老になった眷属でも死んでしまうことがあるの？」

「はい。不老ではあっても、不死ではありませんから。致命傷《ちめいしょう》を負えば死んでしまいますし、超越者から眷属の任を解かれれば寿命《じゅみょう》が発生して死ぬとも言われています」

「ちなみに、高位精霊達《せいれいたち》はどんな相手を眷属にしていたの？」

「ソラが会っていない者も含め、全員が準高位の人型精霊であるはずです」

「同じ精霊の方が従えやすいもんね。じゃあ、そっちは人型精霊を探せばいいか」

実体化している精霊であれば同じ精霊であるアイシアが気配を感知できるし、ソラも精霊の気配は感知できるという。人型精霊は極《きわ》めて珍しい存在だが、リーナの痕跡を探すよ

りは発見できる可能性が高いかもしれない。ただ――、

「ですが、高位精霊の眷属達も皆《みな》、主人と一緒に神魔戦争へ向かったと聞いています。高位精霊と一緒に喪失した可能性もあるかもです」

「確かに、その可能性はあるのか……」

高位精霊と一緒に神魔戦争へ向かったのなら、封印《ふういん》された高位精霊達を救い出そうとしたはずだ。にもかかわらずこの千年間、何の音沙汰《おとさた》もないとなると、返り討《う》ちに遭《あ》ってしまった可能性は高いように思えた。すると――、

「ドリュアスに訊きに行く？」

アイシアが提案する。リオ達が知るアイシア以外で唯一《ゆいいつ》の人型精霊がドリュアスだ。神魔戦争の頃《ころ》はまだ人型精霊ではなかったという話を聞いたことはあるが、もしかしたら他に精霊がいそうな場所に心当たりがあるかもしれない。

「そうだね。高位精霊の眷属でないならドリュアス様も記憶を失っているだろうけど、時機を見て接触してみるのはありかもしれない」

「うん」

たとえ記憶を失っているとしても、ドリュアスもいるあの里は精霊にとって聖地のような場所である。仮面をつける必要はあるかもしれないが、アイシアならば警戒されにくい

だろう。場合によっては眷属であるソラに頼《たの》むことを視野に入れてもいい。

「あとは、勇者と高位精霊の霊約と封印を解けるなら解くかも決めておかないとね。アイシアはどう思う？」

「……封印を解いたとしても、美春に復讐《ふくしゅう》しようとする恐れはある。そのリスクを阻止《そし》できるのなら、封印を解いた方がいいとは思う」

「そう、だね。俺《おれ》もそう思う」

大前提として、高位精霊達は被害者《ひがいしゃ》だ。六賢神に騙《だま》されて無理やり勇者召喚《しょうかん》のシステムに組《く》み込まれている。暴れる危険さえないのであれば、解放するのが道理ではある。

「ただ、霊約の仕組みはとても複雑。封印を解くにしても七賢神並みの知識や頭脳がないとできない。今の私達にはたぶん不可能」

「なら、とりあえずは封印を解く手段の模索をリーナの目的を探すのと並行して行う感じかな。誤解を解く方法もその間に考えるということで」

「それでいいと思う」

「……その仰《おっしゃ》いようだと、竜王様は高位精霊達がどこにいるのかご存じなのですか？」

リオとアイシアの話を聞いていたソラが、不思議そうに質問した。

「ああ、ソラちゃんにはまだ言っていなかったか。うん、知っている。勇者と同化する形で封印されているんだけど……、勇者って知っている？」

「勇者、ですか？」

どうやら聞き覚えがないらしい。ソラは竜王に頼まれ、ヤグモ地方の守護に就いていたという。シュトラール地方での出来事には疎《うと》いのだろう。

「簡単に説明すると、六賢神は封印した高位精霊達の力を利用するために勇者召喚の仕組みを作り上げた。で、勇者に選ばれた者は封印された高位精霊達と同化して、その力を引き出せるようになる」

「なるほど」

「ただ、高位精霊達は自分達を封印した六賢神達のことを恨《うら》んでいる。なんならリーナも六賢神の仲間だと思って恨んでいる。勇者達は自分達が高位精霊と同化していることを知らなくて、封印されているから基本的には安全に力を振るえるんだけど、封印が弱まると高位精霊が勇者を乗っ取る恐れがあることがわかった」

「そ、それはなんと厄介《やっかい》な……」

「実は昨日、ソラちゃんが呼び出される前に封印が緩《ゆる》んで高位精霊に乗っ取られた勇者と戦ったんだ」

「え⁉」

「正直、手に負える相手じゃなかったんだけど、アイシアが記憶を取り戻してくれたおかげで俺も竜王《りゅうおう》の権能を使えるようになった。それでなんとか勝てたんだ」

「ご、ご無事で何よりです！」

「それで、その時わかったんだけど、どうやら高位精霊《せいれい》達は美春さんがリーナの生まれ変わりだとわかるらしいんだ。転生していたことには気づいていなかったみたいだけど、俺のことも竜王だと見抜《みぬ》いていた」

「高位精霊は特別な眼《め》を持っていて、魂を視《み》ることで色々と情報を得られると聞いたことがあります。精霊ならある程度霊的な気配を感知できますけど、そのさらに強力なやつだとか」

となれば、古くから世界を管理してきた超越者同士の魂であれば、なおさら見間違《みまちが》えるはずもなかったというわけだ。

「それが高位精霊の権能？」

「ではないです。伊達《だて》に霊的な存在の頂点に立っているわけではないといいますか、超越者の特性として持ち合わせている能力みたいなものです。七賢神共が天才的な頭脳を持ち合わせているのと同じように」

「やっぱり七賢神って頭が良かったんだ」

「まあ、賢神という名は伊達じゃなかったみたいですね。竜王様もリーナの研究のことは理解しきれないと言っていましたし。加えて奴《やつ》らはそれを後押《あとお》しする権能まで持っていましたから」

竜王を巻き込んだリーナを含め、七賢神に対してあまり良い印象がないのだろう。ソラは気にくわなそうに鼻を鳴らす。

「はは……。じゃあ、竜王も何かしらの特性を持っていたの？」

「竜王様の特性は最強の肉体です！」

と、ソラはきらきらと瞳《ひとみ》を輝《かがや》かせて答える。

「確かに竜といえば最強のイメージはあるかも」

「昨日、ソラも竜人としての姿をお見せしましたが、竜王様は竜の霊体を実体化させて纏《まと》うことでこの世で最強の鎧《よろい》を獲得します。その状態になるとあらゆる精霊術や魔法《まほう》をはじき返すんです」

ソラから聞いた話によれば、人の姿をした肉体が本体であっても、竜の姿をした霊体を持ち合わせていて、それを実体化させることで竜人にも竜にもなれる。それこそが竜王であり、その眷属であるソラなのだという。ただ――、

「それはすごい……けど、人間になった俺は竜の霊体を持ち合わせていない、よね？」

リオが自信なげに訊いた。

「確かに、今の竜王様からはほんのわずかな霊体の気配さえ感じ取れないです……」

「私も春人から霊体の気配は感じない」

霊体化している状態でもかなり近づけば霊体の気配を感じ取れるらしいから、アイシアにも察知できないとなると、現状でリオは霊体を持ち合わせていない可能性が高いことになるのだろう。

「こ、この世でたった二人だけの竜人であり、竜であること。竜王様とソラの繋《つな》がりの証《あかし》だったのに……」

どうやらリオよりもソラの方がショックを受けているようだ。しょんぼりと悲しそうに項垂《うなだ》れている。

「ま、まあ、今後どうなるかはわからないし、ソラちゃんとの繋がりはこれからたくさん作れるから……。それはそうと、さっき聞きそびれたけど高位精霊の権能って何なの？」

リオはソラを宥めつつ、話題を逸《そ》らす。

「高位精霊の権能は……」

「ソ、ソラが！　ソラがお教えするです！」

アイシアに役目を奪《うば》われまいと、呆《ほう》けていたソラがハッとして主張する。

「うん。じゃあソラちゃん、教えてくれる？」

「はい！　高位精霊達が司《つかさど》る権能は、自然界の法則を無視した自然界の創造です。その権能は人類と自然界の均衡《きんこう》を保つために神が与《あた》えたとされています」

と、ソラは高位精霊達の権能について語る。

「自然界の……創《つく》る方の創造？　それともイメージする方の想像？」

同音異義語のどちらなのか意味を確かめるリオ。ただ、そのいずれであるにせよ、まだいまいちピンときていない顔をしていた。だが――、

「創る方です！　術者がイメージした事象を引き起こすのが精霊術。そのさらに強力で規模が大きいやつとでも考えればいいんでしょうか。高位精霊は自らがイメージする自然の世界を瞬時《しゅんじ》に形成して世界を創り変えることができるんです。それぞれの属性に特化した世界、という制約はありますけど」

「昨日の戦いで見たあの光景はそういう……」

ソラがより詳細《しょうさい》に掘り下げて高位精霊達の権能について説明したことで、リオはようやくその凄《すご》さを認識する。この時、リオの脳裏《のうり》に浮《う》かんでいたのは、天地がひっくり返ったように迫《せま》ってきた大地の津波《つなみ》だった。

「六体の高位精霊が揃《そろ》って権能を行使すれば天地創造すら可能になると、かつて竜王様は

に仰っていました」

「そしてその権能を破壊《はかい》に特化させて用いれば、エリカに憑依した土の高位精霊のように大災害を引き起こすこともできる」

と、昨日の戦いを共にしたアイシアが補足する。

「です。人類が自然を蔑《ないがし》ろにしすぎるようであれば、災害を引き起こして天罰《てんばつ》を与えるのも高位精霊の役割に含まれるんだとか。これも竜王様が教えてくださいました」

「なるほど……。ありがとう、よくわかったよ」

「いえいえ！　お望みとあらば七賢神の権能についてもご説明します！」

「七賢神の権能は未来を見通す力なんじゃないの？」

他に権能があるのかと、リオは首を傾《かし》げた。

「ああ、リーナの権能が未来を見通す能力ってだけで、他の六人はまた違《ちが》う権能を持っているですよ」

「そう、なの？」

「はい。連中は秘密主義なので竜王様はおろか、同じ七賢神のリーナですら能力の詳細を完全に理解していたわけではないそうですけど」

どうやら七賢神は一人一人が異なる権能を持っているようだ。

「なら、六賢神の各権能について、概要《がいよう》だけでも教えてくれる？」

「はい！　確か……、複写複製、分解解析、運命操作………、あれ？　あと、あと、えっと、えっと……、リーナの未来予知に、それに、それに……」

最初こそすらすらと列挙していたソラだが、途中《とちゅう》でど忘れしたのか、あるいはもともと記憶が怪《あや》しかったのか、唐突《とうとつ》に焦《あせ》り出す。

「……忘れちゃった？」

リオが察して尋《たず》ねる。

六賢神の権能について尋ねたのに、除外された七人目の賢神であるリーナの権能を列挙してしまっているのだから、忘れているのは明らかだった。

「リ、リーナが悪いです！　小難しい言葉ばっかり並べ立てていたから！」

「ま、まあ、ソラちゃんも聞いたのは千年以上も前のことだろうからね。覚えていないのは仕方がないよ。アイシアは覚えている？」

「ごめんなさい。私はリーナの権能についてしか知らなかった」

「ふ、ふふふ、勝ったです」

ソラはホッとしたように胸をなで下ろす。

「私が知っているのは七賢神が天才的な頭脳の持ち主で、その権能と併用《へいよう》することで大概《たいがい》何でもできる存在だったということ。知りたいと思うことを知る術《すべ》を持っていて、それを実現できるだけの知識や能力を持ち合わせていた」

「え、ええ。七賢神の権能は人類を導き、信仰《しんこう》対象として人類の心の拠《よ》り所《どころ》になれるようにと、神が授《さず》けたそうです」

アイシアに負けまいと、ソラが七賢神の役割について補足する。

「高位精霊《せいれい》の役割が人類と自然の均衡を保つことで、七賢神の役割が人類を導き信仰対象となること。それぞれの役割に応じて神がとんでもない権能を与えたのか……」

と、得心するリオ。まだなんとなくではあるが、超越者《ちょうえつしゃ》という存在の理解もそれなりに深まってきた。

「何を仰るです！　七賢神はもちろん、高位精霊の権能なんかより竜王様の権能の方がずっとずっとずーっとすごいんですから！」

「じゃあ、竜王の権能についても教えてもらっていい？　指定した対象を消し去る光を放つ力……と理解しているんだけど」

戦いの中で唐突に竜王の力を手に入れ、何となく使い方を理解したから当然のように使っていたが、そういえばどんな力なのかはまだちゃんと聞いていなかったことをリオは思い出す。果たして——、

「竜王様が司る権能は消滅《しょうめつ》です。その力は世界に対する脅威《きょうい》を排除《はいじょ》し、世界を守護するために神が与えたもうたと竜王様は仰っていました」

ソラは竜王の権能について鼻高々に語る。

（昨日の戦いで俺は土の高位精霊が引き起こした大災害を消し去った。確かに強力だ。ただ、何を消せて何を消せないのか、使用者である俺にすら理解しきれない。というか、消そうと思えばすべて消せてしまいそうな……）

リオは自分の手をじっと見つめながら、ゾッと寒気を覚えた。この力は危《あや》うい。そう直感した。一方で――、

「正直に申し上げて、竜王様が最強！　竜王様こそが最強ですよ！　真っ向勝負であれば竜王様に敵《かな》う存在なんていないんですから！」

と、語るソラの口調にはかなりの熱がこもっている。

「そう、なのかな？　他の超越者達の力もかなり物騒《ぶっそう》に聞こえるのばかりだったけど」

「そうなんですよ！　真っ向から権能をぶつけ合った場合、竜王様の消滅に敵う権能は存在しませんから！」

「……そっか」

リオはわずかに間を空けてから相槌《あいづち》を打つ。どこか引っかかっているのは、今の自分に

はまだ力を使いこなせる気がしないのと、真っ向勝負にならない場合もあると思ったからだ。不意を突《つ》かれた場合はもちろん、そもそも消滅させようがない力を使われてしまったらどうしようもないのではないかという懸念《けねん》がある。

リーナが竜王を転生させた現代で、今後どれだけ強力な存在が現れるのか。そうなった時に大切な者達を守ることができるのか、助けようとしても神のルールに阻止《そし》されてしまうのではないか、と怖くなってしまう。

すると、リオの表情が曇《くも》っていると思ったのか――、

「……どうかなさいましたか、竜王様？」

ソラが心配そうにリオの顔色を窺《うかが》った。

「いや、何でもないよ。この力でソラちゃんのこともしっかり守らないといけないなと思ったんだ」

そう言って、リオは優《やさ》しくソラに微笑みかける。

「その点は心配ご無用です！　竜王様の眷属《けんぞく》であるソラもとっても強いんですから！」

ソラは「ふふふ」と、誇《ほこ》らしげに胸を張った。

「……そう、なの？　いや、そう、なんだろうけど……」

眷属である以上は強いはずだと、思ってはいるのだ。ただ、傍目《はため》から見るとソラが小さ

な子供にしか見えないからだろう。それに、ときおり見せるソラのぽんこつ振《ぶ》りがなおさら拍車《はくしゃ》をかけている。リオはちょっとだけ疑ってしまった。

「つ、強いですよ！　ここにいるアイシアよりずっと強いです！」

ソラはビシッとアイシアを指さす。

「アイシアより……。じゃあ、まあ、追い追いその強さを見せてもらうということで」

リオはアイシアがどれだけ強いのかよく知っているので、そう簡単には負けないと思っている。面倒《めんどう》な予感を抱《いだ》き、とりあえず問題を先送りにしようとした。だが――、

「わ、わかりました！」

それがよろしくなかった。

「ではソラの実力、ご覧に入れます！」

ソラはぷにぷにのほっぺを「むううっ」と膨《ふく》らませ、見得《みえ》を切ったのだった。

◇　◇　◇

十数分後。

リオ達はグレゴリー公爵領《こうしゃくりょう》の領都から何十キロも離れた無人の荒野《こうや》へ移動していた。目

的はソラとアイシアの模擬戦《もぎせん》を行うことだ。

アイシアが実体化して戦うとなると、精霊《せいれい》の気配が周囲にまき散らされる。ソラも竜の霊体を実体化させれば同様である。気配を抑《おさ》える仮面をつければいいとも考えたが、希少な仮面が手合わせで破損してしまっては目も当てられない。

そこで、サラ達の契約《けいやく》精霊に気配を気取られないほどの距離《きょり》を置き、かつ、その気になれば数分とかからず戻《もど》ることができる場所で模擬戦を行うことになった。

現在、ソラとアイシアは十メートルほどの距離を置いて向かい合っている。その間にはリオが審判役《しんぱんやく》として立っていた。

「えーっと、アイシアは俺と同化したことで超越者《ちょうえつしゃ》と見なされている可能性がある。こういう手合わせで力を振《ふ》るうのは問題ないのかな？」

と、リオはやや気乗りしない面持《おもも》ちで確認《かくにん》する。ただ――、

「私は竜王様の眷属ですし！　こういう利害のない手合わせなら問題ないです！」

「了解《りょうかい》……。じゃあ、まあ、全力で戦う必要はないから、ほどほどにね。うん」

意気込《いきご》むソラに押《お》され、リオもようやく腹をくくった。遅《おそ》かれ早《はや》かれソラの実力を知っておきたいのは確かだからだ。アイシアもそう判断したからこそ、ソラとの手合わせを受け容《い》れ、リオをこの場へ連れてきたと思われる。

「ふふふ、ちょうど良い機会です。どっちが竜王様の片腕《かたうで》として相応《ふさわ》しいのか、ここで白黒つけてやるです！」

ソラはこの機会を逃《のが》すまいと、アイシアにライバル意識をむき出しにしていた。

「じゃあ俺が石を投げるから、地面に落ちたら手合わせ開始ということで。周囲への被害《ひがい》が大きそうな攻撃はなるべく控《ひか》えること。それと、俺が『そこまで』と言ったら戦いを止《や》めること。いいね？」

リオは近くに落ちていた手頃《てごろ》な小石を拾いながら、ルールを確認する。

「承知しました！」「うん」

両者が頷《うなず》き——、

「じゃあ」

リオは手にした小石を投げる。

そして、地面に落下したのとほぼ同時に——、

「はああっ！」

ソラが動いた。

（速い）

リオが瞠目《どうもく》する。ソラは一直線に突進《とっしん》し、石が落ちた次の瞬間《しゅんかん》にはアイシアに肉薄《にくはく》して

いた。が――、

「……」

アイシアは眉《まゆ》一《ひと》つ動かさず、後方に飛翔《ひしょう》することで難なく対応してみせる。直後、ソラは背中に竜の翼《つばさ》を部分的に実体化させた。

「逃《に》がさないです！」

ソラも飛翔してアイシアを追いかける。翼を生やしたことで速度が一段と上がり、後退し続けるアイシアに空中で追いついた。

そこから、二人の格闘戦《かくとうせん》が始まる。ただ、近接戦闘になったかといえば、そういうわけでもなかった。

何しろ二人とも速い。そして空中を自由自在に飛び回る。絶えず飛翔して場所を変え続けているし、ほんの一瞬の間に百メートル単位で移動することがあるので、二、三百メートルでもほとんど距離を置いたことになっていない。一箇所《かしょ》に留《とど》まらないので、戦闘範囲《はんい》は際限なく広がっていった。

二人とも人間の肉体だと身体強化を施しても負担が大きすぎて難しい直角の変速軌道《きどう》も多用し始めている。もはや常人では移動の軌跡《きせき》を追うことすらできないだろう。

そうやって、高速飛翔しながら空中で交わり、激しい肉弾戦《にくだんせん》を繰《く》り広《ひろ》げているアイシア

とソラを眺《なが》めながら――、

「……すごいな」

　リオは呆気《あっけ》にとられている。この時点でソラが十分すぎるほど強いということはわかった。強《し》いて言うなら、相手が精霊術などを多用してきて遠距離戦《えんきょりせん》に持ち込《こ》まれた時の対応力を見てみたいところだ。もっとも、ソラの機動力なら遠距離戦に持ち込まれることなどそうはないだろうが……。

　すると、ここでいったんアイシアが空中で静止した。何か意図があると思ったのか、ソラも釣《つ》られて静止する。

「くっ、すばしっこいやつですね」

　空中で十数メートルの距離を置いて対面しながら、ソラが焦れったそうに言った。

「ソラも速い」

「ふ、ふん、思っていたよりもやるじゃないですか」

　褒《ほ》められて悪い気はしないのか、ソラもアイシアを持ち上げる。

「ソラの強さは春人も十分わかったと思う」

　アイシアは地上で自分達を見上げているリオをちらりと見下ろした。

「むう、ソラの強さはまだまだこんなものじゃないですが」

「ソラが竜人化した時の魔力攻撃《まりょくこうげき》への防御力《ぼうぎょりょく》がどれくらいなのか、春人は知りたがっていると思う」

そう言いながら、アイシアは自分の周囲に数十の魔力弾《まりょくだん》を展開させた。「精霊術で攻撃するから、防いでいるところをリオに見せてあげて」ということなのだろう。

「なるほど、そういうことですか……」

ソラも地上に控えるリオを見下ろす。確かに、今のところ翼を生やして飛び回り、超速《ちょうそく》の肉弾戦を繰り広げているだけだ。実体化させた竜体が魔力を弾《はじ》くという性質は見せていない。乗せられているようで気にくわなかったが――、

「いいでしょう」

ソラはアイシアの提案を受け容《い》れた。そして――、

「ただし！　鈍間《のろま》な攻撃をわざわざ食《く》らってやるつもりはないです。当てられるものなら当ててみろだし、ソラの接近を止められるなら止めてみろです。ソラは竜人化する代わりに遠距離《えんきょり》攻撃を使わないでお前を制圧してみせるです！」

と、啖呵《たんか》を切って、びしっとアイシアを指さした。それに伴《ともな》い、ソラの頭部から角が生え、臀部《でんぶ》からは尻尾《しっぽ》が生える。両腕《りょううで》も竜体化されていく。

「じゃあ、私はソラに捕《つか》まらないよう遠距離から攻撃をして逃げる。ソラは接近して私の

身体《からだ》に触《ふ》れる。それで勝敗をつけるということで」

「その勝負、乗ったです！」

そうして、ルールもまとまったところで――、

「わかった。じゃあ、いくよ？」

「いつでもかかってこいです！」

手合わせが再開された。

「……」

アイシアは無言のまま展開した光弾を一斉《いっせい》射出しながら、後方へと飛翔してソラから距離を取る。

「甘《あま》いです！」

ソラは小柄《こがら》な体躯《たいく》を有効活用し、弾幕《だんまく》の隙間《すきま》を見極《みきわ》めて綺麗《きれい》にすり抜けた。アイシアの追跡《ついせき》を開始する。とはいえ、アイシアはさらなる弾幕を展開していて、ソラの接近を防ごうとしている。

（なるほど……）

格闘一辺倒《いっぺんとう》だった先ほどまでの展開とは打って変わった光景を見て、リオは二人がやろうとしていることを察した。

言うならば鬼《おに》ごっこだ。ソラが追いかけ、アイシアが逃げる。アイシアは精霊術で遠隔《えんかく》攻撃《こうげき》をするが、ソラは遠隔攻撃をしない。そういったルールを先ほど静止していた間に取り決めたのだろうと、推察した。

アイシアは無数の光弾を作ってはソラめがけて一直線に連続射出し続けている。

「そんな馬鹿《ばか》の一つ覚えみたいに光弾を放ったって、ソラには通じないです！」

ソラはアイシアめがけて直進しながらジグザグに飛行ルートをずらしていき、続々と迫りくる光弾の雨をすり抜けていく。

ただ、アイシアも考えなしに光弾をばらまき続けていたわけではなかった。一直線に飛んでくる光弾の軌道にソラの目が慣れたところで……。

「なっ！」

射出したいくつかの光弾を操《あやつ》る。直進し続けていた光弾が唐突に軌道を変えて、不意の変化球としてソラに襲《おそ》いかかった。

「くっ！」

これには流石《さすが》のソラも反応が遅《おく》れてしまう。が、それでも咄嗟《とっさ》に身体を捻転《ねんてん》させてバレルロールすることによって気合いで躱《かわ》した。

「ふ、ふふ！　甘い、甘いですよ！　この程度でソラをっ⁉」

明らかにひやりとしたのが見え見えだが、得意げに勝ち誇るソラ。しかし、そうしている間にさらなる変化球が放たれていた。

通り過ぎたはずの光弾もブーメランのように舞《ま》い戻ってきて、全方向からソラを取り囲んでいる。そのすべてがソラを狙《ねら》ってホーミングしていて――、

(こ、こいつ、これだけの光弾を全部手動で操っているですか⁉)

ソラはアイシアの精霊術の技量が想像よりも遥《はる》かに高いことを察した。そして、これではもう回避《かいひ》が難しいということも……。

「ええい！」

ここでソラは全身からぶわりと魔力を放出させてさらなる身体強化を施《ほどこ》した。そしてその場に静止し、翼を広げながら身体をコマのように回転させて、迫ってきた光弾をすべて弾《はじ》き返した。

(……ああやって攻撃を防いだということは、魔力弾が持つ運動エネルギーまでは消しきれないのかな?)

と、リオは無事なソラの姿を見上げ、目をみはりながら分析《ぶんせき》する。

「や、やってくれましたね、アイシア」

「……大丈夫《だいじょうぶ》?」

「大丈夫に決まっています！」

「なら、続ける？」

「当たり前です！　いいでしょう。ここから先は真っ向勝負です！　全部叩《たた》き潰《つぶ》してやりますから、小細工なしで攻撃してくるといいです」

「属性を使った攻撃でもいい？」

「構いません。炎《ほのお》でも氷でも来やがれです！」

「じゃあ」

アイシアは直径数メートルもある巨大《きょだい》な炎球《えんきゅう》と水球と雷球《らいきゅう》を、それぞれ五つずつ展開させた。

（……こいつ、特定の属性に特化していない精霊なんです？　流石はリーナが創った人型精霊ってわけですか）

ソラはアイシアの実力を上方修正し、表情を引き締《し》める。その上で――、

「さあ、いくらでも撃《う》ってくるといいです！」

アイシアを指さし、気高く、声を張り上げて攻撃を促《うなが》した。それだけの自信があるのだろう。果たして――、

「わかった」

アイシアはソラに向けて水球を一つ、高速射出した。先ほどの光弾の何十倍もあるサイズの水の塊《かたまり》が、亜音速《あおんそく》で幼いソラの身体へと迫る。が——、

「ふん！」

ソラは静止したまま微動《びどう》だにせず、竜人化させた右腕《みぎうで》に魔力を纏わせて振るった。すると衝撃波《しょうげきは》がほとばしり、水球が粉砕《ふんさい》されて水しぶきが散る。

（……とんでもないパワーだな）

「どんどん撃ってくるです！　竜王様《りゅうおう》から賜《たまわ》った眷属の力、見せてやるです！」

ソラは地上で瞠目するリオを見て嬉《うれ》しそうに笑うと、続けて啖呵を切った。それに呼応するように、アイシアは展開させていた球体を続々と射出する。

「行くです！」

ソラは目一杯《めいっぱい》引いて放たれた矢のようにグンと加速し、迫りくる属性攻撃へと自ら接近していく。

加速されたソラが振るう竜の腕は理不尽《りふじん》を体現する。水球だろうが、炎球だろうが、雷球だろうが、鋭《するど》く伸《の》びた爪《つめ》で容赦《ようしゃ》なく引き裂《さ》いて霧散《むさん》させていった。

展開させている球体程度の属性攻撃では意味がない。と、アイシアは即座《そくざ》に悟《さと》ったのだろう。ソラを止めるにはさらに強力な一撃《いちげき》を放つ必要がある。ただ、そんな威力《いりょく》の攻撃が

直撃すれば、生身の人間なら姿すら残らない。

「……」

アイシアは逡巡《しゅんじゅん》した。だが、時間の余裕《よゆう》はない。ソラの強さなら問題ないと判断すると、手をかざして魔力《まりょく》を練り上げ始めた。

「そいつで最後ですね！」

ソラもアイシアがさらなる攻撃を放とうとしていることに気づく。ちょうどラストの球体を薙《な》ぎ払《はら》ったところだった。そして――、

「さあ、来いです！」

いざ、尋常《じんじょう》に勝負。

アイシアは接近するソラを止めるべく、手から特大の魔力砲撃《ほうげき》を放った。一条《ひとすじ》の光線がソラを呑《の》み込もうとする。

「はああっ！」

ソラは右腕を前に突き出し、魔力砲撃めがけて直進し続けた。そのまま真っ向から光線を受け止めると、豆腐《とうふ》でも押しつぶすようにものともせず突き進《すす》む。

「……まじか」

と、思わず呟《つぶや》いたリオ。

かくして——、

「さあ、さあ、これでおしまいです！」

ソラは見事にすべての攻撃《こうげき》を真っ向からねじ伏《ふ》せて、アイシアの眼前まで迫った。そのままアイシアの身体に触れようとするが——、

「……」

アイシアが急に後退した。

「なっ!?」

これで自分の勝ちだとでも思っていたのか、ソラが愕然《がくぜん》とする。そのまま呆気にとられかけるが——、

「こ、こら！　逃げるな！　逃げるなです！　アイシア！　ソラの勝ちです！」

ハッと我に返ると、急加速してアイシアを追いかけた。

「もともとこういうルール」

ぐうの音も出ないほど正論だった。

「く、くうう！　い、いいですか！　ソラだって遠距離攻撃していいなら簡単に追いつけるし、ソラにはまだ竜化という切り札だってあるんです！」

悔《くや》しがるソラは自分の凄さを訴《うった》えかける。

「……私も春人との同化という切り札を残している」

アイシアが速度を緩め、後方から迫るソラを見返しながら応じた。

「そ、それはずるいです！　というより、ずっと気になっていたんです！　お前、どうして竜王様のことを春人って呼ぶんです⁉　特別な女感を出しやがって羨《うらや》ま……じゃなくて、呼び捨てにするなんて畏《おそ》れ多《おお》いです！」

ソラがわーきゃー騒《さわ》ぎ出す。リオはそんな二人を見上げながら、おかしそうに口許《くちもと》をほころばせていた。そして――、

（……まあ、頼もしい味方ができたということで）

リオは引き分けを通達するべく、自らも上空へと飛翔したのだった。

第五章　ガルアーク王国にて

聖女との戦いが終わってから、三日後のことだ。グレゴリー公爵領へ出向いていた一行はガルアーク王国の王都へと帰国していた。

午後、かつてリオがフランソワから下賜《かし》された屋敷《やしき》にはシャルロットに招かれる形で国王フランソワが足を運び、屋敷のダイニングで沙月《さつき》やセリア達と対談していた。

室内にはフランソワとシャルロットはもちろん、沙月、美春《みはる》、セリア、ラティーファ、サラ、オーフィア、アルマ、ゴウキ、カヨコの姿がある。そして、リーゼロッテも呼び出されて出席しており、雅人《まさと》とリリアーナも同席していた。

そんな席で――、

「我々が抱いている何か形容しがたい違和《いわ》感《かん》や喪失感《そうしつかん》のようなもの。それについて帰国してから調査したところ、いくつかわかったことがありました。そして、新たにわからないことも出てきました。今日はそのご報告と、皆様《みなさま》からもお話を伺《うかが》えればと思い、こうしてお父様にも同席いただいた上で話し合いの場を設けました」

司会進行を務めるのはシャルロットだ。

「あの」

セントステラ王国の第一王女、リリアーナが手を挙げて発言の許可を求める。

「何でしょう？」

「私も同席してよろしいのでしょうか？」

うっかり他国の機密に触れたりすると面倒なことになるので、これは必要な確認であった。確認を取った上で機密を喋《しゃべ》ってくるのなら、前もって確認したのにそっちが勝手に喋ったという言い訳が立つ。ともあれ――、

「はい。サツキ様のお披露目《ひろめ》を行った夜会があったでしょう？　その時のことでリリアーナ様にも伺いたいことがございますので」

「わかりました。そういうことでしたら」

「では、早速《さっそく》ですが……」

シャルロットは一枚の紙をテーブルの上に置いた。席の離《はな》れている者には文字が見えないだろうが、一同の注目がその紙に集まる。

「シャルちゃん、この紙は？」

何が書かれているのかと、沙月が訊《き》く。

「これは我《わ》がガルアーク王国の国史書。その草案……、つまりは下書きです」

「……こくし、しょ？」

聞き慣れない単語だからか、雅人はもちろん、沙月や美春も不思議そうに首を傾げる。

「国史書とは、国の歴史が記された公的な書物のことです。通常は大まかな内容や枝葉末節の草案を専門の文官が作成し、専属の書記官が代筆を行うのですが、最終的に何を記すかの決定権は国王にのみ帰属します。国王が直々《じきじき》に草案を作成なさることもあります」

と、シャルロットは国史書について簡単に説明を行う。

「それで、その国史書がどうしたの？」

「こちらの紙に記されている内容は我々が先の戦《いくさ》に向かう前に作成されたものです。お父様が直々に指示なさって代筆させたことを証明する王印も押された上で、正式に作成されています」

「……なんて書かれているの？」

「要約すると、我がガルアーク王国は神聖エリカ民主共和国なる国の襲撃《しゅうげき》を受け、グレゴリー公爵領の領都グレイユを占領《せんりょう》された。神聖エリカ民主共和国の国主は聖女を自称《じしょう》する勇者エリカである。我が国《くに》は勇者サツキ様の支持を受け、都市を奪還《だっかえ》するべく早急《さっきゅう》に軍を派遣《はけん》した。その指揮を執《と》るのは国王であるお父様である。こんなところでしょうか」

「私の支持って……」

身に覚えがないのだろう。沙月が「ん？」と頭上に疑問符《ぎもんふ》を浮かべる。

「はい。つまり、我が国は他国の勇者が率いる国と先の戦を繰り広げていたことになります。勇者と敵対することになったから、こちらも勇者であるサツキ様を擁立《ようりつ》して戦いに臨《のぞ》むことになった。そのためにサツキ様に彼《か》の地《ち》へお越《こ》しいただいた。他の皆様にも助っ人《すけっと》として同行していただいた、というのが事の次第らしいですね」

と、シャルロットは順序立てて説明を行う。

「そう、よね。私は現地に向かったし……」

沙月が釈然《しゃくぜん》としない面持ちで、他の面々の顔を見回す。他の者達も沙月と似たような表情を浮かべていた。そう、皆《みな》、確かに自分の意思であの地へ向かったということは覚えているのだ。

「やはり皆様、同じように状況《じょうきょう》を認識《にんしき》されているようですね。戦っていた相手が勇者だということを覚えていなかった。それどころか、勇者の名前すら覚えていなかった。勇者エリカの名前を聞いても何もピンとこない。相違《そうい》ございませんか？」

シャルロットは一同と視線を重ねながら問いかけた。全員が戸惑《とまど》いながらも首を縦に振ったのを確認すると――、

「不可解ですよね。お父様もこんな内容の草案を作成するよう書記官に代筆を指示した記《き》憶《おく》はないようです。そして書記官もお父様からそんな指示を受けて記述を行った記憶がないとのこと。なのに、代筆された国史書の草案は確かに存在している。お父様が指示したことを裏付ける印も草案に押され、草案を裏付ける状況もまた確かに存在していた」

と、どこか愉《ゆ》快《かい》そうにも見える笑《え》みを浮《う》かべて語った。

「不可解なことは他にもあります。グレイユを占領していた神聖エリカ民主共和国の兵を捕《と》らえて尋《じん》問《もん》しましたが、エリカなる人物のことはまったく覚えていないと供述しているそうな」

そんなこと、ありえるのでしょうか？

と、シャルロットは声を弾《はず》ませて問いかける。

「ちなみに、神聖エリカ民主共和国とは北方の僻《へき》地《ち》にある誕生したばかりの小国です。はっきり申し上げて、侵《しん》略《りゃく》価値は何もないほどの。勇者エリカを除外すると、グレイユを占領した部隊の人数はたったの九人。しかも騎《き》士《し》一人と同等程度の実力しか持ち合わせていない冒《ぼう》険《けん》者《しゃ》上がりの兵達でした。そこでゴウキさんのご意見を伺いたいのですが、そんな者達が我が国の公爵が治める都市を占領することなど可能でしょうか？」

「……まず、不可能でしょうな。突《とっ》出《しゅつ》した実力の持ち主が一人でもいればやりようはありますが」

　占領を行うべく、最初に騒動《そうどう》を起こした時点でどん詰《づ》まりになるはずだ。敵兵に囲まれた時点で人質《ひとじち》でも取らない限り即鎮圧《そくちんあつ》される。

「ありがとうございます。となると、誰も知らない勇者エリカが実在し、都市の占領を行った、ということを裏付けているとは考えられませんか？」

と、シャルロットはなんとも楽しそうに言った。

「まったく、面白《おもしろ》がるでない」

　フランソワが嘆息《たんそく》して告げる。

「だって、気になりますもの。我々はいったい何を忘れてしまったのか。知りたくて仕方がありません」

「気になるのは同感だがな。記憶にないことを、国史になんと記したものか」

　それだけが問題というわけではないが、一国の王としてはそれだけでもなんとも頭が痛い事態である。

「まだ他にも記憶にないことはございます」

「……であるな。続けよ」

　フランソワは大きく溜息《ためいき》をついてから、ご機嫌《きげん》なシャルロットを促した。

「はい。周辺の資料を読み漁《あさ》っていたところ、勇者エリカとは別にもう一人、誰からも記憶されていない人物がいることに気がつきました。その人物はおそらく我々と良い意味で浅からぬ縁《えん》があったのではないかと私は考えています」

「私達と……、誰なの？」

沙月が尋ねる。

「この屋敷の所有者です。お父様も私もサツキ様のご友人である皆様のお住まいとしてこちらの屋敷を提供したつもりでいましたが、書類上ではとある名誉騎士《めいよきし》に下賜されたと記《き》載《さい》されていました。本当に、とんでもない経歴の持ち主です。名前をお教えする前に、そちらについてご説明するとしましょうか。少し長くはなってしまいますが……」

シャルロットはそう前置きすると、別の紙を取り出した。

「記録によれば、その人物はサツキ様とは別にこの世界へ召喚《しょうかん》されたミハル様達を保護。アマンドの近郊《きんこう》で大量発生した魔物《まもの》の撃退《げきたい》に大きく寄与《きよ》。リーゼロッテやフローラ王女を救い、それがきっかけでサツキ様をお披露目する夜会へリーゼロッテと一緒《いっしょ》に出席したと記されています。夜会では侵入《しんにゅう》してきた賊《ぞく》の撃退に大きく寄与し、我が国の名誉騎士に就任。タカヒサ様とミハル様の間にあった諍《いさか》いを仲裁《ちゅうさい》。後にクリスティーナ王女の指示でセリア様とシャルル＝アルボーとの政略結婚《けっこん》を阻止《そし》したことも判明。国外脱出《だっしゅつ》のためにセリア様のご実家へ避難《ひなん》されていたクリスティーナ王女をロダニアまで護送。道中でベルトラム王国最強の騎士と名高いアルフレッド＝エマール卿《きょう》を撃退し、シャルル＝アルボーととも に捕虜《ほりょ》として捕らえる。続けて、天上の獅子団《ししだん》の団長であるルシウス＝オルグィーユに拉致《らち》されたクリスティーナ王女とフローラ王女を救出。後には神聖エリカ民主共和国の勇者エリカに拉致されたリーゼロッテを救出し連れ帰る」

と、シャルロットはその人物の経歴について、実に長々と記録を読み上げた。そして「本当にとんでもない経歴だわ」と、感嘆《かんたん》して締めくくる。

「…………」

あまりにも功績をあげ続けているからだろうか？　あるいは、記憶にない出来事だからだろうか？　途中《とちゅう》で名前が出た者達は面食らい、瞠目している。だが――、

「いま名前が挙がった方々、記憶にございませんか？　ハルト＝アマカワという名前の人物なのですけど、この名に聞き覚えは？」

シャルロットが件《くだん》の人物名を告げると、すぐに表情に変化が出た者達がいた。美春、ラティーファ、そしてリーゼロッテの三人だ。もっとも、リーゼロッテに限ってはごくわずかな変化だったが……。一方で――、

「日本人の名前……よね？」

「ヤグモ地方でも通じそうな名の響《ひび》きではございますな」

などと、沙月やゴウキが語る。他の者達も特には聞き覚えがないような反応だが、セリアだけは何か思い出したように「ん？」と首を捻《ひね》り始めた。

「……何か心当たりがございましたか、セリア様？」

シャルロットは一同の反応をつぶさに観察し終えると、まずはセリアに問いかけた。

「あの……、私、その名前の人から手紙をもらったことがあったような。確か、ハルトって……、あれ？」

セリアが口にしたのはかつてリオが王立学院を去った後に送ってくれた一枚だけの手紙だ。実際にはリオはもう一通、シュトラール地方に戻った直後にセリアに手紙を送っていたが、当時のセリアは既《すで》にアルボー公爵家の管理下に置かれていたため、その手紙が届くことはなかったので知るよしもない。

ともあれ、リオから受け取った一通の手紙はとても大切で、ずっと捨てることができなくて……。だからだろうか、セリアの脳内に手紙を送ってくれた相手の顔が浮《う》かびかけた。その人こそがハルト＝アマカワなのだと、ぴんときたような気がした。

しかし、すぐに靄《もや》がかかって、幻《まぼろし》でも見ていたようにイメージが霧散してしまう。その人物が、いや、誰がハルト＝アマカワなのか、途端《とたん》にわからなくなってしまった。

「……いかがなさいましたか？」

「いえ、誰から手紙をもらったのか、思い出せなくて……。でも、どうして私、手紙のことを覚えているの……？」

セリアは額を押《お》さえ、乱舞《らんぶ》する疑問符に頭を抱《かか》える。

「もしそのお手紙が残っているようであれば、ぜひ拝見したいのですが……」

「あった……かしら？　後で探してみます」

「お願いします。それと、ミハル様？」

「え、はい！」

不意に名前を呼ばれて驚《おどろ》いたのか、美春がびくっとして返事をする。

「先ほどの表情、何かあるような感じでしたけど、ミハル様は何かご存じなのですか？」

「……はい。その、私の幼馴染《おさななじみ》だった人と同じ名前だなと思って。苗字《みょうじ》が先に来るので、天川春人《あまかわはると》って名前なんですけど」

「ミハル様の幼馴染ですか。アマカワハルト……」

「元いた世界での話です。なので、ただの偶然《ぐうぜん》だと思いますが……」

「……そうでしょうか？　今は忘れているだけで、もしかしたらミハル様と一緒にこの世界へ召喚された方なのかもしれませんよ？」

「ですが……、この世界へ来る前も、彼《かれ》とはずっと会っていないんです。子供の頃《ころ》に別れたきりで」

「子供の頃ですか。彼の顔は今でも思い出せますか？」

「……はい」

美春は深く頷いた。

「覚えている、ということは該当《がいとう》する人物とは本当に別人なのでしょうか？　単なる偶然で片付けるのは早計な気もしますが……。リーゼロッテとスズネ様は、何か心当たりがありませんか？　ハルト＝アマカワという名前を出した時に表情の変化があったように思うのですが」

シャルロットはラティーファとリーゼロッテにも話を振る。

「……流石ですね」

表情に出さないようにしていたのにと、リーゼロッテがシャルロットの目敏《めざと》さと観察眼に舌を巻く。その上ですぐには質問に答えず、傍《そば》に座《すわ》るラティーファに視線を向けた。

「…………その、私もハルト＝アマカワって名前の人、知っています」

ラティーファは逡巡した後、おずおずと答える。

「どちらで、その名を？」

「それは……」

シャルロットが強い好奇心《こうきしん》を覗かせて尋《たず》ねた。だが、ラティーファは言いよどんでしまう。ラティーファがその名を知っているのは、彼女《かのじょ》の前世が絡《から》むからだ。説明すれば必然的に自分が転生者であることを打ち明けなくてはならなくなる。

と、そこで——、

「……私がご説明しましょう」

ラティーファを守るように、リーゼロッテが開口した。

「……リーゼロッテお姉ちゃん？」

『私もその名前には心当たりがあるもの。前世でバスに乗っていた大学生のことでしょう？』

リーゼロッテはシュトラール地方の共通語ではなく、日本語でラティーファに語りかける。リーゼロッテが聞き慣れぬ言葉を喋ったことで、フランソワとシャルロットは驚いたようだ。わずかに目を見開いている。

「……う、うん」

「なら、私に任せて」

と、リーゼロッテは請《う》け合うと——、

「私とスズネちゃんが驚いた理由ですが、予期せぬ名前が出てきたからです。ですが、大変不躾《ぶしつけ》ながら、これからお話しすることはご内密にお願いできないでしょうか？　陛下、シャルロット様」

話をする前に、目上の王族二人に口止めを行った。

「……いいだろう」

よいな？　と、フランソワがシャルロットに目配せしながら頷く。

「リーゼロッテが何を聞かせてくれるのか、とても楽しみだわ」

シャルロットは「はい」と返事をしてから、嬉しそうにえくぼを作った。

「形而上学《けいじじょうがく》上の話になりますが、お二人は転生や前世……、つまりは生まれ変わりがあることを信じますか？」

リーゼロッテは小さく深呼吸してから、まずは転生について語りだす。

「私は信じるわ。ロマンチックだもの」

と、間髪《かんはつ》を容《い》れずに即答《そくとう》したのがシャルロットだ。

「……およそ客観的な証明が不可能な事象と考えるが、それらを裏付けるだけの証拠《しょうこ》があるのであれば一考の余地はあるやもしれぬな」

フランソワは現実的な視点で転生という事象を捉《とら》えながらも、完全に否定することもしないという柔軟《じゅうなん》な立場を取った。

　というより、話の流れをくみ取ったのだろう。「このような話をいきなり始めたということは、証拠があるのだろう？」とでも言わんばかりにリーゼロッテを見据《みす》えた。

「客観的な証拠が存在するわけではありませんが、私とスズネちゃんには前世の記憶がございます」

「まあ」

　シャルロットは愉快そうに口許をほころばせる。

「前世の記憶、か……」

　記憶とはあくまでも主観的な証拠である以上、記憶を基にした証言には真偽性《しんぎせい》という問題が常につきまとう。

　だが、相手は才媛《さいえん》リーゼロッテ＝クレティアだ。国内で最も優秀《ゆうしゅう》で信用できる令嬢《れいじょう》の名前を挙げろと言われたら、フランソワが真っ先に口にするであろう少女である。

「裏付けになるかはわかりませんが、リッカ商会で取り扱《あつか》っている商品の中には私が前世で得た知識を活用して考案した品も数多く存在しています」

「……なるほど。確かに、リーゼロッテは奇抜《きばつ》な商品を数多く生み出し、商会の業績を伸《の》ばし続けてきたな」

それらがすべて前世の知識を活用していたというのであれば、色々と腑《ふ》に落ちる。

「こんな話をすれば周囲からどうかしていると思われるかもしれないと恐《おそ》れ、これまで沈《ちん》黙《もく》を貫《つらぬ》き続けてきました」

「まあ、公言するような話ではないな」

「恐れ入ります。一応は信じていただけた、という前提で話を続けます。どういう縁の巡《めぐ》り合わせか、私とスズネちゃんが前世で暮らしていたのは沙月様や美春さん達と同じ世界でした。前世で交友関係こそなかったものの、暮らしていた世界が一致《いっち》していたことは美春さんに確認《かくにん》済みです」

「何……？」

つい今しがたまで話半分で受け止めていたのだろうが、沙月や美春と同じ世界で暮らしていたと言われて、フランソワも流石に驚きを隠《かく》せなかったようだ。

「えっと、私は美春ちゃん経由で聞いたんですけど、事実だと思います。リーゼロッテちゃんは私達と同じ世界で暮らしていた記憶がある」

「ふうむ……」

沙月がリーゼロッテの話を裏付ける。となれば、フランソワとしてももう話半分で受け止めるわけにはいかない。勇者である沙月の発言にはそれだけの重みがある。

「私とスズネちゃんは前世ではバス……。これは馬車のような交通手段の一つとお考えください。そのバスの同じ便で乗り合わせることが多く、顔を見知っていました。そしてもう一人、よく一緒に乗り合わせていたのが……」

と、リーゼロッテが説明を続けると——、

「アマカワハルト、という殿方《とのがた》だったのね？」

シャルロットが話の結論を先読みして言った。

「はい」

「確認しておきたいのだけれど、リーゼロッテとスズネ様は前世で交友関係があったわけではないのよね？　なのに、互いに生まれ変わったことに気づいた。いったいどうやって？」

「この世界で再会したのは偶然……といいますか、私がリッカ商会の商品に元いた世界の名前をつけていたことも関係しています。互いに前世で見知った相手だと気づけたのは、記憶の中の私達が同じバスに乗った状態で事故に遭《あ》って死んだからです。それで、もしかして……という話になりました」

これでリーゼロッテの説明は終わる。

「ここまでくると益々偶然《ますますぐうぜん》の一致とは思えませんわ、お父様」

「……で、あるな」

「あとはリーゼロッテとスズネ様の知るアマカワハルトと、ミハル様が知るアマカワハルトが同一人物なのか。というより、リーゼロッテとスズネ様が生まれ変わってこの世界にいるのなら、そのアマカワハルトなる者も生まれ変わってこの世界にいると考えることもできそうですね。そして、その人物こそが記録に残るハルト＝アマカワと同一人物だった、という可能性も……」

「………………」

一同、固唾《かたず》を呑む。

「改めまして、いかがでしょうか、ミハル様？　貴方《あなた》はこの世界に来て間もなく、ハルト＝アマカワという人物に保護を受けたはずなんです」

シャルロットは改めて美春に問いかけた。

「そう、です。そう、なんです……。誰、誰か、誰、保護……、私を、誰、誰か……、ハルト、さん……」

記憶を辿《たど》る美春だが、次第《しだい》に虚《うつ》ろな目になっていく。気がつけば頭がぼんやりとしていたが、忘れたくなかった。そう思った。だから、急速に霧散していく記憶を無理とわかっていても掴《つか》み取り、思い出そうとする。と――、

「うっ……⁉」

途端に頭痛が走った。

美春はたまらず頭を抱えてしまう。

その直後のことだ。

――止《や》めなさい、無理に思い出そうとするのは。

美春は誰かから、焦《あせ》りを帯びた声でそう言われた気がした。

「美春ちゃん⁉」「ミハル⁉」

皆が心配そうに美春の名を呼んだ。隣《となり》に座る沙月がそっと美春の肩《かた》に触《ふ》れる。すると、すぐに頭痛はおさまったのか、美春はおもむろに顔を上げた。

「…………………あの、思い出せません」

と、美春は呆《ほう》け顔で、ぱちぱちと目を瞬《しばたた》きながら言う。

そんな美春の様子を見て――、

「……これは、決まりかもしれませんね、お父様」

シャルロットが持ち前の勘《かん》の良さを発揮させたのか、何か気づいたようにフランソワへ語りかけた。

だが――、

「……決まり？　何がだ？」

フランソワが不思議そうに首を傾《かし》げた。

「それは……、ハルト＝アマカワという人物が……」

聡明《そうめい》な父なのに、珍《めずら》しく察しが悪い。そう思ったシャルロットだが、自分が気づいた推察を口にしようとする。

しかし、途中まで語ったところで、途端に言葉に詰《つ》まってしまった。

「どうしたのだ、シャルロット？」

「……いえ、私はいったい何を言おうとしていたのか」

シャルロットは急にど忘れしてしまった。直前まで何を話していたのかすら、記憶が怪《あや》しくなってしまう。ハルト＝アマカワという人物の経歴について語っていたのは覚えているのだが……。

「もう少し、調査を継続《けいぞく》してみます」

「うむ……」

かくして、実のある話はこれで終わってしまう。

ただ、この瞬間《しゅんかん》――、

「…………」

部屋の中にいる誰もが、なんともいえぬ違和感を抱《いだ》いていた。何か不自然にど忘れしてしまったような……。

小さな違和感だけが、残り続けた。

◇◇◇

フランソワが王城へ戻《もど》った後のことだ。

「そうそう、リリアーナ様。それとセリア様」

解散となる前に、シャルロットが二人の名を呼んだ。

「はい」「何でしょう？」

「まずはリリアーナ様。お書きいただいた書簡を持たせた使者をセントステラ王国へ送りだしました。おそらく一週間以内には返事が来るのではないかと」

「お手数をおかけしました。ありがとうございます」

「いえ。続いてセリア様」

シャルロットはリリアーナへにこやかに微笑《ほほえ》みかけると、続いてセリアへ視線を移す。

「はい」

「レストラシオンからの先触《さきぶ》れの使者が知らせに来たそうです。明日にでもクリスティーナ王女とフローラ王女がこちらへいらっしゃるとか」

「ありがとうございます。そうでした。そういえばベルトラム王国本国との会談も迫《せま》っていたんですよね。確か五日後に……」

セリアも出席しないかとクリスティーナから打診《だしん》は受けていたが、先の騒動が起きてすっかり頭から抜《ぬ》け落ちていた。

レストラシオンとベルトラム王国本国の者達が参加する会談だ。決まったスケジュールを変えることはできない。

事と次第によっては出席を見送ることになっていただろうが、幸い期日には余裕を持って戻ってくることができた。

「クリスティーナ様とフローラ様にも此度《こたび》のお話をできればと思っています。お二人がいらした際には屋敷へご案内しますので、セリア様もご同席いただけますか？」

「承知しました」

と、そこで――、

「…………」

サラがすたすたと窓に近づき、部屋のカーテンをサッと開けた。現在地は一階だ。ガラス窓から外に目をやると、見張りの騎士《きし》がすぐ近くを巡回《じゅんかい》している姿が見えた。カーテンが開いたことに気づいたのか、騎士達《たち》と視線が重なる。

「どうしたの、サラ?」

「いえ、誰かいた気がしたんですが……。気のせいだったみたいです」

サラは騎士達に会釈《えしゃく》してから振《ふ》り向き、かぶりを振ってセリアに答えた。ただ、彼女が気配を感じ取った気がしたのは間違《まちが》いではなかった。

屋敷の屋根にはソラが立っていた。美春やセリア達がガルアーク王国城へ戻ってきたように、ソラはリオ達もまた王都の近くまで移動していたのだ。

ソラはリオの指示で城内に潜《もぐ》り込《こ》み、皆が記憶を失ってどんな影響《えいきょう》を受けているか調べている最中だった。つい先ほどまでシャルロットが行っていた報告の様子も覗いていたが、巡回の騎士達が近づいてきたことに気づき、即座《そくざ》に屋根へと移動したわけだ。

(……ふん。どうせ何も思い出せないです。何か思い出しかけても、核心に触れそうな瞬間またすぐに忘れてしまう。世界の修正力には逆らえない)

何度でも、何度でも……。それが超越者《ちょうえつしゃ》の定めなのだ。千年前から、いや、それよりも遥《はる》か前から、何も変わっていない。

(新たに権能を使えばその瞬間に、また竜王様《りゅうおう》は存在を忘れられてしまうです)

ソラは悲しそうな顔で、遥か上空を見上げた。その視線の先ではリオが浮遊《ふゆう》していて、地上を見下ろしている。

（いま、竜王様のことをずっと覚えていられるのはソラだけ……）

と、思ったが、リオの隣にはアイシアの姿もあった。精霊《せいれい》の気配が垂れ流しにならないようにと、仮面を装着している。

（ま、まあアイシアもいるですが……）

ソラはむうっとほっぺを膨《ふく》らませると――、

（お待たせするわけにはいかないです。そろそろ戻るとしますか）

上空に控《ひか》えるリオ達のもとへ、急上昇《きゅうじょうしょう》して合流した。

◇◇◇

翌日の昼過ぎ。

予定通り、クリスティーナとフローラがガルアーク王国城へとやってきた。シャルロットに案内された二人は美春達が暮らす屋敷を訪《おとず》れ、応接室でセリアと対談する。

ベルトラム王国出身のセリアと王女姉妹は嬉《うれ》しそうに言葉を交《か》わすと、早々に向かい合って着席した。セリアの隣にはシャルロットが腰《こし》を下ろす。

「セリア先生が戦へ参加されたと聞いた時は驚きましたが、変わらずお元気そうで安心しました」

と、まずはフローラが語って、ほっと胸をなで下ろした。

「参加したといっても、私は後方に控えていただけなので。戦もよくわからないまま終わってしまいましたし、ご覧の通り元気にやっています」

「屋敷へ来るまでの間にシャルロット王女から簡単に伺いました。何やら誰《だれ》もが記憶を失っているらしい、という不可思議なことが起きていると」

クリスティーナがセリアの顔色を窺《うかが》う。戦場で誰と戦っていたのかわからなくなってしまったなど、そう簡単には信じられない話だ。恩師であるセリアの反応を最初に確かめておきたかったのだろう。

「はい。正直、何が何やらで……」

「では、セリア先生も何か記憶を失っていると？」

「そう、らしいんです……」

セリアは自信なげに頷《うなず》く。

「屋敷へお越しいただく間にご説明した通り、この件でクリスティーナ様とフローラ様からもお話を伺いたかったのです。よろしいでしょうか？」

「ええ、構いませんよ」

シャルロットが提案し、クリスティーナが了承《りょうしょう》する。そうして、話は本題に入ることになった。

「では……」

そう前置きして、シャルロットはつい昨日、セリア達にもしたのと同じ内容の話をクリスティーナとフローラにも聞かせ始める。すなわち、存在を裏付ける証拠は見つかっていても、誰も記憶していない勇者エリカのこと、そして同じく記録は残っているのに、記憶にないハルト＝アマカワという人物のこと。

「……なるほど」

クリスティーナは遠くを見るような目をして考《かんが》え込む。

「お二人に伺いたいのはハルト＝アマカワという人物についてです。記録によればこの人物はお二人とも密接に関《かか》わっています。例えばクリスティーナ様の指示でシャルル＝アルボーとの政略結婚からセリア様を救ったこと、クレイアからロダニアまでクリスティーナ様とセリア様を護送したこと。フローラ様もこの人物の武功をその目で幾度《いくど》となくご覧になっているはずなのですが……」

記憶にございますか？　と、シャルロットはベルトラムの王女姉妹を順番に見つめて問いかけた。

「いえ……。そんな指示を出した覚えもまったくございませんし」

クリスティーナが目を瞬いて答える。指示を出した記憶がないのはある意味当然であった。なにしろ実際にはそんな事実は存在していない。セリアを拉致した責任の所在がクリスティーナにあることを強調するため、後付けで指示していたと対外的にクリスティーナが説明したのだ。それに――、

「クレイアからロダニアまで避難する間に、そのような人物と同行した記憶もございません。クレイアでセリア先生と合流し、サラさん、オーフィアさん、アルマさんの助力を得てたどり着いたと記憶していますが……」

他の者達《たち》と同様に、クリスティーナも実際に存在する事実について記憶が曖昧《あいまい》になっていた。

「セリア様も、サラ様達も、そのように記憶していたようです。ですが、彼女達《かのじょ》は王の剣《けん》であるアルフレッド＝エマールを自分達が撃退したという記憶はないとのこと」

と、シャルロットは記憶と記録の整合性がとれない部分に言及《げんきゅう》する。

「……そう、なんですよね」

クリスティーナは歯切れの悪い相槌《あいづち》を打つ。その辺りの記憶を思い出そうとしているようだが――、

「おかしいですね。アルフレッドを倒《たお》したのは誰だったか、まったく思い出せません。なるほど、だから記憶を失っていると」

百聞は一見にしかず。クリスティーナは自身に起きている奇妙《きみょう》な事象を、身をもって実感した。

「……私もその方を存じ上げません」

フローラも不思議そうに首を捻ってしまう。

「私も王都での結婚式《けっこんしき》から拉致された当時の記憶が曖昧です。それに、どうしてレストラシオンに所属する私がガルアーク王国へ出向しているのか、クリスティーナ様はどのように記憶されていますか？」

自分自身のことなのに――と、セリアはもどかしそうに問いかける。

「それは……、王都での式には私も出席していました。誰か、フードを被《かぶ》った人物が先生を颯爽《さっそう》と攫《さら》っていったのは覚えていますが、それ以外は何も……。先生をガルアーク王国へ出向させているのは、先生がサラさんや美春さん達とも親交があるからで……」

不思議だ。思いついた理由を口にはしたが、理由としては弱い気がした。それだけ魔道《まどう》

士《し》としてのセリアの才能はずば抜けているのだ。何か特別な役割があるのならともかく、出向させて自由に行動させるのはもったいない人材である。

「です、よね……。ミハルやサラ達とも話し合ったんですが、そもそも私達、どうやって知り合ったんだっけという話にもなって……。話し合えば話し合うほど、記憶がこんがらがってしまいました」

セリアはすっかり疲《つか》れたように嘆息する。記憶が曖昧になり始めてから、幾度となく話し合ってきたのだろう。

「現在、同様の事象が他にも発生しています。誰も勇者エリカのことを覚えていないし、誰もハルト＝アマカワという名誉騎士のことを覚えていない。明らかな異常事態ですが、さほど深刻には受け止めていない者が圧倒的《あっとうてき》多数なのがまたさらに異常です。まるで思考を誘導《ゆうどう》でもされているみたいに」

「……確かに、このことを考えていると何か、思考に靄がかかるというか、頭の働きが鈍《にぶ》くなっているような……気はします」

と、自信なげではあるが、クリスティーナは自らの思考を客観視して分析《ぶんせき》する。

「流石《さすが》だわ。私が調べた限り、そういった認識《にんしき》を持てない者が大半なのですけれど」

シャルロットはチャーミングな口許《くちもと》を嬉しそうにほころばせた。

「そうなのですか？」

「本当に思考が誘導されているのかは確かめようもありませんが、忘れていることに何か問題があるのか、と思ってしまう者が大半です。そもそんな人物が存在したのかと懐《かい》疑《ぎ》的《てき》に思う者もいますし、記憶を失っていること自体忘れてしまう者もいます。該当する人物との関わりが薄《うす》かったとされる者ほどそういった傾向《けいこう》が顕著《けんちょ》ですね。ハルト＝アマカワと深い関わりがあったであろう我々はこの異常事態を異常事態と認識できて調査もしていますが、その我々ですら、油断すると調査のことから意識が遠ざかってしまいそうになります」

「……何かしらの大規模な魔術《まじゅつ》で思考を操作されている可能性はないのでしょうか？」

クリスティーナがセリアを見て尋ねる。

「その可能性も検討したんですが、魔術の効果が及ぶ範囲《はんい》が広すぎておよそ不可能です。妙《みょう》な魔術がかけられていないか探知もしてみましたが、特に異常はありませんでしたし……」

「……不思議ですね。まるで誰かが二人のことを歴史から消し去ろうとしているみたいです」

フローラがぽつりと呟《つぶや》く。

「ええ、まさしく。まるで神の見えざる力でも働いているみたい」

「そう、としか思えませんが、嬉しそうですね」

おもちゃ箱を与《あた》えられた子供みたいに声を弾《はず》ませるシャルロットを見て、クリスティーナがわずかな呆《あき》れを滲《にじ》ませながらおかしそうに笑って指摘《してき》した。

「こんなに面白そうなこと、そうはありませんもの。このハルト＝アマカワという人物と我々はどのような関わりがあったのか。私、隠そうとされるとなおさら気になってしまう質《たち》なので」

と、シャルロットは持ち前の好奇心を前面に押《お》し出して語る。それで他の三人もいっそうおかしそうに笑いを滲ませた。その上で――、

「けど、私もそうです。他のみんなも言っていました。気になります。何か、忘れてはいけないことを忘れている気がして……」

セリアがシャルロットに賛同した。その瞳《ひとみ》の中では強い意志が陽炎《かげろう》のように揺《ゆ》らめいているのが窺える。どういうわけかはわからないが、記憶《きおく》を失っても感情までは完全には消えていないのかもしれない。

「となれば、調査を継続するしかありませんね。クリスティーナ様も、よろしければ帰国後にロダニアにある資料を調べていただけないでしょうか？」

「ええ、構いませんよ。我々にとっても恩人である人物のようですから」

クリスティーナは二つ返事で請け合った。

「ではこちらを。できれば肌身《はだみ》離《はな》さずお持ちください」

シャルロットはブローチをテーブルに置いて差し出す。

「これは？」

「健忘《けんぼう》対策です。中にお願いしたいことを書いた紙を入れておきました。フローラ様の分もご用意したので、よろしければ二人でお持ちください」

仮に忘れてしまったとしても、この紙を見れば、何を頼《たの》まれたか思い出せるということだろう。

「なるほど……。では、ありがたく」

「頂戴《ちょうだい》します」

クリスティーナとフローラはそっとブローチを手に取る。そして――、

「さしあたって私からの話は以上です。お二方からもセリア様にお話がありましたらどうぞ」

「では手短に。アルボー公爵《こうしゃく》との対談についてです」

「いよいよ四日後ですね」

「予定通り人質《ひとじち》の返還《へんかん》も行う可能性が高いので、交換《こうかん》条件としてクレール伯爵家《はくしゃくけ》の取扱《とりあつか》い

について条件を提示するつもりです。クレール伯爵も出席される予定です」

話は次の内容に移る。

「お取り計らい、ありがとうございます」

「いえ。出席について先生のご意思を最終確認できればと……というのがまず一つ」

「予定は入っておりませんので、出席できます」

公の席で父と再会できるかもしれない数少ない機会だし、他《ほか》ならぬ自分の家に関すること

だ。セリアは決然と答える。

「では、もう一つ。今の話を踏《ふ》まえてアルフレッドとシャルルの取り調べを最後に行おうかと思います。先生も立ち会いますか？　よろしければシャルロット王女も」

今の話というのは、記憶の喪失《そうしつ》についてだろう。アルフレッドとシャルルが捕縛《ほばく》される原因となった戦い。人質の返還を行う前に、その当時のことを二人にも訊《き》いてみようと考えたといったところか。

「私はお断りする理由はございません」

と、まずはシャルロットが答えた。ハルト＝アマカワと接点のあった人物について調査を行うのは彼女の利益とも合致《がっち》する。

一方で、セリアにとってシャルルは複雑な事情を持つ相手だ。半ば脅《おど》される形で婚約《こんやく》を

結び、しかし結婚式当日に拉致《らち》される形で婚約を反故《ほご》にした。忘却《ぼうきゃく》によって当時の記憶が曖昧となった今でも、セリアが自らの意思で土壇場《どたんば》での婚約破棄《はき》を望んだことは記憶している。事実を知ればシャルルが憤慨《ふんがい》するのは必至。

だから、婚約を反故にしたあの日から、セリア＝クレールとしてシャルルの前に立ったことはない。しかし、今後もセリア＝クレールとして生きていくのなら、避《さ》けては通れない相手でもある。アルボー公爵との会談が終われば判明することだ。

「はい。立ち会わせてください」

セリアは拳《こぶし》をぎゅっと握《にぎ》り、首を縦に振ったのだった。

◇　◇　◇

半刻後。

フローラが屋敷《やしき》に残って美春達と面会して再会の挨拶《あいさつ》をしている一方で、クリスティーナ、シャルロット、セリアの三人はガルアーク王国城の外賓《がいひん》宿舎へと移動した。ロビーに入って通路を進むと、三人がやってきたことをすぐに聞きつけたのか――、

「これはクリスティーナ様。シャルロット王女に、セリア君も」

ユグノー公爵がそそくさと現れては、恭《うやうや》しくこうべを垂れた。

「これからアルフレッドとシャルルの取り調べを行うわ」

と、クリスティーナは用向きを簡潔に告げる。

「然様《さよう》でございますか。よろしければ私も同席いたしますが……」

ユグノー公爵はセリアの顔を一瞥《いちべつ》しつつ申し出た。おそらくはセリアとシャルルを会わせるつもりなのだろうと、推察したのかもしれない。

「別に大した話をするわけではないから、執務《しつむ》があるならそっちを優先して構わないわ」

「御意《ぎょい》。では、私は執務に戻らせていただきます」

必要な取り調べは既《すで》に散々行ってきた。今さら同席する意味は特にないと思ったのか、ユグノー公爵はそのまま引き下がっていく。

「では、こちらへ」

クリスティーナに促《うなが》され、セリアとシャルロットは階段を上る。そうして最上階にある一室の前までやってきた。同行していた護衛二名を連れて、部屋の中へと入る。

「これは、クリスティーナ様！」

室内にはヴァネッサを含《ふく》む数名の見張りがいて、クリスティーナ達が入ってくると素早《すばや》く姿勢を正した。

「二人の取り調べを行うわ。連れてきて頂戴」

「御意」

現在地は外賓宿舎最上階の客室のリビングである。ヴァネッサはベッドルームへと通じる扉《とびら》を開いた。そして――、

「兄上、取り調べです」

と、室内にいたアルフレッド＝エマールに語りかける。シャルルもアルフレッドも捕虜《ほりょ》とはいえ同じベルトラム王国の高位貴族だ。かび臭《くさ》い牢屋《ろうや》にぶち込まれているわけではなく、こうして普通《ふつう》の客室に見張り付きで軟禁《なんきん》されていた。

手首には魔封《まふう》じの枷《かせ》を嵌《は》められているので魔法を使うことはできなくなっているし、それとは別に足枷も嵌められているので走り回ることもできない。

「ああ」

アルフレッドは腰掛《こしか》けて本を読んでいたが、指示に従ってリビングへ移動した。

「掛けなさい」

と、扉を出たところですぐさまクリスティーナから命じられる。

「……はっ」

すぐ隣にはセリアの姿もあってわずかに目を見開いたが、アルフレッドは命令には逆ら

わず素直《すなお》に着席する。

「シャルルも呼んで参ります」

ヴァネッサは踵《きびす》を返し、もう一つのベッドルームへと向かった。そのままシャルルにも声をかけてリビングへと呼び出す。

「なんだ、まだ何か取り調べることが……、セリアっ⁉」

取り調べにうんざりした態度のシャルルだったが、リビングに出たところでセリアを見つけると、動揺《どうよう》の色をあらわにした。

「……お久しぶりです、シャルル様」

セリアは小さく深呼吸をしてお辞儀《じぎ》する。

「……………まさか、君が裏切っていたとはね」

シャルルは激しい虫歯の痛みを堪《こら》えるかのように顔をしかめた。こみ上げる不快感を隠そうともせず、感情的な刃《やいば》に変えてセリアに向ける。

「座《すわ》れ」

「座れだと？　ふざけるなっ！　私を誰だと思っている⁉」

命令してきたヴァネッサに強く反発するシャルル。だが、その怒《いか》りすらセリアにぶつけるべきと思ったのか――、

「これは大問題だよ」

セリアをぎろりと睨《にら》みつけて、恨《うら》みを吐《は》き出す。

「何が大問題なのかしら？」

クリスティーナが冷めた声音《こわね》で尋《たず》ねる。

「クレール伯爵家が裏切っていたということでしょう。式の時も、クレイアの時も。レストラシオンと内通していたのは父親だけかと思いましたがね」

「おかしなことを言うわね。セリア先生がいったい誰を裏切ったというのかしら？」

「私をっ！　我《わ》がアルボー公爵家をですよ！　何も知らなそうな顔をして、とんだあばずれだったわけだ！　式のその日まで私を騙《だま》していたのだから。いかず後家になりかけていた年増《としま》をもらってやろうとした私の厚意をっ」

踏みにじったのだと、シャルルはひどい物言いでセリアを非難した。

「………」

セリアは顔を曇《くも》らせながらも、その言葉を黙《だま》って受け止めるが――、

「見苦しいわ」

シャルロットが溜息《ためいき》交じりに独り言《ご》ちた。

「な、何ですと？」

シャルルがギョッとして目を剥《む》く。

「あら、何か？」

聞こえましたか？

とでも言わんばかりに、シャルロットはにこやかに首を傾げた。

「国の未来を憂《うれ》う第一王女である私に忠誠を誓《ちか》って身命を捧《ささ》げてくれた。そもそれの何が裏切りなのかしら？」

クリスティーナがさも不思議そうに顔を斜《なな》めに傾《かたむ》けた。

「っ……、裏切り以外の何でもないでしょう？　我ら貴族が真に忠誠を誓うべき相手は国と王だっ！　第一王女である貴方ではない！　ゆえに、この女も、貴方がしていることも、国と王に対する反逆に他ならない！」

と、シャルルは感情的になって訴《うった》える。

「……父を、国王を蔑《ないがし》ろにして国を掌握《しょうあく》しようとする貴方の口からそんな言葉が出てくるなんて、本当に笑わせてくれるわね」

クリスティーナは侮蔑《ぶべつ》を覗《のぞ》かせながら冷笑《れいしょう》を刻む。

「王と国のためを思えばこそです！　惰弱《だじゃく》なユグノーが権力を牛耳《ぎゅうじ》った結果、我が国《くに》は大国プロキシアに領土を奪《うば》われた。陛下も、ユグノーも、プロキシアの力を侮《あなど》りすぎていたのです！　だからっ！」

「だからといって、売国を正当化する理由にはならないわ」

「ば、売国、ですとっ……!?」

クリスティーナに言葉を被せられ、シャルルは不愉快《ふゆかい》そうに顔をしかめた。

「……私もクリスティーナ様と同じ考えです。アルボー公爵家による一連の行いは国へ弓を向ける行為《こうい》に他ならない。だからクリスティーナ様に賛同してレストラシオンに所属することを決めました」

「このっ……！」

セリアも自らの思いを語り、シャルルと対立する意思をはっきりと伝える。

「もういいでしょう。散々聞いた口上だわ」

クリスティーナが再びシャルルの発言を遮《さえぎ》った。

「ではいったい今さら何を話せと!?」

シャルルは苛立《いらだ》ちながら投げやりに尋ねる。

「貴方達《あなたたち》が捕縛されるきっかけとなった出来事についてよ。そう、貴方達はいったい誰に負けたのだったかしら？」

「何を仰《おっしゃ》って……？」

怪訝《けげん》な顔になるシャルルだが、途中《とちゅう》で硬直《こうちょく》して頭上に疑問符《ぎもんふ》を浮《う》かべる。隣で沈黙《ちんもく》を貫《つらぬ》いていたアルフレッドも怪訝な面持《おもも》ちをしていた。

「アルフレッド」

「はい」

「貴方はいったい誰と戦って負けたのか、どうして捕虜になったのか、当時のことを覚えている？」

と、クリスティーナはアルフレッドをまっすぐに見据《みす》えて問いかける。

「…………いえ」

嘘《うそ》をついているわけではないのだろう。アルフレッドはたっぷりと思案してからかぶりを振った。その顔には困惑《こんわく》がありありと浮かんでいる。

「そう……。シャルロット王女、何かお聞きになりたいことはございますか？」

「いえ、十分です」

「であれば、ヴァネッサ。もういいわ、二人を下がらせて頂戴」

「御意。さあ、兄上こちらへ」

ヴァネッサは深々と頭を下げ、アルフレッドとシャルルを順番にベッドルームへと連行した。

【第六章】❖ 対談

レストラシオンとベルトラム王国本国との対談が実施《じっし》される日がやってきた。
一、クリスティーナとユグノー公爵を筆頭とするレストラシオンの代表者達。
二、アルボー公爵派を筆頭とするベルトラム王国本国の代表者達。
三、第三者として両者の対談を見届けるガルアーク国王フランソワ。
かつて沙月《さつき》のお披露目《ひろめ》をした迎賓館《げいひんかん》の一室では、以上三つの勢力に所属する上層陣《じょうそうじん》が集結しており――、

「…………………」

対立する勢力の者同士が向かい合って腰を下ろし、重苦しい空気の中で黙々《もくもく》と書面に目を通していた。

レストラシオンの代表者達が手にする書面にはベルトラム王国本国からの要求が、ベルトラム王国本国の代表者達が手にする書面にはレストラシオンからの要求が記されており、フランソワが手にした書面にはその両方の要求が記されている。

（お父様……）（セリアちゃん……）

室内にはセリアと、その父ローランの姿もあった。親子でありながら対立する勢力の席に腰を下ろし、お互《たが》いのことを意識している。

「そろそろよいだろうか？」

両者の要求に目を通し終えたところで、対談の司会と見届け役を務める国王フランソワが口を開いた。

「はい」「構いませぬ」

クリスティーナとアルボー公爵の声が重なる。

「では順を追って話を進めるとしようか。まずは無理筋だと余が考えたものから。ベルトラム王国本国からはレストラシオンという組織の解体、並びに所属する貴族達の本国への投降。レストラシオンからはアルボー公爵の宰相《さいしよう》並びに元帥《げんすい》の地位の国王への返還、並びに現大臣や官僚達《かんりようたち》の辞職」

これを要約すると、ベルトラム王国本国からレストラシオンに対する要求は「さっさと降伏《こうふく》し、反逆者として大人しく処罰《しよばつ》されろ」であり、レストラシオンからベルトラム王国本国への要求は「アルボー公爵派の貴族達は揃《そろ》って要職から退け。派閥《はばつ》を解体して権力を手放せ」である。フランソワが無理筋だと明言したのももっともだといえよう。

　とはいえ、無理筋ではあっても互いの最大目的であることには違《ちが》いない。これらの要求を受け容《い》れることができないからこそ、両者は仲違《なかたが》いしているのだ。

「一応、確認《かくにん》しておくが、両者、これらの要求を受け容れるつもりはあるか？」

　フランソワが両勢力の代表を見回して尋ねた。

「ございません」「同じく」

　クリスティーナとアルボー公爵が順番に即答《そくとう》する。両者とも、無理筋な主張だと理解した上で相手方に突《つ》きつけているのだから当然だ。

　無理筋な主張なら記す必要はないようにも思えるが、それは違う。最初にあえて無理な要求を突きつけることで、互いの妥協点《だきょうてん》を探《さぐ》るのが交渉《こうしょう》の常だからだ。「このくらいの要求なら……」と相手方に思わせる本命の要求は後出しにするのが上手《うま》いやり口である。すなわち――、

「では、その他の要求について。ベルトラム王国本国からは人質二名と断罪の光剣、並びにクリスティーナ王女が盗《ぬす》み出したとされるレガリアの返還を。レストラシオンからはクレール伯爵家に連なる者達の地位と身の安全を保証すること。さらにはクレール伯爵領を中立地帯とし、クレール伯爵家の人間を以降双方《そうほう》の橋渡《はしわた》し役に就任させることを。両者、これらの要求に応じる用意はあるか？」

「条件次第《しだい》ですが、ございます」

フランソワが手にした書面を見下ろしながら互いの要求を語る。事前に想定していた通りの要求だったからだろう。クリスティーナはすんなりと答えた。一方で――、

「……こちらも条件次第ではありますが、一部については」

アルボー公爵は渋々《しぶしぶ》頷《うなず》いた。

「では、双方どのような条件でなら相手方の要求を呑《の》む？」

「こちらが要求しているクレール伯爵家に関しての条件を呑むのであれば、シャルル＝アルボーの身柄《みがら》を返還《へんかん》する用意がございます」

と、クリスティーナは実に落ち着き払《はら》った声色《こわいろ》で語った。現状に至るまでの流れはすべて既定《きてい》路線なのか、ユグノー公爵も実に涼《すず》しい顔をしている。

「返還を要求している人質と物品すべての返還。その条件を呑むのであればまあ、そのまま、というわけにはいきませぬが一考する余地はございます」

シャルル＝アルボーという手札だけを切ったクリスティーナに対して、アルボー公爵は他の手札も全部差し出せと要求した。

「それではこちらが差し出すものが多すぎるわ。一考する余地とはずいぶんと笑わせてくれるわね」

当然、クリスティーナは渋《しぶ》る。

「裏切り者達の処分を見過ごせというのだ。それだけの要求を口にしているのだという認識をお持ちになっていただきたい」

アルボー公爵は忌々《いまいま》しそうに語りながら、セリアとその父ローランを睨んだ。

「そのままお返しするわ、アルボー公爵。こちらから見れば貴方《あなた》と、その息子《むすこ》であるシャルル＝アルボーこそが裏切り者なのだけれど」

「これは異な事を仰る。どちらが裏切り者かと。国に逆らう反逆者は一目瞭然《いちもくりょうぜん》だと思うのですがな」

ユグノー公爵はたまらず失笑《しっしょう》する。

「その言葉、あたかも私が反逆者だと言っているように聞こえるわね？」

「その通りです」

と、アルボー公爵は臆《おく》さずにクリスティーナを反逆者だと断言した。

「第一王女である私に対してその物言いは不敬でなくて？　王権を軽《かろ》んじているようにしか聞こえないわ」

「異な事を。王権は王に帰属するのであって、貴方に帰属しているのではない」

クリスティーナも冷静に糾弾《きゅうだん》の矛先《ほこさき》を向け続けているが、アルボー公爵のふてぶてしさも流石だった。

「……異な事を言っているのは貴方よ。貴方の息子にも指摘したわ。アルボー公爵家は国王を蔑ろにして国を掌握しようとしていると」

「またもや異な事を仰る。私は今この時も含め、ベルトラム王国のために身命を賭《と》し、人生の全《すべ》てをなげうってきたつもりです」

嘲笑《ちょうしょう》を刻むアルボー公爵。

「貴族が真に忠誠を誓うべき相手は国家とその王である。シャルルはそう言っていたのだけど、貴方も同じ考えだと捉《とら》えていいのかしら？」

「まったく、相違《そうい》ございませぬな」

「それが真《まこと》であるのなら、王家を軽んじるような現アルボー公爵派の支配体制には疑問が残るわ」

「心外ですな。軽んじている覚えなどございませんし、私が成すすべては王と国のためを思えばこそです」

と、アルボー公爵はシャルルとまったく同じ主張を行う。というより、このアルボー公爵にして、シャルルありなのだろう。

「……そう。では、貴方はあくまでも父に、国王に忠誠を誓っているというのね」

「然様《さよう》にございます。であるからこそ、私は王権に弓を引くレストラシオンの王侯《おうこう》貴族共を反逆者と見なします。王女であるからといって例外になるなどとはゆめゆめ思われますな。貴方は王国と陛下に反旗を翻《ひるがえ》しておられるのだ」

アルボー公爵は厳しくクリスティーナを糾弾し、脅しをかける。

「私も生半可な覚悟《かくご》でこの席についているわけではないわ。王権に弓を引いているつもりもない。私の怒りの矛先はアルボー公爵、貴方に向いているのだから」

クリスティーナも負けてはいない。

毅然《きぜん》と語り、真っ向からアルボー公爵を見つめ返す。

「そも、この交渉については宰相である私が国王から全権を与《あずか》っているのですがな。ゆえに、そんな私に弓を引く時点で陛下に弓を向けているのと同義です。私の言葉もお父上からのお言葉だと思っていただきたい」

「……自らが王権そのものだと申すつもり？」

「王権を代理で行使できる立場にある、と言っているのです」

「宰相と元帥の席に同時に着いた貴族はベルトラム王国史上で貴方以外には存在しないものね。けど、国王以外への権力の集中は危険よ。私が危険視しているのも貴方が権力を牛耳りすぎている点にある。国を動かすのは王一人であるべき」

宰相とは本来、君主である王が行う行政的な意思決定を代理できる権限を与えられた国で最高位の行政役職のことであり、元帥とは本来、王のみが下せる軍事上の意思決定を代理できる権限を与えられた最高位の軍事役職のことだ。いずれも常設される役職ではなく、名誉職《めいよしょく》としての意味合いも強いが、国王の代理で意思決定ができてしまうため国王に並びうる強力な権力を行使できるとされている。

ゆえに、現状ベルトラム王国の王権は国王とアルボー公爵が共有している状態にあると評してもいい。国王には代理行為を否認《ひにん》する権限はあるが、アルボー公爵が圧倒的多数の国内貴族を味方につけてしまっている以上、国王の否認権は形骸化《けいがいか》している。実際のパワーバランスがアルボー公爵に傾いているのは明白であった。

「まったく異論はございませぬ。一つの国に王は二人もいるべきではない。ですが、私が就任している宰相と元帥という役職はいずれも他ならぬ王によって下賜《かし》されたもの。任命権が陛下にあり、陛下が代理行為の否認権も持つ以上、立場としては陛下が上でございましょう」

「では、どうして父上には何もさせようとしないのかしら？　今のベルトラム王国政府内では貴方だけが重要な意思決定をしているように思えるのだけど」

「それだけ昨今の我が国の情勢が切迫《せっぱく》しているということです。失礼ながら陛下はそこのユグノーに拐《かどわ》かされて対プロキシア帝国《ていこく》との盤面《ばんめん》で失着を指してしまった」

　アルボー公爵はこれ見よがしにユグノー公爵を一瞥して嘲笑を刻む。

「…………」

　ユグノー公爵は顔色一つ変えずに受け流した。彼《かれ》は必要な時に感情をコントロールできる役者だ。こんなことで感情的になるほど愚《おろ》かではなかった。

「プロキシア帝国の脅威《きょうい》を軽視された結果、我が国は重要な国防拠点《きょてん》を奪われ、陛下の権《けん》威《い》は失墜《しっつい》してしまわれた。そこで僭越《せんえつ》ながら私が宰相として、元帥として、矢面《やおもて》に立っているのです」

「かつてプロキシア帝国に対する積極的攻勢論《こうせいろん》を打ち出していた貴方が、その一件を境に打って変わって帝国へ歩み寄り始めたのよね」

「状況《じょうきょう》が変われば方針も変わります」

「我が国が拠点を奪われる前から貴方はプロキシア帝国に歩み寄っていた、という話もあるわ。表向きはプロキシア帝国との対立を訴えながら、その裏では密議を凝《こ》らして売国の算段を立てていたと」

「……売国の算段とは。交渉によって土地は取り戻《もど》したというのに。誰《だれ》がそんなことを言ったのか、ぜひ私の前に連れてきてほしいものですな」

クリスティーナが揺さぶりをかけるが、アルボー公爵もこの程度では動じない。

「処罰でもしようというのかしら？」

「ははは」

アルボー公爵は冷ややかに笑う。

「……プロキシア帝国の大使、レイス＝ヴォルフといったわね。彼とはずいぶん親しい間《あいだ》柄《がら》らしいじゃない」

「かの国の外交官であり、我が国における大使も務める人物です。懇意《こんい》にするのは当然でございましょう」

「レイスという男とは私も会ったことがあるわ。ロダニアへ闘争《とうそう》する最中、天上の獅子《しし》団《だん》の傭兵達《ようへいたち》を率いて私を捕縛しようとしてきた。シャルルの追跡《ついせき》部隊と連携《れんけい》する形でね」

「聞き及《およ》んでおります。レイス殿《どの》は我が国の現状を憂い、協力を申し出てくださったと」

「つまり、当時のレイスの行動は貴方の思惑《おもわく》であったと？」

「当時、現地での指揮は愚息《ぐそく》のシャルルが執《と》っておりましたが、途中で報告を受けて問題はないと判断しました。レイス殿は自らも優秀《ゆうしゅう》な魔道士と聞いておりましたので」

「その優秀な他国の魔道士が、我が国の領土内で軍事行動をしていたのよ？　それでも問題はないと？」

「我が国の管理下にあるのであれば問題はございますまい。そもそも、レイス殿には外交特権を与えております。軍勢を率いているのであればともかく、特権の中には少数の護衛を率いて我が国の内部を移動できる自由も含まれている」

クリスティーナは追及《ついきゅう》の手を緩《ゆる》めないが、アルボー公爵は飄々《ひょうひょう》と答え続ける。しかし――、

「レイスは天上の獅子団を使って、私やフローラの身柄を押《お》さえようとしてきたことが他にも何度かあったわ。例えば、天上の獅子団が私の滞在《たいざい》するこの王城内の屋敷へ大胆《だいたん》にも襲撃《しゅうげき》してきたこともあった。その件も貴方の意向なのかしら？」

「……はて、身に覚えはございませんが？」

クリスティーナがガルアーク王国内での出来事に言及《げんきゅう》すると、アルボー公爵の表情がわずかに変わった。

「この調停においてはあくまでも第三者としての立場であり続けるつもりだが、その件については我が国も当事者だ。傭兵《ようへい》共に我が城を襲撃させた背景にそちらの意向が絡《から》んでいるというのであれば、我が国に対する明確な敵対行為である。この機会にぜひ真相を聞いておきたいところだ」

ここでフランソワも話に加わり、アルボー公爵に釈明《しゃくめい》を促《うなが》す。

「それを仰るのであれば陛下、レストラシオンに対する貴国の援助《えんじょ》は我が国に対する敵対

的な内政干渉《ないせいかんしょう》になるのではありませんか？　いったいどういう意図をお持ちなのか、こちらとしてもこの機会にぜひご説明いただきたいものです」

アルボー公爵はふてぶてしくも、問いかけに対して問いかけをもって返した。

「かつて貴国と我が国とは同盟を締結《ていけつ》して対プロキシア帝国の包囲《ほうい》網《もう》を敷《し》いていたはずだが、貴国は我が国に何の説明もなくプロキシア帝国と距離《きょり》を縮めた。そして反比例するように我が国と一方的に距離を置き始めたと認識している。よって、我が国はベルトラム王国本国政府に対して不信感を抱《いだ》いている」

と、フランソワは隠《かく》さずに朗々《ろうろう》と告げて――、

「これでは説明にならぬかな？」

余裕《よゆう》のある笑《え》みをたたえて、肩《かた》をすくめた。

「貴方はフランソワ陛下からのご質問に答えないのかしら？　私もぜひ聞きたいのだけれど」

クリスティーナが向かいに座るアルボー公爵へ再び矛先を向ける。

「……身に覚えがないと申し上げたはず。国外でのレイス殿の行動に関しては私の関知するところではありません。レイス殿に話を聞くまで、一方の意見を鵜呑《うの》みにするほど愚かでもございませぬ」

アルボー公爵は感情を消し去ってかぶりを振《ふ》った。

本当に身に覚えがないのか、あるいは白《しら》を切っているのか。本人がこう言っている以上、断定はできない。だが、こうして直《じか》にアルボー公爵の反応を目にすることができたのはクリスティーナにとってもフランソワにとっても僥倖《ぎょうこう》であった。

「であるか……。となれば、そろそろ話を本筋に戻さぬか。国を巡《めぐ》る双方の思いの丈《たけ》はわかったが、これ以上は平行線であろうよ」

延々と水掛《みずか》け論《ろん》が続くだけと判断したのか、フランソワは話の舵《かじ》を切って調停の再開を提案した。

「構いません」「いいでしょう」

「では、具体的にどういった落とし所を見つけるかだが、両者から何か提案はあるか？」

「こちらとしては譲歩《じょうほ》する用意がございます。その上で、別の条件を提示して残る条件についても要求を行えればと」

と、まずはクリスティーナが妥協案《だきょうあん》を提示した。

レストラシオンからベルトラム王国本国政府に対する当初の要求は、シャルル＝アルボーの身柄を返還することと引き換《か》えに、クレール伯爵家に連なる者達《たち》の地位と身の安全を保証すること。さらには、クレール伯爵領を中立地帯とし、クレール伯爵家の人間を双方の橋渡し役に就任させることであったが……。

「具体的には、どのように譲歩する？」

「クレール伯爵家に連なる者達の地位と身の安全を保証すること。この条件を呑んでもらえるのであれば、シャルル＝アルボーの身柄を返還しましょう。残る部分についても合意してもらえるのであれば、断罪の光剣《こうけん》か、王の剣アルフレッドの身柄のいずれかを返還する用意がございます」

「いかがする、アルボー公爵よ」

「前者についてはそのまま条件を呑む用意はございます。ですが、後者に関しては……」

「条件が不服であるというのなら、断罪の光剣も王の剣であるアルフレッドの身柄も両方とも返還する。そう言ったら応じてもらえる？」

「できませぬな」

クリスティーナがさらなる譲歩をチラつかせるが、アルボー公爵は渋い顔で即《そく》難色を示した。

「アルボー公爵は何を渋っているのだ？」

「既に申し上げている通り、王国政府からすればレストラシオンの奴等《やつら》は反逆者に他ならないのです。本来ならば反逆者と対等に協定を結ぶことなどありえない。ましてや継続的《けいぞくてき》な交渉の席につくなどありえない。交渉のために永続的な中立地帯を作ってしまうなどもってのほか」

反逆者に譲歩することなどありえないと、アルボー公爵《こうしゃく》は力強く断言する。現代の地球でいうのなら、テロリストには譲歩しない、という発想に近いのかもしれない。

「まあ、決して理解できぬ話ではないが、それを言いだしたらこの協定を結ぶことすらできぬということになりえるのではないか？」

「然様です。ですから、あくまでも今回は異例中の異例の対応であることを強調させていただきたい」

「では、レストラシオンからの一つ目の要求、シャルル＝アルボーの身柄返還に伴《ともな》う交換条件についてのみ合意を結ぶと？」

「いえ……。二つ目の条件について、クレール伯爵家の者を双方の伝令役とするという条件でしたら、承諾《しょうだく》しましょう」

不承不承といった面持ちではあるが、妥協案を提示するアルボー公爵。

「クレール伯爵領をまるまる中立地帯にすることは許さないが、伯爵家の者を中立的な双方の使者として扱《あつか》うことは認めると？」

「ご明察の通りです」

「クリスティーナ王女が口にした『橋渡し役』という言葉ではなく、『伝令役』と言い換えたことにはやはり意図があるのか？」

「反逆者共と交渉するつもりはあくまでございませんので。我々がレストラシオンから受け付ける申し出があるとすれば、降伏のみです」

「なるほど」

と、フランソワは苦笑《くしょう》交じりに納得《なっとく》した。

ただの言葉遊びにも思えるが、集団で社会を構築している以上、こういう名目を軽視することはできない。名目や目的があってこそ、本来ならバラバラな個人の集合体である集団は強く目標に向かっていけるからだ。

例えば戦場においては開戦の前に互いの陣地《じんち》に伝令を送る行為はよく行われるが、自地と敵地の間に中立地帯を置くような真似《まね》は絶対にしない。戦場予定地のど真ん中に中立地帯など置いてしまえば、これから争うという目的で集結している集団が「あれ、戦わないのか？」と揺《ゆ》らぎかねないからだ。士気にも大きく影響《えいきょう》する。

今のベルトラム王国本国政府はレストラシオンを反逆者と見なすことで一つにまとまっている以上、レストラシオンを反逆者の集団として扱い続けることは必須《ひっす》だ。クレール伯《はく》爵領《しゃくりょう》に中立地帯を設置するようなことをしてしまえば「レストラシオンは反逆者の集団であるから徹底的《てっていてき》に叩《たた》くべきだ」という大義名分を失うことになりかねない。グレーゾーンとして許容できるのは、せいぜい伝令役を選ぶまで。

（もとは軍閥《ぐんばつ》の貴族だと聞いていたが、頭の回転は速いようだ。政治のやり方もよく理解している。情勢に恵《めぐ》まれたとはいえ、ユグノー公爵を蹴落《けお》とすだけの手腕《しゅわん》は持っているらしい）

フランソワはアルボー公爵をなかなか狡猾《こうかつ》で優秀な人物だと正式に評価した。その上で――、

「アルボー公爵の代案は理解できたが、レストラシオンからすると譲歩することになってしまうな。クリスティーナ王女はどのように考える？」

クリスティーナ＝ベルトラムというまだ十代半ばの少女がこの老獪《ろうかい》な大貴族を相手にどう対応するのか、話を振った。

「譲歩する代わりに別の条件を呑んでもらえるのであれば、吝《やぶさ》かではありません」

「というと？」

「今後、レストラシオンとベルトラム王国本国の間に生じる諍《いさか》いにおいて、例えば連帯責任といった不透明《ふとうめい》な理由で処罰の範囲《はんい》を広げ、やってもいないことにまで責任を負わせて粛清《しゅくせい》を行うことを禁止する。そして、国に住まう民衆に被害《ひがい》を出すことも禁止する。とい

う協定を結んでいただきたく思います」

と、クリスティーナは新たな条件を提示する。

「……我々がむやみやたらと粛清を行っているとでもお思いなのですかな？」

アルボー公爵が不敵に微笑《ほほえ》んで尋ねた。

「思いたくはないわ。けど、レストラシオンがベルトラム王国本国と袂《たもと》を分かつことになったきっかけは粛清の始まりだったと記憶《きおく》している。プロキシア帝国に拠点を奪われたのは誰の責任なのかを煽《あお》って強く糾弾しようという風潮があった。違う？」

「国防の重要拠点を奪われたのです。プロキシア帝国の軍勢が一挙に押《お》し寄せてくるのではないかと、当時は国中が震撼《しんかん》した。帝国への危機感が薄《うす》いあまり国防を疎《おろそ》かにした怠慢《たいまん》な者達に責任を取らせるのは当然でしょう」

「そうね。けど、それにしたって責任を取らせる範囲が広すぎたように思うわ。合理的な断罪の理由もないのに、ユグノー公爵の派閥に所属する者やその親族であるというだけで左遷《させん》されたり、職を失ったり、抗議《こうぎ》すれば反逆者と罵《ののし》られて投獄《とうごく》されたりした者もいた。かくいう私も王城で軟禁状態にあったわけだし」

「……軟禁とは人聞きが悪い。殿下《でんか》を保護するための措置《そち》でした。当時は王族への非難も強くございましたので。それに、ユグノーの派閥に属していた者であっても今なお本国で活躍《かつやく》している者もいます」

「ああ、貴方の派閥に寝返《ねがえ》った貴族達は粛清を免《まぬが》れたのだったかしら？」

「言いがかりも甚《はなは》だしいですな。誠に遺憾《いかん》です」

「評価の問題だものね。私も今そこを言い争うつもりはないわ。いずれにせよ、レストラシオンとベルトラム王国本国に所属する者達は一つの国に所属している。今は対立する陣《じん》営《えい》に所属していても、敵陣《てきじん》に親族や知人が所属している者もいる。この事実は認識《にんしき》してもらえるかしら？」

「……まあ、否定のしようもございませんな」

「であれば、自分の身内や知人が、自分が敵陣に所属しているからという理由だけで処罰されるのではないか？　と恐《おそ》れる声が上がってくることは予想できるかしら？　あるいは、人質《ひとじち》に取られてしまうのではないかと恐れる者もいるかもしれない」

　などと、クリスティーナは理路整然と話を進めていく。

「……こちらとしてはそんなことをするつもりはございませんが」

「私もそんな真似をするつもりはないわ。けど、組織に所属している者達全員がそう思うかどうかはわからない。このまま対立が長引けば、組織の中から粛清をしようなんて提案し出す者が現れるかもしれない。賛同する者達が現れるかもしれない。身内が敵であることがお前の罪だ、なんて野蛮《やばん》な理由でね。否定できる?」

「否定はできませんが、仮定にすぎないのでは?」

「そうよ。仮定の話をしているのだから」

だから何? とでも言わんばかりに、クリスティーナはか細い首を傾《かし》げる。そして、アルボー公爵から反論が続かないことを確認すると——、

「どちらかが粛清を始めれば最悪、粛清の報復合戦なんてことになりかねない。そうなれば組織の士気が下がるだけじゃない。国の未来に深刻な禍根《かこん》を残すことにも繋《つな》がりかねない。それはお互いにとって本意ではないでしょう?」

と、アルボー公爵は反感を抱く。

(綺麗事《きれいごと》を……)

そう、クリスティーナの提案は綺麗事だ。だが、理想論ではない。現実を見据えて、ある程度の実現可能性も見込《みこ》める正論である。

綺麗事を並べただけの理想論であればおよそ実現性のない話だと切って捨てることは容易だが、綺麗事でありながらも実現性を持った正論となると——、

「確かに、本意ではありませんな」

アルボー公爵も否定はできなかった。綺麗事だけで世の中は回らない、といった反論は

すぐに思《おも》い浮かんだが、こちらは正論ではあるかもしれないが綺麗事ではない。今の話の流れに当てはめて主張するといささかダーティすぎて賛同を得られない可能性があり、口を噤《つぐ》むしかなかった。

内紛《ないふん》にルールなんてない。人質だろうが、粛清だろうが、暗殺だろうが、使える手は何でも使って勝てばいいのだ。勝てば官軍だということを、オブラートに包んで一般人《いっぱんじん》にも賛同してもらえるよう美しく表現できるのであれば、話は別だろうが……。

「理解してもらえて嬉《うれ》しいわ。であれば、同意してもらえるかしら？　野蛮な粛清を禁止する仕組みをお互いに構築することに。そして、国に住まう民衆に被害を出すことも禁止することにも」

クリスティーナは口にした綺麗事を体現するかのように、にこやかに微笑んでアルボー公爵に問いかけた。果たして——、

「……いいでしょう」

アルボー公爵は内心で軽く舌打ちしながらも、厳《おごそ》かに頷《うなず》いた。クリスティーナがこんな綺麗事を主張して合意を持ちかけてきたのは、それだけレストラシオンという組織が反逆者という多数派からのレッテルを気にしているからだろう。そして、クリーンなイメージを大事にしているからでもある。それがわかっていながらアルボー公爵も同意せざるを得

なかったのは、なんとも腹立たしかった。一方で――、

（なんとも見事なものだ）

クリスティーナに誘導《ゆうどう》されて上手く頷かされてしまったアルボー公爵の姿を見て、ユグノー公爵は胸がすく思いだった。優秀な第一王女はなんとも頼《たの》もしかった。ただ、優秀すぎるのはやはり考え物だと改めて認識する。

現状、座《すわ》っているだけでいいので楽といえば楽だが、あまりにも口出しする隙《すき》がなさすぎる。隣《となり》に座っているのがフローラであればユグノー公爵が代理人としてアルボー公爵の相手をしていたのだろうが、クリスティーナではそれも叶《かな》わない。

今回は特に不満はないが、毎度この調子で交渉中に口出しできる機会がないとなると、なかなかやりづらい場面もあるだろうなと実感していた。ともあれ――、

「では、これまでにまとまった内容を整理しておくとしようか。一つ、ベルトラム王国本国政府はクレール伯爵家《はくしゃくけ》に連なる者達の地位と身の安全を保証する。代わりに、レストラシオンはシャルル＝アルボーの身柄を返還する。二つ、今後はクレール伯爵家の者を双方の伝令役とする。今後、レストラシオンとベルトラム王国本国の間に生じる諍いにおいて、責任の範囲を無闇《むやみ》に広げる粛清を禁じる仕組みを両者の間で構築する。国に住まう民衆に被害を出すことも禁止する。代わりに、レストラシオンは断罪の光剣か王の剣アルフレッ

ド＝エマール卿《きょう》の身柄のいずれかを返還する。といったところか。双方、追加で主張したいことがなければ協定書の草案作成に移ろうかと思うが……」

フランソワが当事者を順繰《じゅんぐ》りに見回す。

「こちらからは特に他の主張はございません。ただ、一つ確認しておきたいことが。自らの処遇《しょぐう》に関《かか》わることなので、伝令役に選定されるクレール伯爵家の意向を伯爵本人に確認しておきたく思います」

クリスティーナがセリアの父ローランを見ながら言う。

「いかがかな、クレール伯爵？」

「ご用命とあらば、一貴族として、国の未来のため、身を粉にしてお役目をまっとうする所存です」

ローランは胸元《むなもと》に手を添《そ》え、深々とこうべを垂れて宣誓《せんせい》した。

「アルボー公爵からは他に何かあるかな？」

「断罪の光剣とアルフレッド＝エマール卿両方の返還《へんかん》を要求したい、と申し上げたいところですが……」

「選べるのはどちらかだけよ。そちらから何か代案を提示できるのなら一考するけど」

両方とも寄越《よこ》せと欲をチラつかせたアルボー公爵だが、当然クリスティーナが代案もなしに譲歩する理由はない。

「では、断罪の光剣の返還を所望《しょもう》しましょう」

アルボー公爵はすんなりと断罪の光剣を選んだ。その上で――、

「それと、こちらとしてはこれが最も重要な要求なのですが、クリスティーナ王女が盗み出したと思われる我が国《わくに》のレガリアの返還を求めたい」

と、新たな主張を展開した。

「そもそも、どうして私がレガリアを盗み出したという話になっているのかしら？」

クリスティーナはさも不思議そうに首を傾げた。

「……白を切るおつもりか？　殿下が王都から脱走《だっそう》された直後に、王位継承《けいしょう》の儀《ぎ》に用いるレガリアの紛失《ふんしつ》が発覚したのですぞ？」

「白を切るも何も、身に覚えがないと言っているのよ。私は盗んでいないわ」

ちなみに、レガリアとは王権を象徴《しょうちょう》し、王だけが所有できるとされる国宝中の国宝のことだ。レガリアを所持することが王の証《あかし》であることから、先代国王から正式にレガリアを受け継《つ》ぐことが王位継承の必須条件であるともされている。

「レガリアが保管されていたのは国王一家の居住区画内にある宝物庫。国王一家の許しがなければ立ち入ることすらできない区画です。宝物庫の鍵《かぎ》が隠されている場所を知るのは

国王以外には王妃《おうひ》と、王位継承《けいしょう》順位第一位の王女のみ。鍵が紛失していたのは確認済みです。殿下以外に誰が盗み出せたと?」

アルボー公爵は眉間《みけん》に皺《しわ》を刻みながら推理し、鋭《するど》い眼差《まなざ》しを向ける。

「さあ?」

クリスティーナは臆面《おくめん》もなく首を傾げた。

「っ、陛下も紛失直後に仰《おっしゃ》っていたのですがな。持ち出せたのは殿下以外にはいないだろうと」

「であれば、父上が私を裁くのが道理ね。仮に私がレガリアを盗み出したとして、私を裁けるのは国王である父上だけなのだから。いくら私が盗んだに違いないと貴方が主張したところで、貴方の言葉には何の意味もないわ」

「……申し上げたはずですがな。宰相である私はこの交渉に関する全権を陛下から委《ゆだ》ねられている。ゆえに、私の言葉も陛下からのお言葉だと思っていただきたいと」

「貴方がなんと言おうと、私は貴方が代弁する父上の言葉を信じないわ。私が信じるのは父上の口から語られた言葉のみ。貴方が私を反逆者扱いしているように、私は貴方こそが反逆者だと思っているのだから」

「……ずいぶん侮辱《ぶじょく》してくださる」

感情を隠さなかったのではなく、隠せなかったのかもしれない。アルボー公爵は不愉快《ふゆかい》そうに顔をしかめていた。今日最も感情を覗《のぞ》かせている。

「レガリアの件で私を裁きたいというのであれば、貴方ではなく、父上の御前《おんまえ》で私を裁く機会を用意することね。こちらはいつだって父上に拝謁《はいえつ》する用意はできている。父上が姿をお見せになるのなら、私、クリスティーナ＝ベルトラムは逃《に》げも隠れもしないわ」

と、クリスティーナは女王然として胸を張り、高らかに語った。

「ぬう……」

アルボー公爵は圧倒《あっとう》されたのか、厳《いか》つい顔で息を呑んでしまう。

（十代半ばで王女ではなく、女王の風格を纏《まと》うか）

フランソワもクリスティーナが放つ品格を目《ま》の当たりにして舌を巻く。

その上で――、

「クリスティーナ王女がレガリアを窃取《せっしゅ》したという証拠《しょうこ》がない以上、これ以上の追及は無意味なのではないか、アルボー公爵よ。盗んだ、盗んでいないの水掛け論にしかならん。それを理解しているからこそ、そなたもレガリアについては要求を後回しにしたのであろう？」

と、アルボー公爵に呼びかけた。

「……いいでしょう。今は引き下がるとします。ですが、今日この場でのご発言をゆめ忘れなさるな。もし後になってレガリアを不正に盗んだことが判明すれば、言い逃《のが》れはできなくなりますぞ。殿下だけでなく、レストラシオンが掲《かか》げる大義名分とやらも失うと心得なさい」

王の所有物であるレガリアを盗むということは、王への謀反《むほん》に他《ほか》ならない。アルボー公爵は念を押すようにクリスティーナを脅《おど》した。

「わかったわ」

クリスティーナは涼しい顔で頷いてみせる。

「……双方、主張は尽《つ》くしたようだな。では、協定書の草案作成に移るとしよう。草案の文言について案があるようであれば訴《うった》え出るように」

かくして、両者の溝《みぞ》は深まったものの、協定の内容自体は一応まとまる。この後は何時間にもわたって草案の作成に取り組み、正式な文章が完成したのは夜になってからのことだった。

◇　◇　◇

翌日の正午。

昨日と同じ迎賓館《げいひんかん》の一室。これまた昨日と同じ顔ぶれが集結し、テーブルを挟《はさ》んで顔をつきあわせていた。

昨日と異なる点があるとすれば、クリスティーナ達の背後に人質として返還されるシャルル＝アルボーの姿があることだ。

「…………」

正面に座る父アルボー公爵から睨《にら》まれ、シャルルはなんとも気まずそうな顔をしている。針のむしろに立たされているような気分なのだろう。

「これより、協定書の調印を行う。各自の手元にあるのが協定書の原本だ。いずれも同一の文言であることは余が保証する。調印後は当事者である二者、そして見届け役を務めるガルアーク王国が一部ずつ協定書を保管することになる。ここまで問題はないか？」

と、フランソワが語る通り、彼の手元には協定書の原本が置かれている。そして、クリスティーナとアルボー公爵の手元にも、まったく同一の文言が記された協定書の原本が置かれていた。

「問題ございません」「こちらも」

クリスティーナとアルボー公爵が続けて頷く。

「協定が成立して以降は当事者双方《そうほう》がこの協定書に拘束《こうそく》される。協定を破ることはガルアーク王国と国王である余の顔に泥《どろ》を塗《ぬ》るに等しい行いであると知り、各自、署名を行うように。では……」

そう言って、フランソワは手元に置かれた協定書の署名欄《しょめいらん》に自らの名前を記《しる》し始めた。協定書の文言は昨日のうちに嫌《いや》というほど確認《かくにん》したので、改めて読み込《こ》むことはしない。クリスティーナとアルボー公爵もすぐ署名を開始した。

名前を記し終えると別の者に協定書を渡《わた》し、新たに手元に回ってきた協定書にも署名する。そうして各自が三度、署名を行うことで三部の協定書が完成した。協定書はいったん三部ともフランソワの手元に集まり――、

「確かに、これにて協定成立と相成った。早速《さっそく》だが、レストラシオンは人質の返還を行うように」

フランソワは三部とも署名されていることを確認すると、協定が成立したことを宣言した。そして、レストラシオンの面々が座る側を見て条件の履行《りこう》を要求する。

「ヴァネッサ」「はっ！」

クリスティーナは背後に立つヴァネッサを一瞥《いちべつ》し、目線で指示を出した。ヴァネッサはシャルルを拘束していた枷《かせ》を外す。

「さあ、どうぞ」

「……ああ」

解放されたシャルルが父であるアルボー公爵の座る席のすぐ背後まで歩いていく。

「馬鹿者《ばかもの》が」

「……申し訳ございません」

父親から小声で叱責《しっせき》され、シャルルは面目《めんぼく》なさそうに謝罪の言葉を口にした。

「既《すで》にお伝えしている通り、断罪の光剣はロダニアにて厳重に保管しています。伝令役であるクレール伯爵に同行していただき、ベルトラム王国本国政府にお返しします。今後の予定もお伝えするので、クレール伯爵はこちらへ」

クリスティーナは残るもう一つの条件の履行について言及し、受け渡し役を務めるローランをベルトラム王国本国政府の面々が控《ひか》える側から呼び寄せる。

「御意《ぎょい》」

ローランは恭《うやうや》しく頷き、レストラシオンの面々が立ち並ぶ側へと移動した。そして、愛《まな》娘《むすめ》であるセリアのすぐ横で立ち止まる。

「………」

セリアが横目で父親の顔を窺《うかが》う。ローランも横目でセリアを見下ろし、優《やさ》しく口許《くちもと》をほころばせていた。ずっと離《はな》れ離《ばな》れだった父がすぐ横にいる。

感極《かんきわ》まって泣きそうになったセリアだが、まだ協定書の調印式は終わっていない。ぐっと涙《なみだ》を堪《こら》えた。ただ――、

「これにて調印式を終了《しゅうりょう》とする。特に話し合うことがなければ解散するといい」

フランソワが空気を読んだのか、すぐに解散を宣言する。

「……では、我々は帰国させていただきましょう」

アルボー公爵もすぐに立ち上がり、不機嫌《ふきげん》さを隠さず足早に扉《とびら》へと歩きだした。シャルルや他の同行者達があわてて続いていく。そうして、室内に残ったのがレストラシオンとガルアーク王国の面々のみになると――

「クリスティーナ様、誠《まこと》にありがとうございます」

セリアが真っ先に開口して、クリスティーナにこうべを垂れた。ローランも無言のまま深々と頭を下げる。

「お礼を言われるようなことは何もしていません。すぐに出発となりますが、伯爵が断罪の光剣を届けに向かうまで、親子水入らずの時間を久々にお楽しみください」

と、言ったものの、セリアとローランが再会を楽しむ時間はクリスティーナからのささやかなプレゼントである。

というのも、断罪の光剣が交渉《こうしょう》材料になることはもちろんクリスティーナは予見していた。であれば、シャルルとアルフレッドの身柄《みがら》と共に断罪の光剣もガルアーク王国へ持ち込んでいた方が手順は省けていたのだ。

にもかかわらず断罪の光剣だけはあえてロダニアへ置いてきたのは、ローランを受け渡し役に指定することを最初から目論《もくろ》み、セリアとローランの時間を作ることができるのではないかと考えたからである。

「ははは、久しぶりにハグでもするかい、セリアちゃん」

「しません！　もう、皆様《みなさま》がご覧になっているんですから」

断るセリアは嬉しそうに涙ぐんでいた。クリスティーナは喜ぶ恩師の横顔を優しく見守り、その笑顔《えがお》を守りたいと願う。ただ――、

（これで未来に禍根を残す最悪のリスクは回避《かいひ》することができた。条件は整った。あとは局面を見極《みきわ》め、レガリアを使うだけ……）

クリスティーナの瞳《ひとみ》はセリアを見つめながらも、国中の貴族達のことも同時に見据《みす》えていた。そしてこれから先の未来を思い描《えが》く。

ただ、聡明《そうめい》なクリスティーナをもってしても見通せないことはある。見通せていたとしても、対処できないことはある。

クリスティーナがそのことを知る時は、近くまで迫《せま》っていた。

◇　◇　◇

一方、アルボー公爵率いる一行はガルアーク王国城を出て、ベルトラム王国から乗ってきた魔道船《まどうせん》が停泊《ていはく》する王都の湖へと移動していた。

準備ができ次第《しだい》すぐに出発するよう船員に促すと、アルボー公爵はシャルルを引き連れて船室へ向かう。そこでシャルルは意外な人物と再会することになった。

それは――、

「お久しぶりです、シャルル様」

「レ、レイス殿……」

船室にはプロキシア帝国の大使であるレイスの姿があった。椅子《いす》に腰掛《こしか》けながら、にこやかにアルボー親子を迎《むか》える。そして――、

（……誰だ、この少年は？　黒髪《くろかみ》……）

レイスの隣にはまだ幼さが残る顔をした少年が座っていた。髪の色が黒いことから、もしや、と思い至る。ただ――、

「いやはや、災難でしたね。とはいえ、お元気そうで何よりです」

レイスは黒髪の少年を紹介《しょうかい》せず、腰掛けていた椅子から立ち上がってシャルルの帰還《きかん》を喜んだ。

「あ、ああ、お気遣《きづか》い痛み入る……」

「ご子息を人質として取られたままというのはなかなか風聞が悪かった。これで最低限の目的は達成できましたね、アルボー公爵」

「愚息が誠にご迷惑《めいわく》をおかけした」

アルボー公爵はなんとも面白《おもしろ》くなさそうに鼻を鳴らし、ドカッと音を立てて船室の上等な椅子に腰を下ろした。

「いえいえ、仕方がありませんよ。とんでもないイレギュラーな相手がいたわけですから。シャルル様を責めるのは酷《こく》です」

そう語り、レイスも静かに腰を下ろす。

「イレギュラーな相手、ですか？」

アルボー公爵は怪訝《けげん》そうに眉を上げる。

「お気になさらず。それよりも今後のことを考えるとしましょう」

「肝心《かんじん》のレガリアについてですが、あの小賢《こざか》しい王女めが、終《つい》ぞ白を切り通し続けた。自身で持ち歩いているか、ロダニアに保管しているのは間違《まちが》いないのだろうが……」

クリスティーナとの会談を思い出したのか、アルボー公爵はいっそう面白くなさそうに顔をしかめた。そうやって戻《もど》ったばかりのシャルルを置いてけぼりにして、二人で話を進めていたところ――、

「シャルル様も戻ったことですし、もうどちらでも構わないでしょう。おや、どうしましたか、シャルル様？　そんな間の抜《ぬ》けた顔で立ち尽くして」

レイスがふと不思議そうに顔を見上げた。

「い、いえ。なぜレイス殿《どの》がここに、と思いまして……」

「それは……、お父上から伺《うかが》うとよろしいでしょう」

レイスは不気味に微笑み、アルボー公爵に水を向ける。

果たして――、

「これより我らはロダニア襲撃《しゅうげき》に向けて動く」

協定締結後の即《そく》襲撃。アルボー公爵が口から出たのは、なんとも大胆な作戦の概要《がいよう》であった。

第七章 嵐の前の静けさ

ガルアーク王国王都。

王城からほど近い湖の港に停泊するベルトラム王国本国政府の魔道船内で。

「ロダニアを襲撃、ですか？　協定を結び終えたこのタイミングで……」

シャルルは唖然《あぜん》として息を呑《の》んでいた。

「別に不可侵《ふかしん》の協定を結んだわけでもない。協定書のどこにもそんな文言は記載《きさい》されていないからな」

アルボー公爵が嘲笑《あざわら》うように鼻を鳴らす。

「それに、このタイミングだからこその襲撃ですよ。まさか協定を結んだ直後に拠点《きょてん》を襲撃されるとは思いもしないでしょうからね。さあ、シャルル様もおかけください」

と、レイスに座るよう促《うなが》され――、

「……とはいえ、性急ではございませんか？」

シャルルはアルボー公爵の傍《そば》にある椅子に腰を下ろした。

「クリスティーナ王女がレガリアを持ち出しているのが問題なのだ。あんな物を使われて後に王位継承などを主張されては敵《かな》わん」

と、アルボー公爵はなんとも忌々《いまいま》しそうに語る。

「ですが、ロダニアは要塞《ようさい》都市です」

「そんなことはわかっている」

「……領地の境界線には見張りの砦《とりで》がいくつも設置されているでしょうし、艦隊《かんたい》で攻《せ》め入るにしてもロダニアに着くまでの間に守りを固められてしまうのでは？　相手の対応が遅《おく》れて奇襲《きしゅう》が成立する見込みはおよそないように思うのですが……」

シャルルも伊達《だて》に指揮官の経歴を持っているわけではない。ロダニアを強襲すると聞いただけで、即座《そくざ》に戦術的な問題点を口にすることができた。

魔道船の進軍速度はずば抜けているが、砦に保管されているであろう通信用の魔道具の伝達速度には敵わない。敵が迫ってくることを察知されたら都市の守りを固められるだろうから、軍勢を送《おく》り込んだところで真っ向勝負になるのは自明。相手は籠城戦《ろうじょうせん》を行うだろうから、ゴリ押しで攻めるにしても自分達にも相応の被害が出る。

確かに攻め込みたい気持ちは山々だが、襲撃するといってもそれが簡単でないことは明らかだ。簡単であるのなら、とっくに襲撃を行っている。

「まさか、物量で押し切って占領《せんりょう》を行うと？」

消耗戦覚悟《しょうもうせんかくご》で攻略《こうりゃく》を仕掛《しか》けるのかと、シャルルは尋《たず》ねた。

「相応の兵力は用意してあるが、それとは別に奇策《きさく》もある」

アルボー公爵はそう言って、レイスを見る。

「僭越《せんえつ》ながら、アルボー公爵に今回の作戦を提言したのは私なんです」

「レイス殿が……？　それは頼もしいですが……。いったいどうして？」

「万が一にもクリスティーナ王女が王国で返り咲《ざ》くようなことがあれば、こちらとしても面白くはないからです。我々が長年積み重ねてきたものがすべて無駄《むだ》になりかねませんからね」

「それは……、面目ない」

「いえ、あちらにも優秀《ゆうしゅう》な配下が揃《そろ》っていたようですからね。ベルトラム王国と我が国の友好の証《あかし》に、こちらからも戦力をお貸しできればと思いました。ある人物を作戦に組《く》み込めば、ロダニア攻略も難しくはないと思ったので」

レイスはそう語り、怪《あや》しく微笑む。

「その戦力というのは、まさか……」

シャルルはレイスの隣に腰を下ろしている黒髪の少年を見た。少年は今まで話に加わる

ことはせず、沈黙《ちんもく》を貫《つらぬ》いていたが——、

「ご紹介が遅《おそ》くなりましたが、我が国が擁立《ようりつ》した勇者、レンジ＝キクチさんです」

「……よろしく頼む」

少年、菊地《きくち》蓮司《れんじ》が重い口を開き、短く挨拶《あいさつ》をする。

「やはり勇者殿でしたか。シャルル＝アルボーと申します。どうぞよろしく」

今までに何人も勇者を目にしてきたからこそ、外見的な特徴《とくちょう》から蓮司の素性《すじょう》を予想していたようだ。シャルルは立ち上がり、手を差し出して握手《あくしゅ》を求めた。

「ああ」

蓮司に握手を交わすつもりはないらしく、無愛想に相槌《あいづち》だけを打った。差し出した手の行き場をなくして硬直《こうちょく》するシャルル。勇者だと知らなければ、失礼だと怒《おこ》っていたところだが——、

「寡黙《かもく》な方でしてね。以前は冒険者《ぼうけんしゃ》として活動されていたんですが、『孤高《ここう》』のレンジという二つ名を持っていたとか」

「……ははは、素晴《すば》らしい二つ名だ」

レイスに蓮司の人柄《ひとがら》を説明され、シャルルは愛想《あいそ》笑《わら》いを貼《は》り付ける。

「実力は現存する勇者の中でも随一《ずいいち》と見ています」

蓮司の実力に太鼓判《たいこばん》を押すレイス。

「レンジ殿にはレイス殿と少数の護衛を率い、神装を使ってロダニアの防衛部隊に奇襲を仕掛けてもらうことになった。大規模な攻撃《こうげき》によりロダニアの防衛部隊が瓦解《がかい》したところを一挙に攻め込む」

と、アルボー公爵《こうしゃく》は作戦の概要を語る。

「それは頼もしい、ですが……、そう上手《うま》くいくのでしょうか？　作戦の要《かなめ》をお任せすることになってしまいますし……」

シャルルは蓮司を作戦の要に組み込むことに思うところがあるのか、歯切れの悪い相槌を打つ。

「レンジさんを作戦の要にすることが、ご不安ですか？」

と、レイスが指摘《してき》すると、蓮司は心外そうに顔をしかめていた。

「い、いえ、決して勇者レンジ殿のお力を見くびっているわけでは」

シャルルは慌《あわ》てて弁明する。

「思うに、大抵《たいてい》の国は勇者を政治的な方向で活用することに重きを置きすぎるあまり、どうにも勇者の力を過小評価しているようにお見受けします。それゆえに勇者を消耗品《しょうもうひん》になりかねない戦力として組み込むことを嫌《きら》う」

「神装が強力な武具であることは知っているつもりですが……」

「召喚《しょうかん》されて間もない勇者が扱《あつか》えるのは、せいぜい上級から最上級攻撃魔法《こうげきまほう》くらいの事象です。それでも十分に強力ではありますが、本当は伝承にあるようにさらなる規模の攻撃を行うこともできるのですよ。その力は既にアルボー公爵もご覧になっています」

そう語り、レイスはアルボー公爵に視線を向ける。

「……確かに。相応以上の戦果が見込めると判断した。ゆえに、作戦に組み込むことを良しとした」

事前に蓮司の力を見せてもらった時のことを思い出していたのか、アルボー公爵は微妙《びみょう》に間を空けて頷いた。

「ベルトラム王国にも勇者は所属されていますが、現状ではまだそれほどの力は扱えないとか。そこで、レンジさんをお貸しできればと思ったのです」

と、レイスはレンジを貸し出そうとした背景を語る。

「勇者レンジ殿にそれほどのお力があることはわかりましたが……。それでもよろしいのですか？　勇者殿にも我が国の軍事作戦に加わっていただくとなると、身の安全は保証できませんし」

何かあっても責任はとれないのではと、シャルルは遠回しに言う。

「ご本人たっての希望ですからね。実戦経験を積みたいそうです。作戦に加わることで生じる被害もすべて自己責任だと、ご理解の上です」

「それはまたなんと、豪胆《ごうたん》な……」

黙《だま》って勇者として振《ふ》る舞《ま》っているだけで国から重宝されて崇《あが》められるのに、自ら戦いたがるとは、またなんとも酔狂《すいきょう》なことである。国としても下手に勇者に危険な目に遭《あ》われて死なれてしまっては困るというのに――と、シャルルは思った。

だが……。

「俺《おれ》には勇者よりも傭兵《ようへい》や冒険者といった生き方が性に合っている。お飾《かざ》りの勇者ではなく、優秀な傭兵を雇《やと》っていると思えばいい」

という、蓮司の発言から――、

「なるほど」

シャルルはなんとなく、蓮司という少年の気質を見抜《みぬ》いた。自らを優秀な傭兵だと言っている辺り、戦闘《せんとう》に自信があるのは明らかだ。

「男の本懐《ほんかい》は功績を立て評価されてこそ。同じく戦いを生業《なりわい》とする男としてまったくの同意見です。頼《たよ》りにさせていただきましょう」

シャルルは自らが自信家であるからこそ、こういう自信家が嫌いではなかった。先ほどの無愛想な蓮司の態度に懲《こ》りず、シャルルはより好意的な笑《え》みをたたえて改めて蓮司に向けて手を差し出す。

「……………ああ」

蓮司は座ったままではあるが、やれやれといわんばかりに肩《かた》をすくめてシャルルの手を握り返す。すぐに手は離したが、それでシャルルは満足そうに腰を下ろした。そうして二人の挨拶も終わったところで――、

「作戦の目的はロダニアを制圧し、クリスティーナ王女が持ち出したレガリアを確保することだ。ゆえに、王女がロダニアへ帰還した直後に作戦を遂行《すいこう》する。シャルル、貴様は数名の空挺騎士《くうていきし》分隊を率いてレンジ殿とレイス殿に同行し、偵察《ていさつ》任務についてもらう」

アルボー公爵がシャルルに指示を出す。

「私が、偵察任務の分隊長ですか？　たった数名の……」

偵察任務の分隊長など、通常ならシャルルほどの地位にある貴族軍人が任される仕事ではない。ゆえに、戸惑《とまど》いを隠《かく》せなかったようだ。

「名誉挽回《めいよばんかい》のチャンスをやると言っているのだ。人質からの出戻《でもど》りでいきなり大部隊を率いるのも格好がつくまい。都市内部への偵察はレイス殿が雇っている傭兵が行う。貴様が加わることは本隊への報告のみだ。偵察終了後は貴様もレンジ殿の奇襲部隊にそのまま加わ

ってもらうがな」

アルボー公爵は咎《とが》めるように、シャルルに任務を任せる意図を伝えた。

「は、はい。ありがとうございます！」

シャルルは慌てて礼を言う。一方で――、

（まあ、実際はこちらへの監視《かんし》も兼《か》ねているんでしょうがね）

と、レイスはアルボー公爵がシャルルを同行させる裏の意図を推測する。アルボー公爵はなかなか警戒心《けいかいしん》の強い人物だ。老獪《ろうかい》さも持ち合わせている。自分が手放しで信用されているとは、レイスは思っていなかった。

それでもアルボー公爵がレイスを作戦に組み込んだのは、レガリアを手に入れたであろうクリスティーナがそれだけ目障《めざわ》りだからである。万が一、蓮司の奇襲が失敗したらそのまま兵を引かせればいいので、アルボー公爵としてはリスクも少ない。ともあれ――、

「偵察と奇襲が本作戦の要だ。レンジ殿の力は見せてもらった。まあ、手堅《てがた》く功績を挙げられると思え」

息子《むすこ》に手柄《てがら》を与えようとしているのも本心ではあるのだろう。アルボー公爵はシャルルに発破をかけた。

「今回の作戦において私どもはあくまでも裏方です。奇襲部隊の功績はそのままシャルル

様に寄贈《きぞう》しますよ。人質《ひとじち》からの解放祝いということで」

「痛み入ります……」

気前よく手柄を譲《ゆず》ると言ったレイスに、シャルルは神妙《しんみょう》に頭を下げる。

「いえいえ」

と、レイスは口角をつり上げて、愛想よくかぶりを振る。

（……ハルト＝アマカワ。超越者《ちょうえつしゃ》となり、ただの記録になった男がかつての仲間のために介入《かいにゅう》するのか、この戦いで確かめさせてもらうとしましょう）

ロダニア襲撃の隠された目的を知るのは、レイス一人だけだった。

◇　◇　◇

翌朝。

「じゃあ、行ってくるわね」

セリアは父ローランやクリスティーナ達《たち》と共に、ロダニアへと向かうことになった。ガルアーク王国城の屋敷《やしき》の前で、美春《みはる》やラティーファ達と一時的なお別れの挨拶を交《か》わしている。その隣にはローランの姿もあった。

「娘《むすめ》にこれほど多くの素敵《すてき》な親友ができていたとは、本当に、親冥利《みょうり》に尽きます。昨夜は私も素晴らしい時間を過ごすことができました。これからもどうか、セリアのことをよろしくお願いいたします」

ローランも屋敷の面々に深々と頭を下げた。昨夜は協定の調印式が終わった後に屋敷に招かれ、ローランも屋敷に宿泊《しゅくはく》していた。それでセリアから皆《みな》を紹介され、夜にはささやかな宴《うたげ》も催《もよお》されて親交を深めていたのだ。

「たぶん一、二週間以内に戻るから、その時はまたよろしくね」

セリアがはにかみ、照れ臭《くさ》そうに言う。

「行ってらっしゃい、セリアお姉ちゃん」

「気をつけてくださいね」

「セリアさんの帰りをみんなで待っていますから」

「またお茶会をしましょう」

ラティーファがセリアの手をぎゅっと握る。美春や沙月《さつき》にシャルロットもセリアに歩み寄り、見送りの言葉を贈《おく》った。

「ありがとう。サラ達も一緒《いっしょ》に来てくれるし、大丈夫《だいじょうぶ》よ」

そう、セリアを護衛するため、今回はサラ、オーフィア、アルマの三人が同行することが決まっていた。ゴウキやカヨコは城に残る美春達を警護することになっている。

「またお会いしましょうぞ、ローラン殿」

「うむ、ゴウキ殿ともまたお会いできるのを楽しみしておりますよ」

などと、ゴウキとローランが握手を交わす。昨夜、酒を酌《く》み交わした二人は意気投合して、すっかり親しくなっていた。ともあれ――、

「クリスティーナ様をお待たせするわけにはいかないから、そろそろ行くわね。それじゃあ、行ってきます」

朝のうちにガルアーク王国の王都を出れば、明るいうちにロダニアへとたどり着くことができる。そうして、セリアはローランと共にロダニアへと出立したのだった。

◇　◇　◇

セリア達が地上でお別れをした一方、ガルアーク王国城の遥《はる》か上空ではリオとソラが浮《ふ》遊《ゆう》していた。セリアとローランが城門へ向かっていき、美春達が屋敷へ入っていったところで――、

（セリアがロダニアへ行くみたい。護衛としてサラとオーフィアとアルマがついていく）

と、アイシアからの念話が届いた。霊体化《れいたいか》している状態でリオ達よりもさらに地上へ近づき、サラ達の契約精霊《けいやくせいれい》に気配を気取られない程度に距離《きょり》を空けた上で美春達の様子を見守っていたのだ。

(じゃあ、予定通り別行動だ。俺とソラちゃんはロダニアへ行く)

あらかじめ決めていたのだ。セリア達が別行動する場合は霊体化できるアイシアがどちらかを守り、リオとソラがもう一方を守る、と。

霊体化している最中は燃費が良くなり、住居を必要とすることもないので、単独行動するならアイシアがうってつけである。契約精霊を持つサラ達がロダニアへ行くのであれば、ガルアーク王国城にはアイシアに残ってもらった方がいいというわけだ。

(わかった。こっちは任せて)

かくして、リオとアイシアも一時的に別行動をすることが正式に決まる。

(ありがとう。仮面の場所は覚えているよね？)

(うん、大丈夫)

霊体化しているアイシアでは仮面を装着できないので、あらかじめ隠して保管しておくことにしていた。

(じゃあ、行ってくるよ)

リオはそう言い残すと――、

「行こうか、ソラちゃん」

と、ソラに呼びかける。

「はい！」

ソラはリオと一緒に行動できるのが嬉《うれ》しいのか、可愛《かわい》らしい八重歯《やえば》を覗かせ、元気いっぱいに返事をしたのだった。

◇◇◇

昼下がり。もう何時間かすれば日が傾《かたむ》き始める頃《ころ》。

三人の日本人がロダニア領館《りょうかん》の一室に集結していた。

一人はレストラシオンの勇者である坂田《さかた》弘明《ひろあき》、もう一人はかつてベルトラム王国王都からロダニアへ亡命してきて今はレストラシオンに所属している斉木《さいき》怜《れい》、そして残る一人は怜の後輩《こうはい》である村雲《むらくも》浩太《こうた》である。

そして室内にはもう一人。この世界で生まれ育った少女もいた。ベルトラム王国が誇《ほこ》る三大公爵家の令嬢《れいじょう》、ロアナ＝フォンティーヌだ。

四人はここしばらく、とある作業に集中していた。

それは、すなわち……。

「この世界で初のライトノベル。いよいよ折り返し地点まで来ましたね、弘明さん」

怜が文章の書かれた紙を読みながら、目をきらきらさせて言う。

そう、四人は共同してこの世界で初のライトノベルを制作していたのだ。弘明が著者として物語を考えて日本語で執筆《しっぴつ》し、怜とロアナが編集と監修《かんしゅう》を行いつつ、この世界の言葉に翻訳《ほんやく》し、浩太が指定されたイラストを描く――という分業体制で作業を進め、ようやく一冊の半分辺りまでこぎつけたところであった。

「ああ。作った後のことは碌《ろく》に考えずに走り出したが、マジでハマっちまったな。アナログにペンで小説を書くのは大変だったが、いいもんだ」

弘明は手にしていたペンを机に置き、しみじみと制作過程を振り返る。

「いや、本当に。部活みたいでマジ楽しいっす。同人誌を作るのもこんな感じなんでしょうね」

「だな……」

怜が無邪気《むじゃき》に語り、弘明は照れ臭そうに頷《うなず》く。そして――、

「ロアナもありがとな。翻訳作業とか、この世界の常識の監修とか、ずっと付き合わせち

まって」

　ここまで文句の一つも言わず、嫌な顔一つ見せずにライトノベルの制作を手伝ってくれたロアナに、弘明は礼を言った。

「ヒロアキ様が楽しんでおられるのなら何よりです」

　ロアナはペンの動きを止め、たおやかに微笑《ほほえ》んで応じる。そんな彼女《かのじょ》の献身的《けんしんてき》で、理解ある態度にはちゃんと感謝しているのか――、

「…………あー、まあ、なんだ。これが終わったら二人でなんかしたいな」

　と、弘明がこそばゆそうに誘《さそ》う。

「お、のろけですか、弘明さん」

　怜がにやりと笑う。

「うるせえ。怜、お前もローザちゃんとデートにでも行ってこいよ」

「御意、御意」

　などと、軽口を叩《たた》き合う弘明と怜。立場的には怜が勇者である弘明の補佐官《ほさかん》に収まっていることから上下関係があるのだが、お互《たが》いに日本人であり、趣味《しゅみ》も合致《がっち》する相手とあって、もはや仲良しの先輩《せんぱい》後輩のような間柄《あいだがら》になっている。

「浩太は、早く彼女を作れ。ってか、ミカエラって子はどうしたんだよ」

ここで弘明がふと思い出したように浩太の恋愛《れんあい》事情を尋ねた。ミカエラとはローザの友人で、怜に紹介させて弘明も一度だけ顔を合わせたことがある。

「……余計なお世話ですよ。だいたい、そんな時間なんてありませんって。勉強して、訓練を受けて、こうやってイラストを描いて」

「相変わらず堅物《かたぶつ》な野郎《やろう》だ。ちゃんと一枚ごとに報酬《ほうしゅう》は払《はら》っているんだから、遊ぶ金だってあるだろうに。ちっとは遊べよな」

「お金があっても買いたい物があまりないんですよ」

「だったらミカエラをデートに誘えばいいだろうに」

「弘明さん、こいつはまだ失恋《しつれん》を引きずっているんです」

「ははん」

「はいはい」

浩太がイラストを描きながら、おざなりに頷いたところで――、

「失礼いたします、ロアナ様」

開きっぱなしになっていた扉から騎士《きし》が入ってくる。

「何かしら?」

「クリスティーナ王女とフローラ王女がガルアーク王国からお戻りになったので、ご報告

申し上げます」

「そう。ではご挨拶に参らなくてはね。ヒロアキ様……」

ロアナが弘明を見る。

「おう、行ってこいよ。こっちは大丈夫だ」

弘明は皆まで言われずともロアナに退室の許可を出した。

「はい。では、失礼いたします」

ロアナはぺこりとお辞儀《じぎ》をすると、立ち上がって騎士と共に部屋を去っていく。そうして日本人三人だけになると――、

「いやー、ロアナちゃん。マジで良い子ですね。めっちゃ可愛いし。なあ、浩太」

「ええ、本当に」

怜と浩太がロアナを褒《ほ》め称《たた》える。

「……まあな」

照れ臭そうではあるが、弘明は鼻高々で頷いた。

◇　◇　◇

クリスティーナやセリアが乗る魔道船がロダニアに到着《とうちゃく》した一方で。

ロダニアの近くに広がる森の中にある泉には、シャルルを含《ふく》む偵察部隊が待機していた。

偵察部隊の内訳はシャルル率いるベルトラム王国本国軍の分隊が計六名、レイスが率いる蓮司や傭兵達《ようへいたち》が計六名と、総勢十二名の極《ごく》小規模な構成である。全員がグリフォン等の騎獣《きじゅう》を使役《しえき》している航空部隊でもあり、機動力は抜群《ばつぐん》だ。

ただ、いま泉にいるのはシャルルを含めて六名。彼《かれ》らがこの泉に野営を張って潜伏《せんぷく》し、ロダニアの偵察を開始したのが昨日のこと。軍服を着たシャルル達では目立つので、当初の予定通り傭兵達が到着するなりロダニアへと潜入《せんにゅう》していた。

そして、クリスティーナ達が帰国して、ロダニアの領館にたどり着いたのが一時間ほど前のこと。ロダニアに魔道船が着水していくのを目撃《もくげき》した後、レイスも蓮司を連れてロダニアへと向かったので、いま泉にいるのは全員がベルトラム王国本国軍の所属だった。

「お待たせしました」

レイスが冒険者のように武装した蓮司や傭兵数名を引き連れて戻ってきた。

「おお、レイス殿」

手持《ても》ち無沙汰《ぶさた》にしていたシャルルだったが、ご機嫌《きげん》に立ち上がる。

「先ほどの魔道船。やはりクリスティーナ王女が乗っていたようです」

と、レイスは深々と被《かぶ》っていた外套《がいとう》のフードを外しながら報告を行う。蓮司や傭兵達も同じように被っていた外套のフードを外していた。

「では……」

雪辱《せつじょく》を果たす機会が見えたからだろう。シャルルが歓喜《かんき》する。

「ええ、本隊への報告をお願いします」

「心得た。直《じき》に日も暮れる。襲撃は明朝がよろしいでしょうな」

「同感です」

と、レイスが頷いたところで、シャルルは勇んでペンを手に取った。そして、設置したテーブルに置かれた紙に次の文言を書き始める。「明朝、本隊はロダニアを目指して侵攻《しんこう》されたし。本隊が到着次第《とうちゃくしだい》、作戦通りこちらも奇襲を仕掛けて敵を揺《ゆ》さぶる」と。

「お前達。二人で本隊へ戻り、この書簡を父上へ渡《わた》して戻ってこい」

シャルルはしたためた書簡を手に取り、配下の空挺騎士二人に渡す。

「はっ！」

空挺騎士二人は粛々《しゅくしゅく》と敬礼すると、グリフォンに乗って本隊がいる隣領へと飛び立ったのだった。

【第八章】 ❖ 襲撃

翌朝、日が昇《のぼ》って間もない頃。まだ大半の者が活動を開始しておらず、しんと静まり返っているロダニアに。

突然《とつぜん》、緊急《きんきゅう》事態を伝える警鐘《けいしょう》が何度も鳴り響《ひび》いた。王侯《おうこう》貴族も平民も問わず、都市中の人間が叩き起こされる。

王女であるクリスティーナも例外ではなかった。領館とは別にある迎賓館《げいひんかん》の一室で目を覚ますと、慌ただしく着替《きが》えを済ませ、護衛のヴァネッサを引き連れて幹部達が集《つど》う中央執務室《しつむしつ》へと足を運ぶ。

「……何事⁉」

クリスティーナが入室すると、既《すで》に何人か幹部の貴族達が集まっていた。ユグノー公爵とロダン侯爵《こうしゃく》の姿もある。

「敵襲《てきしゅう》です。領境の砦から連絡《れんらく》が入りました。サヴォイア伯爵領から、魔道船の艦隊が我《わ》が領地の境界線を越《こ》えて侵犯《しんぱん》してきているとのこと」

ロダニアの主《あるじ》であるジョージ＝ロダン侯爵が、険しい顔で報告した。

「サヴォイア伯爵領との境界線からだと……、全速力で魔道船を飛ばした場合、十分ほどで都市の近くまで艦隊が押《お》し寄せてくるわね」

報告を受けるまでのタイムラグも考えると、ベルトラム王国本国軍の魔道船が見えるまでもう十分もないだろう。ただ――、

「ご存じの通り、ロダニアから西へ三キロほど進んだ場所に湖がございます。おそらく連中はそこに艦隊を着水させるはず」

魔道船が姿を見せたからといって、そのまま即《そく》開戦になるわけではない。まずは魔道船をどこかに着水させ、陸上部隊を降ろして陣形《じんけい》を組んでから戦《いくさ》を仕掛けてくることが予想される。

「敵が地上に部隊を展開するまでの間に組織の非戦闘員をガルアーク王国へ避難《ひなん》させるわ。全軍の戦闘用意と、住民にも屋内へ避難の要請《ようせい》を」

「御意《ぎょい》。魔道船の発進準備も急がせておりますので、クリスティーナ様にもヒロアキ様やフローラ様と共にガルアーク王国へと避難していただきたく思います」

ユグノー公爵がクリスティーナに避難を促すが――、

「……私に、ロダニアを捨てて逃《に》げろと？」

「一時的な避難です。無論、勝つつもりで防衛を行います」

「であれば、ヒロアキ様とフローラの避難を優先させなさい」

「……御身《おんみ》は避難なさらないおつもりですか？」

「組織の長が真っ先に逃げ出しては示しがつかないわ。逃げるにしても、戦況《せんきょう》を見極《みきわ》めてからよ」

クリスティーナはこのままロダニアに留《とど》まるつもりでいるようだ。

「……御意。問題は誰《だれ》が防衛の指揮を執《と》るかですが……」

「僭越ながら、私に執らせていただいてもよろしいでしょうか？」

ユグノー公爵から視線を向けられ、ロダン侯爵が申し出た。レストラシオンにおいて執《しっ》政面《せいめん》でクリスティーナに次ぐ権限を持つのがユグノー公爵であるのなら、軍事面でクリスティーナに次ぐ権限を持つのはロダン侯爵だ。執政と軍事において二枚看板でクリスティーナを補佐《ほさ》している。

「ここは貴方《あなた》の領地でもあるからね。任せるわ」

クリスティーナはロダン侯爵にすんなり指揮権を委《ゆだ》ねた。すると――、

「おいおい、これはどういう事態だ⁉」

弘明《ひろあき》が中央執務室に飛び込《こ》んできた。

すぐ傍にはロアナとフローラもいる。

「……敵襲です。ベルトラム王国本国軍が領地の境界を越えて、このロダニアへと進軍しているという報告が届きました」

隠しても時期にわかることなので、クリスティーナは正直に教えた。

「マジかよ……」

「敵の魔道船艦隊《まどうせんかんたい》があと数分で都市へ近づいてくることが予想されます。そこから開戦までには猶予《ゆうよ》があるはずなので、その間にヒロアキ様にはガルアーク王国へ避難していただきます。魔道船の発進準備を急がせていますから、すぐに港へ向かってください」

「あ、ああ……」

弘明はおずおずと頷く。

「フローラ、ロアナ。貴方達《あなたたち》もヒロアキ様と共にガルアーク王国へ避難なさい」

「お姉様はどうなさるのですか？」

「第一王女の私が真っ先に逃げ出しては示しがつかないの。仮に避難するにしても、後発隊で向かうわ」

「でしたら……」

「ロアナ、貴方はすぐにヒロアキ様をお連れして。避難の準備をなさい」

クリスティーナはフローラが何か言おうとするのを遮《さえぎ》って、ロアナに指示を出す。

「……畏《かしこ》まりました。ヒロアキ様、急ぎましょう」

「お、おう」

ロアナに促され、弘明は退室していく。

「フローラ、貴方には渡しておくものがある。ついてきなさい。この場はロダン侯爵とユグノー公爵に任せるわ」

クリスティーナはそう言い残すと、フローラを連れて別室へと移動した。

◇◇◇

ロダニアで異変があったことは、リオとソラも察知していた。昨日は都市の外に岩の家を設置して宿泊していたが、早朝になってロダニアから警鐘が聞こえてきたことで叩き起こされたのだ。

今はロダニアの近郊《きんこう》まで接近し、遥か上空から戦況を観察しているところだ。地上で慌ただしく鐘《かね》が鳴り響く中で――、

「みんな……」

リオは仮面を手にしながら、屋敷《やしき》から迎賓館へと向かうセリア、サラ、オーフィア、アルマ、そしてローランの姿を発見した。それだけで今すぐにも地上へ駆《か》けつけたい衝動《しょうどう》に駆られる。そんなリオの横顔を、ソラがもどかしそうに見つめていた。

今までならば衝動に逆らう必要はなく、迷うことなくセリア達のもとへ駆けつけていたはずだ。それで何が起きたのか確認《かくにん》し、事態の対処にあたろうとしていた。なのに、今リオにそれができないのは、超越者の制約があるからだ。

すなわち、超越者は特定の個人や集団の利益のために肩入《かたい》れしてはならない。超越者は全体の利益のために力を振るう必要がある、ということ。

超越者になってしまった今、ルールを破って誰かのために戦ってしまうと、リオはその誰かのことを忘れてしまう状態にあるのだ。ソラからもらった仮面さえつければ、ルールを破って介入することはできるが――、

「竜王《りゅうおう》様、仮面の枚数は五枚です」

と、ソラが忠告した。

そう、仮面は消耗品で、数に限りがあるのだ。ちなみに、リオではなくソラがこの事態に介入したところでルールは発動する。順序としてはまず主人であるリオに記憶《きおく》を失う負担が押し寄せ、リオがルールによって記憶を失うと共にソラも記憶を失うことになる。な

ので、リオの代わりにソラを助けに向かわせることもできない。

「……うん。仮に介入するにしても、もう少し事態を見極めてから、だね」

リオは心を落ち着け、これからロダニアで起きようとしている事態を今しばし静観し続けることを決める。

「……もうあの者達は竜王様のことを覚えていないです。助けても感謝もされないです。この程度で介入していたら、キリがないです」

ソラがリオにも聞こえないような声で、ぽつりと独り言《ご》ちた。聞こえるように言わなかったのは、リオの横顔を見ていてわかってしまったからだ。リオが地上にいる者達のことを、本当に大切に思っているのだと……。

「…………」

黙って見守ることしかできないことが、何よりも辛《つら》いのだろう。リオは無言のままぎゅっと拳《こぶし》を握《にぎ》りしめている。

そして……。

そんなリオのことを見つめているソラもまた、とても辛かった。

◇◇◇

ロダニアの迎賓館。

クリスティーナは自分のベッドルームへフローラを招いていた。そして、クローゼットの隠し金庫から一つの指輪を取り出して見せる。

「お姉様、これは……」

フローラはぱちぱちと目を瞬《しばた》いていた。

「貴方も見たことがあるでしょう。ベルトラム王国の王位継承《けいしょう》の儀式《ぎしき》で用いられるレガリアよ」

「も、持ち出されていたのですか⁉」

その事実を知らなかったのか、フローラはギョッとする。

「ええ。とても大事な品だから、これは貴方が先にガルアーク王国へ運んで頂戴《ちょうだい》」

クリスティーナはそう言いながら、指輪に巻かれた紐《ひも》を使って首飾《くびかざ》りとして、フローラの胸元《むなもと》に身につけさせる。

「……はい」

「詳《くわ》しく説明している時間はないわ。これは来《きた》るべき時に使う品。それまでは誰にも見せては駄目《だめ》なもの。けど、もし私に何かあったら、その時は貴方が……」

「だ、駄目です！」

フローラは珍《めずら》しく声を荒《あら》らげてクリスティーナの言葉を遮った。

「……どうしたのよ？」

「これは預かりますけど、お姉様にお返しするものです。だから、何かあったらなんて言わないでください」

服の下に隠されたレガリアをぎゅっと握りながら、フローラは泣きそうな顔で訴《うった》えかける。

「………ええ、わかったわ」

クリスティーナは優《やさ》しく微笑んでうなずく。

すると、部屋が慌ただしくノックされた。

「開けなさい」

クリスティーナが部屋の外に呼びかけると――、

「付近の砦《とりで》から連絡があったそうです。敵の艦隊《かんたい》が遠目に見えたとのこと。急ぎ、中央執務室へお戻《もど》りください」

ヴァネッサが入ってきて、そう報告した。

「わかったわ。ヴァネッサ、貴方はフローラをヒロアキ様達《たち》のもとへ。港へ見送ったら中央執務室へ戻りなさい」

「はっ！」

そうして、クリスティーナは一人で中央執務室へと戻ることになった。

◇　◇　◇

クリスティーナが中央執務室へ戻ると――、

「セリア先生……」

室内には新たにセリアとローランの姿があった。護衛としてサラ、オーフィア、アルマも同行している。

「事情はユグノー公爵《こうしゃく》から伺《うかが》いました」

「では、先生はすぐにサラさん達と港へ向かってください。港で魔道船が発進の準備をしているはずです」

「……はい」

セリアは躊躇《ためら》いがちに頷く。残ると言いたいところだが、残ったところでどこまで役に立てるかはわからない。それに、セリアが残ると言いだすと、サラ達まで残ると言いだしかねない。サラ達はあくまでも部外者だ。自分の事情で彼女達《かのじょ》を巻き込むわけにはいかないと、踏《ふ》みとどまる。

「クレール伯爵もガルアーク王国へ」

「……御意」

ローランとしてもこの場に残りたい気持ちはあるのだろう。だが、わずかに逡巡《しゅんじゅん》した表情を覗《のぞ》かせてから、ゆっくりと頷いた。

こんな事態になってしまった以上、アルボー公爵派がどこまで先の協定を遵守《じゅんしゅ》するつもりなのかはわからない。だが、それでもクリスティーナ達の側から協定を軽《かろ》んじた行動を取ることはできないはずだ。ここでローランが協力を申し出てしまえば、先の協定をローラン自身が破ることになりかねない。

「では、行ってください。皆さん、セリア先生のことを、よろしくお願いします」

「……はい」

クリスティーナにセリアのことを託《たく》され、サラ達が頷く。

その時のことだ。

「見えました！　本国政府の艦隊です！」

執務室にいた幹部の男性貴族が窓の外を指さして叫《さけ》んだ。執務室の窓からは都市はもちろんのこと、都市の遥か先まで一望できる。彼が指さした先の上空では確かに魔道船《まどうせん》の艦隊が展開していた。

「来たわね。さあ、急いでください」

「はい！」

セリア達は慌《あわ》ただしく港へ向かう。

「敵の接近に備えて空挺騎士《くうていきし》を展開させろ」

ロダン侯爵が指示を出すと、ベランダにいた魔道士が上空に向けて信号弾《しんごうだん》を放つ魔法を使用した。すると間もなくして、グリフォンに乗った百騎《き》を超える空挺騎士達がロダニアの上空へと舞《ま》い上がり始めた。

ロダニアが抱《かか》える空挺部隊《ぶたい》の人員は三百名を超える。実に三分の一に値する数が出撃《しゅつげき》したことを意味していた。

ただ、これはあくまでもロダニアに迎撃《げいげき》の用意が調っていることを本国軍の艦隊に知らせるための示威行為《じいこうい》だ。押し寄せる魔道船の艦隊が付近の湖に着水し、地上部隊を展開させてから都市の攻略《こうりゃく》を行うのがこういった攻城戦のセオリーである。

本国軍の艦隊が着水したのを見計らって、レストラシオン側も都市の上空に展開させた部隊を一度引《ひ》っ込めることになる。

はずだった。しかし、魔道船の艦隊はいっこうに減速する様子を見せない。そうして一分半ほどが経過し、魔道船の艦隊が着水すると予想していた湖の上空を素通《すどお》りしたことに気づいたところで――、

「……馬鹿《ばか》な。このまま突撃《とつげき》してくるつもりか？」

中央執務室にいる面々に動揺《どうよう》が走る。まずい、というよりは、敵が何を考えているのか理解できなかったからだ。

空挺騎士から見れば魔道船はでかい的《まと》である。都市を攻め落とすにあたって艦隊ごと突撃していくのは玉砕覚悟《ぎょくさいかくご》の自殺行為に近い。よしんば一部の船が都市の港に着水できたとしても、他の船がいくつも撃沈《げきちん》しては甚大《じんだい》な被害《ひがい》が生じてしまう。都市の制空権を失《せ》った状態で展開した地上部隊が孤立《こりつ》するのも目に見えている。ゆえに、こういった攻城戦で魔道船を都市に突撃させるのは下策中の下策だ。

「控《ひか》えの部隊を残して迎撃部隊を出撃させろ。接近してくる魔道船の艦隊に集中砲火《ほうか》を喰《く》らわせるのだ」

ロダン侯爵は戦術の常識に従い、至極《しごく》まっとうな指示を即座《そくざ》に下した。

「は、はっ！」

ベランダの魔道士が慌てて魔法の信号弾を打ち上げ、追加の指示を出す。すると、新た

に八十の空挺騎士達が都市の上空へと躍《おど》り出た。すると――、

「アレは……」

魔道船の艦隊とは別の方角から、先んじて接近してくる極少数の騎獣乗り達をクリスティーナ達は視認《しにん》する。

「……どうやら敵の先行部隊のようですな」

「あのような寡兵《かへい》で？　馬鹿な、他にも部隊は……」

目に映った敵兵と思《おぼ》しき騎獣乗りはわずか十二名。ロダニアのような城塞《じょうさい》都市を攻める戦力としては、特攻《とっこう》部隊にしたって少なすぎる。というより――、

「無謀《むぼう》すぎる。死ぬ気か？」

と、ロダン侯爵が言う通り、自殺行為だ。多勢に無勢。都市へ近づいたところで迎撃部隊に取り囲まれ、集中砲火を受けて迎撃されるのは目に見えている。

案の定、ロダニア上空に展開する空挺騎士達も接近してくる寡兵の存在に気づいたようだ。数十の空挺騎士達が迎撃のために動き出し、包囲《ほうい》陣形《じんけい》を敷《し》くべく展開し始めた。すると、ここで――、

「アレは、亜竜《ありゅう》？　プロキシアの部隊か？」

ユグノー公爵が敵の中に一体だけ、亜竜が交じっていることに気づいた。

「ですが、いくら亜竜であろうと……」

たかが一体。無謀な自殺行為であるという結論は変わらないはずだと、ロダン侯爵は言外に決めつけた。ただし、この結論が導かれるのは、押し寄せてくる十二人全員が一般的《いっぱんてき》な空挺騎士程度の戦闘《せんとう》能力しか持ち合わせていないという前提においてである。

それから、間もなくして——、

「なっ……」

自分達の知る戦術の常識を単機で覆《くつがえ》すことができるほどの戦力を持つ者もいるのだということを、レストラシオンの上層部は知ることになった。

◇　◇　◇

時は数分、遡《さかのぼ》る。

都市で警鐘が鳴り始め、ベルトラム王国本国軍の艦隊が付近まで接近してきたことに気づき、シャルル達もロダニアへの奇襲《きしゅう》を開始することになった。

各々《おのおの》の騎獣に乗って野営地の泉を出発し、本隊の魔道船艦隊に先んじる形でロダニアへと迫《せま》る。このまま飛行していけば、もう間もなくロダニアの防衛部隊に接近を察知される

だろうというタイミングで――、

「……ほ、本当に大丈夫《だいじょうぶ》なのですか、レイス殿《どの》？　このまま突《つ》っ込んでしまって。これでは敵に気づかれて奇襲になりませんよ？」

シャルルが不安を色濃《いろこ》く滲《にじ》ませながら、グリフォンに乗って隣《となり》を飛行するレイスに問いかけた。

「泉を後にする前に何度も申し上げたでしょう。神魔戦争の時代に猛威《もうい》を振《ふ》るった勇者の力を信じてください」

レイスは飄々《ひょうひょう》と諭《さと》す。そう、奇襲作戦を立案する段階で、シャルルも入念に説明を受けていたのだ。ただ、堅牢《けんろう》な城塞都市であるロダニアが近づいて大きく見えてくるにつれ、不安がこみ上げてきたのだろう。

臆《おく》してしまうのも無理もない。それだけこの人数で都市に攻め入るのは無謀なことなのだ。敵の迎撃部隊が展開している地点へ寡兵で突っ込めば、集中砲火を喰らって玉砕《ぎょくさい》することは目に見えている。

いくら勇者の力がすごいと頭では理解していても、奇襲の要《かなめ》である蓮司《れんじ》の力が絶大であることを実際に見るまでは信じることができないのは当然だった。

ただ、そうこうしているうちに、ロダニアの防衛部隊もシャルル達の接近に気づいたようだ。鳴り響く警鐘のリズムも変わっていた。直にグリフォンに乗った空挺騎士達が続々とロダニアの上空へ舞い上がってきて――、

「もう引き返せませんね」

と、レイスは愉快《ゆかい》そうに言う。

「……ええい。信じますよ！」

シャルルも腹をくくったらしい。

「作戦通りだ！　俺《おれ》が突出《とっしゅつ》して敵を引きつけよう！　お前達は下がれ！」

当の蓮司は一切臆《いっさいおく》した様子はなく、声を張り上げて周囲の味方に呼びかけた。

ちなみに、レイスが同行させている傭兵達は天上の獅子団員《ししだんいん》だ。その中には以前にガルアーク王国城を襲撃《しゅうげき》したメンバーであるアレインや、ルシウスの剣《けん》を譲《ゆず》り受けたルッチの姿もある。

「へっ、大した自信だぜ」

と、ルッチは悪態をつくが、今の蓮司の力を信用しているのか、指示された通りに飛行速度を緩《ゆる》めていく。レイス、アレイン、他の傭兵達も同様に速度を緩めた。それでシャルルも手綱《たづな》を操《あやつ》ってグリフォンの飛行速度を緩める。

そうして、蓮司が乗るウインググリザードと呼ばれる亜竜だけが加速し、ロダニアへと進

んでいった。

レストラシオンの空挺騎士達からも先行する者達が現れ、蓮司を含めシャルル達の部隊を囲もうと包囲陣形を組み始める。そして、蓮司を十分に引きつけたところで、一斉《いっせい》に呪《じゅ》文《もん》を詠唱《えいしょう》して迎撃を開始した。

「来ましたね」

蓮司へと迫りくる無数の攻撃魔法《こうげきまほう》を目にし、レイスがほくそ笑《え》む。次の瞬間《しゅんかん》、蓮司が神装のハルバードを構えて振るった。すると――、

「なっ……!?」

迫りくる攻撃魔法の雨が、凄《すさ》まじい冷気に押し返されてすべてかき消された。冷気はそのまま前方に展開していた空挺騎士を巻き込み、瞬《また》く間《ま》に凍結《とうけつ》させてしまう。後方を飛ぶシャルル達のもとにもひんやりとした冷気が伝わってくるほどだ。そうして、凍《こお》り付いて落下していく敵の姿を見て――、

「……………は、ははは っ！」

シャルルはしばし言葉を失った後、痛快そうに哄笑《こうしょう》し始めた。

「心配はご無用だと、申し上げたでしょう」

「ええ、私の心配は杞憂《きゆう》だったようだ！　素晴《すば》らしいっ！　これなら我々のみでも都市の

制圧が可能なのでは⁉」

シャルルは興奮気味に叫ぶ。確かに、地上に向けて同様の攻撃を放ちまくれば、都市の防衛部隊を壊滅《かいめつ》させることができるだろう。

「都市部への被害を無視していいならできるかもしれませんね。ただ、勇者の広域攻撃は都市部への被害が大きすぎる。セオリー通り地上部隊の人海戦術に任せて占領《せんりょう》を行うのが最善ですよ」

後の統治を考えた占領が目的か、敵を根絶やしにする破壊《はかい》が目的か。当然、目的が変われば取るべき戦術も異なる。

「確かに。被害が大きいと占領後の徴税《ちょうぜい》に差し障《さわ》る。これは基本でした。私としたことが、だいぶ興奮しているらしい。作戦通り、我々は制空権を確保し、本隊が到着する前に港の占領を目指しましょう。おそらく要人も魔道船で避難するため港を目指しているはず」

シャルルは当初の作戦を自らに言い聞かせることで、猛《たけ》る気持ちを落ち着かせた。

「ですね。早速《さっそく》、敵の空挺部隊の注意がレンジさんに集中している。さらに面白《おもしろ》いものが見られますよ」

蓮司を脅威《きょうい》と見なしたのだろう。一部の部隊だけではない。ロダニアの空挺騎士達は総出で蓮司を迎撃しようと動き始めていた。

「このまま敵を引きつけるだけ引きつけたところで大技《おおわざ》を使う。俺の前に出るなよ、お前ら！」

蓮司はそう言い残すと、単身で敵へと突っ込んでいく。

そうして、蓮司はロダニアを守護する空挺騎士達と、たった一人で真っ向からぶつかり合うことになった。正確には、一方的に蹂躙《じゅうりん》することになった。

「くっ、止《や》めろ！」

「囲んで魔法を打ち続けるんだ！」

空挺騎士達が蓮司を取り囲むように飛び回り、必死に攻撃魔法を放ち続けている。しかし、蓮司がハルバードを振るう度に冷気を帯びた衝撃波《しょうげきは》が広範囲《こうはんい》に迸《ほとばし》り、迫ってくる攻撃を全《すべ》てかき消してしまっている。

さらには、その先にいる敵をも巻き込んで凍らせていく。空挺騎士達も蓮司を警戒《けいかい》して距離《きょり》を置いて攻撃を放っているが、蓮司の攻撃手段は衝撃波だけではない。続々と氷槍《ひょうそう》を生み出しては、全方位にばらまくように射出していた。一人、また一人と、全身が凍り付くなり、氷の槍が突き刺《さ》さるなりして、地上へと落下していく。

今やロダニア中の航空戦力が蓮司一人に釘付《くぎづ》けになっていた。そして、蓮司以外の奇襲部隊の面々は都市の外で余裕《よゆう》を持って攻防《こうぼう》を観戦している。

「いやあ、アイツは拾い物ですぜ、レイスの旦那《だんな》」

「確かに、スカウトしたいくらいだ」

などと、ルッチやアレインがグリフォンに乗ったままレイスに話しかけている。

「天上の獅子団に組《く》み込むかどうかはともかく、今後は貴方達とも協力して動いてもらうかもしれません」

「毎度こうだと仕事が楽で堪《たま》らねえや」

ルッチが軽口を叩《たた》き、傭兵達が笑う。とても数百メートルも進んだ先で一方的な殺戮《さつりく》が行われているとは思えぬ和《なご》やかな雰囲気《ふんいき》ではあるが、傭兵《ようへい》である彼らからすれば敵がいくら死のうが知ったことではないし、ありふれた日常の出来事にすぎないのだろう。

「…………」

対照的にシャルルの部下達は、蓮司の戦い振《ぶ》りに圧倒《あっとう》されて息を呑《の》んでいる。その表情には恐《おそ》れの色が強い。自分達にあの力が振るわれたら？　そう思わずにはいられなかったのだろう。一方で――、

「本当に素晴らしい。勇者がこれほどの突破力《とっぱりょく》を秘《ひ》めていたとは……。これはぜひルイ殿にも」

立場が変われば物の見方も変わる。指揮官であるシャルルは自国が抱える勇者である重《しげ》

倉瑠衣《くらるい》をもっと戦で活用できればと思ったようだ。

そうこうしている間にも戦闘は続いている。ロダニアは伊達《だて》にレストラシオンの本拠地《ほんきょち》であるわけではなかった。

ここで負ければ拠点を失う。全員がそのことを理解しているのか、必死になって蓮司を撃退《げきたい》しようとしている。

「へぇ、これだけ一方的に味方がやられ続けているのに臆さず突っ込んでくるとは。なかなか勇敢《ゆうかん》じゃないか」

蓮司はぐるりと敵を見回すと、感心したように目をみはった。そして、不敵にほくそ笑む。それは純粋《じゅんすい》に戦闘を楽しんでいるからであるのと同時に、敵が目論見《もくろみ》通りに部隊を展開していることを嬉《うれ》しく思ったからこそだった。

つまりは、現在、蓮司が陣形の奥《おく》まで一人で入り込んでいるせいで、ロダニアの迎撃部隊は当初の陣形を大きく崩《くず》している。可能な限り多くの敵を引きつけるだけ引きつけてから、大技で一気にまとめて叩き潰《つぶ》すというのが、レイスが蓮司に指示した作戦だ。

「……いいだろう。俺が身につけた力を、この戦場で試《ため》させてもらおうか」

状況《じょうきょう》は整った。蓮司はいったんレイス達がいる方向へと後退しながら、さらなる大技を繰《く》り出すべく魔力《まりょく》を練り上げ始めた。

ロダニアの防衛部隊も釣《つ》られて蓮司の追跡《ついせき》を行う。

だが、それが間違いだった。

「さあ、永久の冷気よ、世界を侵食《しんしょく》しろ。我が意のままに」

どういうわけか、蓮司はこの世界の呪文ともまた異なる詠唱のような台詞《せりふ》を口にし始めた。これは蓮司が精霊術《せいれいじゅつ》についてレイスから指南を受けた影響《えいきょう》だ。

術の効果を高めるに当たって、術者のイメージを強める所作や言葉などは効果的だという話を聞き、彼が独自に生み出した詠唱文である。別に詠唱文など口にしなくとも神装を操ることはできるが、詠唱文の効果は確かにあることを確認し、蓮司はこれぞという必殺《ひっさつ》技《わざ》に専用の詠唱文を用意したというわけだ。

蓮司は考えた。自身が操る属性は氷。そして、必殺技である以上は、必ず相手を殺す技ではなくてはならないと。

氷属性で、蓮司が思いついた最強の必殺技。

それは、すなわち――、

「エンドレスフォースブリザード」

蓮司はロダニア上空を飛行していた空挺騎士達めがけて、絶対零度《れいど》の冷気を扇状《おうぎじょう》に解き放った。冷気が通った先から大気が凍っていく。冷気に触《ふ》れた空挺騎士から瞬時《しゅんじ》に全身が凍結していく。

「なっ……」

前方に展開していた空挺騎士達が続々と凍り付いて落下していく姿を目《ま》の当たりにして、後方の空挺騎士達は息を呑む。

「た、退却《たいきゃく》！」

可視化された冷気が押し寄せてくることに気づき、後方の空挺騎士達は慌てて反転して効果範囲《はんい》から逃《のが》れようとした。しかし、冷気が迫ってくる速度はグリフォンの飛翔《ひしょう》速度よりも速い。

「《火球魔法《ファイヤーボール》》」

と、冷気めがけて直径一メートルサイズの火球を放った者もいたが、千度を超える赤熱の火炎《かえん》ですら、冷気に触れた途端《とたん》に凍って砕《くだ》け散ってしまう。

百数十騎も展開していた空挺騎士達は、瞬く間に全滅《ぜんめつ》してしまった。

◇　◇　◇

蓮司が放った大技に呑み込まれて凍り付いていく空挺騎士達を、迎賓館の中央執務室にいるクリスティーナ達は為《な》す術《すべ》もなく見つめていた。

「…………殿下《でんか》、閣下」

ロダン侯爵が重い口を開き、クリスティーナとユグノー公爵に呼びかける。

「……何かしら？」

「予備の空挺騎士達をすべて出動させて港を死守させます。時間を稼《かせ》げている間にお二人もお逃げください」

「……ついさっきヒロアキ様達を逃がしたばかりよ？」

そう、弘明やセリア達が馬車に乗って港へ向かったと報告が上がってきたのが、ほんの一、二分前のことだ。立て続けに自分達も逃げるわけにはいかないと言わんばかりに、クリスティーナが疑問符《ぎもんふ》をつけて言う。

だが、それが強がりであるのは明らかだった。百を超える航空兵力が一瞬《いっしゅん》で全滅してしまった光景を目の当たりにし、クリスティーナの表情は硬《かた》く強張《こわば》っている。

「ですが、後詰《ごづ》めの魔道船艦隊から続々と敵の空挺騎士達が出撃しているのはおわかりでしょう。こちらが制空権を失うのはもはや時間の問題です。そうなれば我々は完全に退路を断《た》たれます」

と、ロダン侯爵《こうしゃく》が語るように、減速している敵の魔道船から続々とグリフォンに乗った空挺騎士達が飛び立っているのが見えた。彼《かれ》らに残るロダニアの部隊を殲滅《せんめつ》させて、制空権を獲得《かくとく》したところでロダニアの港に魔道船を着水させようとしているのは明らかだ。

「…………」

「何よりあの亜竜に乗った者。何者かはわかりませぬが、アレはまずい。もはや負けるのは時間の問題です。これ以上の判断の遅《おく》れは危険です。何卒《なにとぞ》……」

と、ロダン侯爵は切実に訴えた。

「……貴方はどうするつもり？」

「ここは我《わ》が領地です」

だから、残る。

それがロダン侯爵の答えだった。

「まだ住民の避難誘導も完了《かんりょう》していないはずよ」

「先立って協定を結んだのをお忘れか？」

「……協定を結んだ直後に、こんなことをしでかしているのよ？　国に住まう民衆に被害を出すことも禁止するという約定をアルボー公爵がどこまで守るか……。ここで私が逃げれば、民を見捨てたとして大義すら失いかねない」

「だからこそ、領主である私が残るのです。ここは我が領地だと申し上げたはず。責任を取るのは殿下ではなく私です。それに押《お》し寄せてくるのが本国軍であれば、占領が目的でしょう。殿下が捕《と》らえられては大義以前に我々の敗北が確定します」

「……私がいなくとも、フローラがいるわ」

と、クリスティーナは躊躇いがちに言う。

「失礼を承知で申し上げる。フローラ王女に貴方様《あなたさま》の代わりが務まるとお思いか？」

「…………」

「何卒、御身のお役目を弁《わきま》えてください」

ロダン侯爵はその場で跪《ひざまず》いて、クリスティーナに訴えかけた。ジョージ＝ロダン侯爵という男は、ユグノー公爵派のナンバーツーの位置に長らく座《すわ》り続けてきた男だ。時には自らの保身のため、人並み以上に汚《よご》れた仕事にも手を染めたことがあるわけだが、その経歴は伊達ではない。

ユグノー公爵派の貴族達は面子《メンツ》を重んじ、自らの利益を大事にする。だが、だからといって決して王家を蔑《ないがし》ろにするわけではない。貴族としての面子を重んじるからこそ、時には保身に走らず貴族として潔《いさぎよ》く覚悟《かくご》を決めることができる。全員が全員、そういうわけではないだろうが、少なくともジョージ＝ロダン侯爵はそういう人物であった。

「……わかりました。貴方《あなた》の忠誠に感謝します。けれど、だからこそ貴方をここで失ってしまうのは惜《お》しいわ。ゆえに、生きなさい。死ぬことは許しません。我々の脱出《だっしゅつ》を見届けた後、生き恥《はじ》を晒《さら》そうとも、生きる道を模索《もさく》しなさい。そうして再び見えた時、私は貴方の忠誠に報《むく》いると誓《ちか》います」

それが難しいことがわかっていても、クリスティーナはあえて命令を下した。

「……ありがたき幸せ。殿下のことを頼《たの》みますぞ、閣下」

「うむ」

ロダン侯爵とユグノー公爵は熱く視線を交えて頷《うなず》き合う。

かくして、クリスティーナとユグノー公爵は撤退《てったい》を決断し、弘明やセリア達を追って魔道船の港を目指すことになったのだった。

◇　◇　◇

蓮司が大技を放ってロダニアの迎撃部隊を壊滅させた直後のことだ。

「…………」

あまりに圧倒的《あっとうてき》な戦果を目の当たりにして、シャルルやその部下達は完全に言葉を失っている。一方で――、

（やはり要人は港へ避難《ひなん》しているようですね。クリスティーナ王女はまだ館《やかた》に残っているようですが……）

レイスはしっかりと地上の動向を観察していた。迎賓館《げいひんかん》から港へと続く道に弘明やフローラ、そしてセリアの姿を発見して薄ら笑う。

「シャルル様」

「…………」

「シャルル様、シャルル様」

「……あ、ああ、なんだ、レイス殿？」

シャルルはハッと我に返って返事をした。

「ネズミを見つけましたよ。貴方の元婚約者《こんやくしゃ》の姿もあります」

「なんですと？」

シャルルはレイスが指さす方角を凝視《ぎょうし》する。

「フローラ王女や勇者もいるようですが、本丸のクリスティーナ王女が見えません。おそらくはまだ屋敷《やしき》で指揮を執《と》っているのでしょう」

「ふむ……」

「友軍の空挺騎士達が到着《とうちゃく》して敵の残存部隊は対処に追われるはず。よろしければ我々で港を押さえますので、どうでしょう？　シャルル様はクリスティーナ王女の身柄《みがら》を狙《ねら》ってみては」

レストラシオンの代表であるクリスティーナを捕らえることができれば、シャルルの大手柄《てがら》だ。名誉《めいよ》挽回《ばんかい》の大チャンスを前に――、

「……では、お任せしてもよいでしょうか？」

「もちろんです」

シャルルは嬉しそうに頬《ほお》を緩め、レイスとの別行動を選択《せんたく》したのだった。

◇　◇　◇

時はわずかに遡る。

蓮司が大技を放ってロダニアの空挺騎士を壊滅させる少し前のことだ。

「……ごめんなさいね。貴方達《あなたたち》をこんなことに巻き込《こ》んで」

迎賓館を出て馬車を待つ間に、セリアがサラ達に謝《あやま》る。

「セリアさんが謝ることではないです」

「うん、望んで護衛としてついてきたんですから」

「一緒《いっしょ》についてきて良かったです」

などと、サラ、オーフィア、アルマはまったく気にした様子もなく応じた。

「……ありがとう」

セリアは少し涙《なみだ》ぐみながら礼を言う。そして、愛娘《まなむすめ》と友人達のそんなやりとりを、ローランが温かな表情で見守っている。

そうしていると、港へ向かう馬車がやってきた。そして、上空ではいよいよ蓮司と空挺騎士達の戦闘が始まったところだった。

「っ……」

蓮司が数十の攻撃魔法を吹《ふ》き飛ばす様を見て、サラ達が瞠目《どうもく》する。手練《てだ》れの精霊術士であるサラ達から見ても、蓮司の芸当が凄まじいと感じたのだろう。

「……さあ、乗ってください。私達は併走《へいそう》して護衛するので」

「ええ」

険しい面持《おもも》ちのサラに促《うなが》され、セリアとローランが馬車に乗る。そうしてすぐに出発して坂道を下っていくと、間もなくして――、

「セリアさん、前方に馬車が止まっています！」

という報告が、馬車の外にいるサラから届いた。

◇　◇　◇

弘明、フローラ、ロアナの三人はロダニアの護衛の騎士達《きしたち》が先導する馬車に乗り、セリア達よりもほんの一分ほど早く迎賓館を後にしていた。

「……マジかよ」

弘明は馬車の窓から上空の攻防を眺《なが》めていて、蓮司の戦い振りに顔を引きつらせている。

そして――、

(あの野郎《やろう》、勇者か？　やりたい放題じゃねえか……)

遠目に蓮司の顔を視認し、おそらくは同じ日本人だと気づいた。

(……ドン引きだろ)

敵が何人死のうが知ったこっちゃないと言わんばかりの範囲攻撃《はんいこうげき》を容赦《ようしゃ》なく放ち続ける蓮司を見て、弘明はゾッとしていた。

およそ戦争や闘争《とうそう》とは無縁《むえん》な現代日本で生まれ育ったのであれば、その感性はまっとうだと言えるだろう。生死をかけない模擬戦《もぎせん》であるのならば戦いを楽しむことができる者も多いだろうが、これは命がかかった実戦だ。

平和な日常の街中で戦争が発生したら、恐怖《きょうふ》を覚えて逃《に》げようとするのが普通《ふつう》の一般人《いっぱんじん》なのだ。戦う手段を持っていようと関係ない。自ら進んで実戦に参加して敵を倒《たお》そうとすることができるのは軍事訓練を受けたことがある者か、後先を考えられないほど興奮してしまっている者か、元より頭のネジが外れている異常者だけだ。

弘明は一般人だった。そして、蓮司は異常かどうかはともかく、自ら戦いを望み、この戦いに参加している者だった。すると――、

「っと⁉」

「何事です？」

馬車が急に止まって、ロアナがすかさず御者《ぎょしゃ》に尋《たず》ねた。

「保護対象を発見しました。ロアナ様《さま》……じゃなくて」

「保護対象……？」

ロアナが気になって馬車の扉《とびら》を開けて顔を出すと――、

「おお、ロアナさん！」

と、名前を呼ばれた。ロアナの名前を呼んだのは最近よく一緒に作業を行っていたコンビの一人、斉木《さいき》怜《れい》だった。

「レイさん、コウタさん」

「なに、あいつらか」

弘明が馬車を降りると――、

「弘明さん！」

二人もすぐに弘明に気づいた。

「敵が来てやべえことになっているみたいだ。魔道船で逃げることになった。お前らもさっさと馬車に……」

と、弘明は手っ取り早く二人を同行させようとする。ただ、外にいたのは怜と浩太《こうた》だけではなかった。怜の婚約者であるローザや、その友人であるミカエラもいる。他にも弘明は名前を知らないが、非戦闘民と思しき若い貴族の子弟達《していたち》が大勢いて――、

「よし、コウタとレイは走れ。この人数は馬車に入りきらん。ローザとミカエラといったな。お前らは馬車に乗れ」

弘明はとりあえず顔と名前を知っている二人を馬車へ招き寄せた。

「えっと……」

馬車の中には第二王女であるフローラと、公爵令嬢《こうしゃくれいじょう》であるロアナの姿も見える。二人と比べれば下級貴族にすぎない自分達が乗るわけにもいかないと、ローザとミカエラは空気を読もうとするが――、

「さあさあ、いいから乗って。俺と浩太は弘明さんの友達みたいなもんだから、それが許されるから」

怜が説明の手間を面倒《めんどう》くさがって二人をサッサと馬車に乗るよう促す。そうして、二人は馬車に乗ることになった。

「で、お前らこんな道ばたでぞろぞろと何していたんだよ？」

「非戦闘員は避難の指示が出て、魔道船の港へ向かっているところだったんです」

「じゃあ、向かう先は同じだな。とっととずらかるぞ」

などと、ローザ達が馬車に乗っている間に、弘明と怜達が情報を交換《こうかん》する。すると、迎賓館へと続く坂の上から一台の馬車が下りてくる。

「皆様《みなさま》……」

乗っていたのは弘明達に遅れて迎賓館を後にしたセリアとローランだった。すぐ傍《そば》にはサラ、オーフィア、アルマの姿もある。

「セリア先生」

と、ロアナが馬車から降りてきたセリアを見つけて声をかけた。

「ロアナさん……。こちらの馬車には空きがあります。戦う術《すべ》がない子を優先して乗せてあげてください」

セリアはすぐに状況を察して、ロアナに申し出る。

ロダニアの上空が氷の世界へ変わったのは、その直後のことだった。蓮司が絶対零度の冷気を解き放ち、ロダニアの空挺騎士達を文字通りの意味で全滅させてしまう。百数十騎もの空挺騎士達が続々と凍り付いて落下していき――、

「え……？」

セリアが目を疑う。

いや、セリアだけではない。別に蓮司の放った冷気に触れたわけではなく、その場にいた全員が凍り付いたように息を呑んで硬直《こうちょく》した。

「……まずいですね」

サラがぽつりと呟《つぶや》く。

同じ氷属性の使い手として、今の冷気を放った者が自分よりも高位の使い手であると直感した。そして――、

「セリアさん、急いで、最速で、港へ向かってください」

と、険しい声音《こわね》で移動を促した。

「え……」

「早くしてください！　アレがこっちに来たらまずいです！」

「え、ええ、ロアナさん！」

セリアはハッとしてロアナを見た。

「み、皆《みんな》、急いで港へ！」

ロアナが上ずった声で叫《さけ》び、その場にいた者達は慌《あわ》てて移動を開始しようとする。弘明も慌てて馬車に乗ろうとした。

しかし、移動再開の準備が整うよりも先に、蓮司やレイスがセリア達のいるところまでまっすぐ急降下を開始していて――、

「こっちへ来ます！」

アルマが叫んで、手にしたメイスを構えた。サラとオーフィアも臨戦態勢になり、それぞれ手にしたダガーと弓を構える。

「くそっ……」

馬車に乗るべきかどうか迷った弘明だが、乗ったところで却《かえ》って危なくなると思ったのだろう。神装の刀を出現させてこちらも臨戦態勢に入った。

「ふっ！」

亜竜に乗った蓮司はひときわ速く地上へ急接近し、滑空《かっくう》してセリア達の頭上を通過した。が、蓮司はハルバードを手にしたまま亜竜の背中から飛び降りて、セリア達が進もうとす

る港への道を塞《ふさ》ぐよう鮮《あざ》やかに着地した。

蓮司はハルバードの石突《いしづ》きでトンと地面をつく。直後、蓮司の背後に分厚い氷の壁《かべ》が生まれて、港へと通じる道を封鎖《ふうさ》した。そして——、

「立入禁止《オフリミッツ》。港は封鎖済みだ」

と、眼前の弘明達に告げたのだった。

「…………」

一同、言葉を失い棒立ちになる。

そんな中で——、

「あー、今の台詞《せりふ》でお前が中二病を拗《こじ》らせた野郎だってことはよくわかったぜ。オフリミッツだあ？　封鎖済みともろに意味が被《かぶ》っているだろうが。格好《かっこ》つけようとして格好悪いってことをわかっていねえ馬鹿《ばか》だな。自己紹介《しょうかいおつ》乙」

相手が同じ日本人であると確信したからだろうか。あるいは、同じ勇者ならば自分とそう実力は変わらないと思ったからか。蓮司があどけなさを残す顔立ちをした小柄《こがら》な少年であるから侮《あなど》ってしまったのか。

弘明が真っ先に口を開き、蓮司を嘲笑《あざわら》った。

「…………なんだと？」

「てめえ、勇者だろ。属性は氷だ」

「そういうお前は水の勇者だな。名前を確か……」

事前にレイスから情報を聞いていたのだろう。蓮司は弘明が水の勇者であることは知っているらしい。だが――、

「………」

「まあいい」

どうやら弘明の名前はど忘れしたようだ。

「じゃあ、お前の名前だけでも教えてくれよ」

「教えてやる理由はないな」

蓮司はうんざりだと言わんばかりにかぶりを振る。

「じゃあ中二病を拗らせたキッズくんとでも呼ぼうか」

と、弘明が嘲笑《ちょうしょう》して告げると――、

「俺は高校生だ」

蓮司はむっと気色ばむ。

「あん？　チビだから中学生だと思ったぜ。中二病も拗らせているようだしな」

「……どうやら死にたいようだな」

「はっ、ガキとチビは禁句ってか、キッズ?」

弘明は蓮司のコンプレックスをずばり見抜《みぬ》いて指摘《してき》する。そうして勇者が二人で口論している間に、サラ達《たち》はセリア達を下がらせていた。

「……お前、俺のことを舐《な》めているだろう? この俺を」

蓮司の醸《かも》し出す温度がいっそう下がる。

「舐めているのはテメエの方だろ。こんな真似《まね》をしやがって、どういうつもりだ?」

「傭兵だ」

「あ?」

「内戦をしているんだろう? お前らは? 俺は傭兵として雇《やと》われただけさ。どういうつもりも、こういうつもりもない。ただ、お前のことは嫌《きら》いになった。今からはそれを戦う理由にしようか」

そう言って、蓮司はハルバードの切っ先を弘明に向ける。

「奇遇《きぐう》だな。俺もお前が嫌いになっているぜ。国に所属しない系の勇者、いや、主人公気取りか?」

「そういうお前は主人公に嫌《いや》がらせをして追放されるモブ勇者だな」

「あー、嫌いなんだよな。お前みたいに自分大好きな唯我独尊系《ゆいがどくそんけい》の主人公。俺が一番偉《えら》いし、俺が一番強いが何か？　的な。どうせ敬語も使えない系だろ？」

「……お前も敬語じゃないだろ」

「おいおい、俺は十九歳《さい》だぜ、中学生くん。まあ、お前は学校でも先輩《せんぱい》に敬語を使わなそうだけどな」

などと、売り言葉に買い言葉。挑発《ちょうはつ》が挑発を呼んで、弘明と蓮司は舌戦《ぜっせん》を繰り広《ひろ》げていた。だが――、

「………もういいだろう」

そろそろ怒《いか》りのゲージが振《ふ》り切れそうなのか、蓮司がハルバードを構えて交戦の意思を示す。すると――、

「お待ちを、レンジさん」

レイスがやってきた。他にもルッチとアレイン、そして二名の傭兵が共に降下してくる。

「なんだよ、レンジっていうのか」

「……なんだ？」

おちょくるように名前を呼んだ弘明をツンと無視して、蓮司が焦《じ》れったそうにレイスに応じる。

「使い道が多そうな方もいらっしゃるので、周囲を巻き込まないようにお願いしますよ。

それと、水の勇者は打撃《だげき》で気絶させるように」

と、レイスは蓮司の背後でグリフォンから降りながら指示を出す。

「注文が多いな」

「貴方ならできると思っているからお願いしているんですよ。難しいですか？」

「……ふん、造作ない」

蓮司は軽く鼻を鳴らして頷いた。

「というわけで、貴方は水の勇者の相手に専念してください。残りの者が妙《みょう》な真似をするようであれば、こちらで対処しますので」

レイスはそう言って、サラ、オーフィア、アルマ、そしてセリアに視線を向ける。

「よう、嬢《じょう》ちゃん達」

「……しつこいですね、貴方達も」

サラがうんざりとした顔で言う。

「そうでもねえ。あの城の襲撃《しゅうげき》でヴェン……、俺《おれ》らの仲間が何人も死んじまったんだ。今日はその恨《うら》みを晴らさせてもらうぜ」

ルッチは剣呑《けんのん》な顔になり、ルシウスから受け継《つ》いだ形見の黒剣を鞘《さや》から抜《ぬ》き放つ。隣《となり》に立つアレインも剣を抜いた。他の傭兵二名も剣を抜き前に出る。

「皆さんは後ろに下がっていてください」

サラ、オーフィア、アルマも武器を構えて前に出た。敵はルッチとアレインを含《ふく》む傭兵が四人と、レイス。

このままではサラ達は三対五の戦いを強《し》いられるが――、

「……私も戦うわ」

セリアが参戦する。

「及《およ》ばずながら私も戦おう。セリアちゃん同様、後衛の魔道士としてだが」

娘《むすめ》だけに戦わせるわけにはいかないと考えたのか、ローランも加わった。これで条件的には五対五になるが――、

「おい、まずは俺があのチビとやる。他の連中が動くようならそっちに任せたいが、いいんだろうな？」

どうやら弘明も蓮司と一対一でやり合うつもりらしい。

「……ええ。ですが、大丈夫《だいじょうぶ》ですか？」

サラが心配そうに尋ねる。

「こっちも勇者だ、任せろ」

やはり相手が同じ日本人で、年下の蓮司が相手だからだろうか。弘明は自信を覗《のぞ》かせて

言う。

「………その少年は相当な使い手のはずです。気をつけてください」

サラはいまいち弘明の実力を測りかねていて、任せていいのか逡巡《しゅんじゅん》する。だが、気にかけている余裕はなかった。サラ達が戦おうとしている相手もまた、決して油断できる相手ではないことは嫌というほど理解しているからだ。すると──、

「初撃は譲《ゆず》ってやる。好きに攻撃《こうげき》してこいよ」

蓮司がそう言って、弘明に向けてハルバードの切っ先を向けた。

「あ、舐めプか？」

弘明が不愉快《ふゆかい》そうに眉《まゆ》をひそめる。

「違《ちが》うさ。お前は俺には絶対勝てない。そのことを教えてやると言っているんだ」

「……上等じゃねえか。その勝負、乗ってやるぜ」

「ふっ、俺との力の差を知るといい」

蓮司が勝ち誇《ほこ》ったように冷笑《れいしょう》を刻む。

「じゃあ遠慮《えんりょ》なくいかせてもらおうじゃねえか」

弘明が刀を構えて魔力を高める。

サラ達もレイス達も弘明が初撃を放つのをじっと待っていた。勇者が範囲攻撃任せに大

味な戦いになりがちな傾向《けいこう》があることを、知っているからだ。それに、道幅《みちはば》もそこまで広くない。迂闊《うかつ》に動いて正面衝突《しょうとつ》しづらいというのもあった。ともあれ――、

「………喰《く》らえっ！」

弘明が手にした太刀《たち》をその場で垂直に振る。

と、路地が川になってしまうほどの水が放出されて、蓮司やレイス達に迫《せま》った。しかし、誰《だれ》もその場を動いて避《さ》けようとしない。

レイス達の背後には蓮司が作りだした氷の壁がある。このままなにもしなければ水流に吹き飛ばされて分厚い氷ごと粉砕《ふんさい》しかねない。が、蓮司がハルバードの切っ先を前方に向けると、迫りくる水が瞬《また》く間《ま》に凍《こお》り付いてしまった。

「なっ……」

攻撃を放った弘明が絶句する。

すると、蓮司は氷で埋《う》め尽《つ》くされて通れなくなった路地ではなく、建物の壁を伝って走りながら、弘明へと接近してきた。

「っ、壁走り、だと!?　くっ……！」

弘明は絶句しながら、水の斬撃《ざんげき》を放って迎撃《げいげき》を試みる。だが、それすらも空中で凍り付いてしまった。

「知らなかったのか？」

蓮司はそう叫びながら、壁を蹴《け》って弘明に迫り、ハルバードを振るった。

「っ⁉」

弘明は咄嗟《とっさ》に太刀《たち》を構えてハルバードを受け止める。

「水属性では氷属性には勝てない」

蓮司は至近距離《きょり》から弘明を見つめ、得意げに微笑《ほほえ》んだ。

「マジで拗らせていやがる……。テメエ、いちいち名作に感化されたような中二臭《くさ》い発言が多いんだよ！」

弘明は思いきり太刀を振るってハルバードを押し返し、蓮司の身体《からだ》ごと飛んできた壁の方向へ弾《はじ》き返した。

「ほう。力だけはそれなりだな」

蓮司は再び壁を足場にして弾き飛ばされた勢いを殺してから、そのまま壁を蹴って空中へ跳躍《ちょうやく》する。

「馬鹿め！」

空中で無防備になった蓮司めがけて、弘明が再び水の斬撃を放つ。

「まだわからないのか？」

水の斬撃は蓮司に届く前に凍って停止し、そのまま落下していく。

「ちっ！」

一太刀で駄目《だめ》なら、何太刀でも斬撃を放ってやる。とでも言わんばかりに、弘明は水斬撃をいくつも放った。

「……これでは手が出せませんね」

案の定、神装の能力をぶつけ合う大味な戦いになっている。これでは迂闊に手出しできない。勇者二人の戦いに巻き込まれないよう、サラ達は後ろに下がった。が、オーフィアだけは建物の上に登っていて、氷に阻《はば》まれて動きが見えないレイス達を注視した。現状、レイス達も下手に動くことができないのか、静観している。ただ——、

（……何かを気にしている？）

どうにもレイス達は他の何かを警戒《けいかい》しているように思えた。この状況で、別の誰かが襲《おそ》ってくるのを注意しているような……。

「もう諦《あきら》めたらどうだ？　お前では俺には勝てない」

「いちいちマウントとってくるんじゃねえよ。この唯我独尊ナルシスト野郎が！」

「お前がモブだからだ。上下関係を教えてやっている」

「お前も主人公じゃねえよ！　氷属性こそ根暗なモブと相場が決まっている！　僕《ぼく》の考え

た最強の氷魔法《こおりまほう》でも考えていやがれ！」

「エンドレスフォースブリザード。とっくに考えて空の騎士《きし》共を相手に使ったさ」

「マジで考えたのかよ……。しかも元ネタまるわかりで超絶《ちょうぜつ》ダセエ」

なんともシリアスな空気に欠ける会話だが、当人達はいたって大真面目《おおまじめ》だった。何しろそう喋《しゃべ》っている間に放たれる攻撃が容赦ない。

蓮司に負けたくないのか、弘明も必死だった。しかし――、

「はぁ、はぁ……」

「そろそろ力の差を思い知ったか？」

やがて弘明がバテる。

息も絶え絶えな弘明とは対照的に、蓮司は実に涼《すず》しい顔をしていた。

「テメエ、舐めプしやがって……」

「気絶させろとのお達しだったんでな。俺を舐めたお前に俺との力の差を教えてやる必要もあった。だが……」

蓮司は弘明に接近し、懐《ふところ》に潜《もぐ》り込もうと屈《かが》んだ。

来るか⁉

と、身構えようとした弘明だが――、

「っ、何⁉」

バランスを崩《くず》した。足が凍り付いていて、身動きがとれなくなっていたのだ。

（いつの間に⁉）

弘明が足を見下ろす。と――、

「終わりだ」

という蓮司の声と共に、弘明の後頭部に衝撃《しょうげき》が走る。蓮司がいつの間にか背後に回り込んでいて、ハルバードの柄《え》で弘明の頭部を殴《なぐ》っていたのだ。

「なっ、にっ……？」

弘明はふらりとたたらを踏《ふ》もうとするが、足が凍っていてそれすらできない。完全にバランスを崩し、その場で意識を失って倒れてしまった。

「ぐっ……」

「眠《ねむ》っておけ」

身動きしようとする弘明の頭を、蓮司がもう一度ハルバードで殴りつける。

「ヒロアキ様⁉」

戦いを見守っていたフローラやロアナが叫ぶ。

「っ……」

サラ、オーフィア、アルマがそれぞれ武器を構える。と――、

「ふむ……」

蓮司はサラ達と戦おうとするのではなく、ハルバードの切っ先を気絶した弘明の喉元《のどもと》に突《つ》きつけた。それが意味するところは、すなわち……。

「ひ、人質《ひとじち》？」

サラ達の表情が強張《こわば》る。

「卑怯《ひきょう》だなんて言うなよ。戦争をしているんだ。こいつがどうなってもいいならかかってこい。言っておくが武器を構えている以上、女だからといって俺は加減してやるつもりはない。男女平等だ」

と、蓮司がサラ達を脅《おど》すと――、

「いやはや、素晴《すば》らしい。本当に成長しましたね、レンジさん」

冷え切った路地にレイスの拍手《はくしゅ》が鳴り響《ひび》いた。レイスは氷の上に跳躍し、その場で滑《すべ》らず安定した姿勢で立っている。

「で、どうするんだ？」

蓮司が背後を見ずにレイスに尋ねた。

「まあ、これで終わりになるといいんですが……」

と、レイスが言った。

その時だ。

蓮司の眼前に、直径数十センチの魔力《まりょく》光球が落下してきた。

◇◇◇

ロダニアの遥《はる》か上空。

弘明と蓮司の戦いは、もちろんリオも上空から見下ろしていた。蓮司がハルバードを振るい、弘明を気絶させている。その瞬間《しゅんかん》――、

「……」

リオは無言のまま仮面をつけた。それはすなわち、この事態へ介入《かいにゅう》するという意思の表れに他《ほか》ならない。今、まさに降下を開始しようとしたリオを――、

「竜王様《りゅうおう》っ！」

ソラが呼び止めた。

「………」

リオは踏みとどまってソラを見る。

「神魔戦争の時代、竜王様が誰かのために力を振るったことは多々ありましたが、ほとんどの場合はお役目にも合致《がっち》するところがあったのです。ですが、人間同士が争う今この状況《じょうきょう》に介入するのは明らかにお役目とは無関係です。介入すれば間違《まちが》いなくルールは発動するはずです」

「うん、わかっているよ」

「……仮面の数には限りがあるです。それでも介入するのですか？」

「ごめん。ソラちゃんから貰《もら》った貴重な仮面を消費することになるかもしれない」

「そんなことは、竜王様が謝ることではないです……。違うのです。ソラが、ソラが言いたいのは……」

超越者《ちょうえつしゃ》になったリオはもう、この世界に暮らす住民達とは繋《つな》がりを持つことができない存在になってしまったのだ。

リオがあの者達を助けても、感謝されることはない。いや、一時的に感謝はされるだろうが、そう時間を置かずに助けてもらったことすら忘れてしまう。虫食いの古本みたいに、リオに関する記憶《きおく》だけが消えて穴だらけになっていく。

確かに、今回はいい。仮面がある。けど、こんな調子で人間同士の争いに介入を繰《く》り返していたら、五枚しかない仮面なんてすぐに消費してしまうはずだ。そして仮面がなくなった状態で介入を行えば、リオは記憶を失ってしまう。今日この場で助けようとした者達のことを、いつかは助けようとすら思わなくなってしまうだろう。

助けても忘れてしまうし、忘れられてしまう。誰かのために戦う理由なんて何もなくなるのだ。そして圧倒的な虚無感《きょむかん》に襲われる。これはソラの実体験でもあった。だから、切実にリオに訴《うった》えているのだ。

けど——、

「ありがとう。けど、ここで動かなかったら、俺は一生後悔《こうかい》する。それは確かなんだ。だから、行きたい。いや、行くよ」

行きたいと、行っても後悔はしないと、助けたいと、リオは優《やさ》しく微笑んで少しも迷わずに言った。記憶を失うことも、失われることも、怖《こわ》いはずなのに……。

「…………」

自己犠牲《ぎせい》を厭《いと》わないリオの返答に、ソラは言葉を呑《の》んでしまう。だが、同時に気づいてしまった。いや、思い出してしまった。

「……そうです。竜王様はそういう御方でした。人々の記憶に残らなくても、誰からも感謝されなくても、自分の記憶を失っても、人々のためにその身を投げ出せる。とても優しい御方。そんな竜王様だから、ソラは……」

ソラは千年以上も前の日々を思い出す。何のために戦っていたのかもわからなく
助けても忘れてしまうし、忘れられてしまう。それでもソラは空っぽにはならなかった。その理由は……。

(竜王様がいたからです)

圧倒的《あっとうてき》な孤独《こどく》を紛《まぎ》らしてくれた。いや、優しさで孤独を埋めてくれた。たった一人の存在が竜王だった。

なら、迷うことなんてない。

眷属《けんぞく》の孤独を埋めるために超越者が存在しているように、超越者の孤独を埋めるためにも眷属が存在しているはずだ。

「行ってください、竜王様！　ソラはどこまでもお供するです！」

ソラはもう迷わずにリオの背中を押《お》す。

「うん」

と、頷《うなず》くのと同時に……。リオは眼下に直径数十センチの魔力光球を射出しながら、急降下を開始した。音速を軽々と超《こ》える光球は、弘明を人質に取って地上に立つ蓮司の眼前で狙《ねら》い澄《す》ましたように静止する。

突然《とつぜん》の、意識外からの攻撃に――、

「っ⁉」

蓮司はギョッとし、地面に転がる弘明を放置して咄嗟に後ろへ跳躍した。

「介入するんですねえ」

レイスがなんとも億劫《おっくう》そうに、ぽつりと呟く。

直後、光球が消えて、代わりに弘明の傍に二人の人影《ひとかげ》が降りてくる。もちろん一人は仮面をつけた白髪《はくはつ》の少年――リオで、もう一人はフードを被ったソラだった。ソラは従者然としてリオの背後に立つ。

(レイス、生きていたのか……)

リオは仮面越《ご》しにレイスの顔をじっと見据《みす》えた。

「……誰ですの?」

ロアナが戸惑《とまど》いながらも、不思議そうに疑問を口にする。状況的《じょうきょうてき》に味方だとは思ったのだろうが、心当たりがまったくなかったのだろう。すると――、

「シャアアア!」

蓮司が乗っていた亜竜《ありゅう》が、リオとソラを見ながら怯《おび》えたように吠《ほ》えだした。

だが――、

「黙《だま》るです。誰に向かって吠えている?」

ソラが一瞥《いちべつ》して睨《にら》むと、亜竜は途端《とたん》に情けない鳴き声を漏《も》らして黙ってしまう。

「手打ちとしませんか？」

レイスは突然、そんなことを言った。

「……手打ち？」

蓮司が訝《いぶか》しげに首を傾《かし》げる。

「都市の占領《せんりよう》部隊は私にはどうにもできませんが、少なくともこの場は放置するということです」

「っ、ふざけるなよ、レイス⁉　ここまでやっておいて、どういうつもりだ⁉」

確かに、どう見ても勝ち戦なのだ。ここでレイスから引くと言われたところで、蓮司が怒《おこ》るのも当然だろう。

「ベルトラム王国本軍の空挺騎士《くうていきし》達《たち》がロダニアの空挺騎士達を数で圧倒《あつとう》している。もうこちらの勝利ですよ。都市が制圧されるのも確定したようなものです」

そう言って、レイスは西の空を見る。

「だったらなおさらこの場で引く理由がない」

「いえいえ。彼《かれ》、いかにも面倒そうな相手じゃないですか。我々は傭兵《ようへい》として参戦しているわけですし、無理をする必要はないかなと」

「こんな……、仮面をつけた胡散臭《うさんくさ》そうな男に俺が負けるとでも？　格好つけて登場したつもりだろうが、自前の武器すら持っていない丸腰《まるごし》の奴《やつ》だぞ!?」

と、蓮司が吠えるが――、

「どこのどなたか知りませんが、貴方《あなた》も私達とは戦いたくないはず。そうでしょう？」

レイスは蓮司を無視して、リオに呼びかけた。

（……この男、記憶を失っているんだよな？）

リオは胡乱《うろん》げにレイスを見つめる。リオとは初対面であるようなことを言っているが、妙な胡散臭さを感じたのだ。レイスはポーカーフェイスを貫いたままリオを見つめ返している。そうして互《たが》いを警戒するリオとレイスだが、そんなやりとりが蓮司は気にくわなかったようだ。

「……レイス、お前が戦わないというのなら、俺が戦う」

蓮司がハルバードを構え、リオに敵対の意思を見せた。

「…………まあ、止めはしませんよ」

と、レイスは億劫そうに溜息《ためいき》をついて告げる。

その間に、リオは気絶する弘明の足を凍らせていた氷を一瞬《いっしゅん》で溶《と》かしていた。そしてそのまま抱《だ》きかかえて背後のソラを見る。と――、

「ふっ！」

蓮司が背後からリオに襲いかかった。無言のまま一瞬でリオの背中に肉薄《にくはく》すると、自慢《じまん》の神装であるハルバードを振るって問答無用で背後から叩《たた》きつけようとする。

しかし――、

「っ……⁉」

リオは背後を一瞥することすらせず、蓮司の一撃《いちげき》を受け止めた。正確には、蓮司の振ったハルバードが魔力の障壁《しょうへき》に阻まれ、空中で静止していた。

（……精霊術《せいれいじゅつ》？）

サラ達はリオが何をしたのか、瞬時に看破する。そして、その卓越《たくえつ》した技量に目を見開いて驚《おどろ》きを顕《あら》わにする。

いや、驚いているのはサラ達だけではない。リオが明らかに強者であることだけは、この場にいる誰が見ても明らかだ。しかし、それを認めてなるものかと――、

「っ、舐めるなよ！」

蓮司が吠えた。直後、リオを取り囲むように周囲の空気が凍結《とうけつ》し始める。障壁ごとリオを凍らせてしまうつもりなのだろう。すると――、

「………」

ここでリオは初めて蓮司を見つめた。そして、蓮司が発動させようとしている氷の精霊術に対してより強固な魔力障壁《まりよく》を展開し、術の干渉力《かんしようりよく》で真っ向から勝負を挑《いど》む。二人の術者が反発する精霊術を同じ場所に発動させようとした時、導かれる結論は……。

一つ。両者の干渉力が拮抗《きつこう》する場合は互いの術が発動してぶつかり合うことになる。そして、もう一つ。事象への干渉力がより強い、技量の高い術者の精霊術が相手の精霊術を上書きして発動する。

果たして、冷気がリオを包《つつ》み込《こ》むことはなかった。それどころか、蓮司が操《あやつ》ろうとしていた冷気をかき消して霧散《むさん》させてしまう。

「ぐ、馬鹿なっ……！」

「……上書きしている？」

高度な術の攻防《こうぼう》を目《ま》の当たりにし、サラ達はギョッとしていた。直後――、

「っ、にっ!?」

リオは展開していた魔力障壁に前方への指向性を持たせて解き放った。固定されていた魔力の障壁が衝撃波《しようげきは》となり、蓮司へと襲いかかる。

「くっ……、ぐぅ」

吹《ふ》き飛ばされた蓮司が宙を舞《ま》う。リオはそんな蓮司の胴体《どうたい》めがけて魔力の光球をノーモ

ーションで展開して打ち込んだ。しかし、蓮司は攻撃をくらいそうな箇所《かしょ》に咄嗟に分厚い氷を張り、リオの攻撃を防ぐ。

（……上手《うま》い）

リオは以前より戦闘《せんとう》慣れしている蓮司に瞠目《どうもく》した。

「くそっ……」

威力《いりょく》を完全に殺すことはできなかったようだが、蓮司はなんとか地面に着地した。そして、弘明よりもリオの方が遥かに手強《てごわ》いと悟《さと》ったのだろう。戦闘を継続《けいぞく》する意思を強く残しながらも、警戒してリオとの間合いを空けた。

「ソラちゃん」

「はい！」

「この人を後ろの人達のところへ運んでくれる？」

リオは蓮司が警戒している間に、気絶した弘明をソラに託《たく》す。この場に舞い降《お》りてから、リオが初めて発した言葉だった。

ちなみに、名前を隠《かく》したり偽名《ぎめい》を使ったりするかは事前に相談したが、どうせ忘れられるから普通《ふつう》に名前を呼んでも特に問題はないとソラが主張してそのまま名前を呼ぶことになっていたりする。ともあれ――、

「はいです！」

ソラは気絶した弘明を受け取り、背後に立つロアナ達のところまでさっさと運ぶ。その一方で――、

（この、声……）

聞き覚えでもあるのだろうか？　どくんと、心臓が跳《は》ね上がる感覚に襲われたみたいに身体を震《ふる》わせて、セリアが呆然《ぼうぜん》とリオを見つめていた。

「ほら、ちゃんと面倒《めんどう》見るです」

「は、はい……」

ソラはロアナに看病を押しつけた。ロアナはおずおずと返事をし、フローラと一緒《いっしょ》に回復魔法を弘明に使い始める。と――、

「ん、お前……？」

ソラが近くで呆《ほう》け気味《ぎみ》に立ち尽くしていたセリアの顔を間近から見て、何か気づいたような顔になった。だが――、

「ソラちゃん」「はいです！」

リオに名前を呼ばれ、ソラは嬉《うれ》しそうに返事をした。そして主人を慕《した》う子犬みたいにリオの背後まで戻《もど》る。

「度々《たびたび》ごめんね。坂の上にある館《やかた》を出ようとしていた馬車に、薄紫色《うすむらさきいろ》の髪《かみ》をした女の子が乗ろうとしていたのは見ていた？」

リオはソラにそんな質問を投げかけた。薄紫色の髪をした女の子とはクリスティーナのことだ。ここへ降りてくる前に、馬車に乗ろうとしていたクリスティーナのもとへシャルル率いる分隊が迫っているのを目撃《もくげき》していたのだ。

「はい！」

「じゃあ、その人を護衛してここまで連れてきてくれる？　その間に俺はこっちを片付けておく」

クリスティーナを助けることは特定の誰かへ肩入《かたい》れのしすぎと世界から判定される材料になりうるのだろうが、乗りかかった船である。リオはクリスティーナの救出をソラに託した。

「お任せください！　ただ、恐《おそ》れながらその前に一つだけ私からの助言を」

と、ソラは立ち去る前に言う。

「何？」

「最短で、圧倒して、ねじ伏《ふ》せてください。それでルール違反《いはん》は最小限に抑《おさ》えられるはずです！」

「……了解《りょうかい》」

「では、行ってまいります！」

ソラはビシッと敬礼すると、一瞬でその場から姿を消して、坂の上にいるであろうクリスティーナのもとへ向かった。ソラがとんでもない速度で立ち去ったことで大半の者が呆《あっ》気《け》にとられている中、リオだけはどこかおかしそうに微笑んでいる。そうして仮面から覗けるリオの口許《くちもと》がほころんでいるのが気にくわなかったのか――、

「何を笑っている？」

蓮司が噛《か》みついた。

「………………」

リオは何も答えない。喋らない。

それがさらに癇《かん》にさわったのか――、

「……おい、なに無視している。この状況で余裕《よゆう》たっぷりに振る舞ってはいるが、勝ったつもりでいるんじゃないだろうな？　この都市はもう終わりだ。逃《に》げられると思うなよ？」

蓮司は一帯の空を見上げながら、リオを煽《あお》った。現在、ロダニアの上空には三百を超えるベルトラム王国本国軍の空挺騎士達が押し寄せている。

レストラシオンに残っていた空挺騎士達がその対処に追われているが、百二十は残って

いた戦力は既《すで》に百を下回っている。多勢に無勢で粘《ねば》っている方だが、ここから先はさらに加速度的に数を減らしていくことだろう。

（確かに、ここから戦況《せんきょう》を巻き返すのは困難だ。ここですべての仮面を消費することはできない。使える仮面は一枚だけ。介入は必要最小限に行う）

戦局を巻き返すほど全力でリオが戦うのは得策ではない。それに、厄介《やっかい》なのは勇者である蓮司だ。アイシアがいない今、高位精霊に目覚められでもしたら手に負えない。

（勇者である彼に同化を強められたら面倒だから、気絶してもらうのが一番か）

リオはそう考えながら、精霊術で長さ一メートル半ほどのシンプルな棒を地面から作りだして手に取った。時間の経過と共に自分に関する記憶が失われていくというルールも存在する以上、もはや人目を憚《はばか》って精霊術の使用を制限する必要はないので、その点では今までよりも戦いやすいのかもしれない。

「そんなちゃちな棒で何ができる？」

「……この場にいる人達《たち》を逃がすことくらいはできるさ」

リオは初めて蓮司の言葉に応《こた》えた。

「……やれるものならやってもらおうか。この俺のコキュートスを、そんな棒で受け止められるというのならっ！」

蓮司はなんとも持って回った言い方で啖呵《たんか》を切った。そして一直線に間合いを詰《つ》めると横薙《よこな》ぎにハルバードを振るって、リオをたたき切ろうとする。瞬間――、

（……若いですね）

訓練を経て強くはなったが、まだまだ経験が足りない。と、レイスが蓮司を評する。それを裏付けるように――、

「っ⁉」

気がつくと、蓮司の目の前にリオが突き出した棒の先端《せんたん》が迫っていた。リオが棒を突き出す予備動作を極限まで消した鮮《あざ》やかな一撃だ。

しかし、蓮司も伊達《だて》に訓練を積んできたわけではない。不意の一撃にも肉体が硬直《こうちょく》せずに、反射的に回避《かいひ》行動をとる。

「ふんっ、なっ⁉」

蓮司はバックステップを踏みながら、得意げに微笑む。だが、その次の瞬間には後頭部に衝撃が走っていた。蓮司の背後から石柱が隆起《りゅうき》していて、後頭部めがけてピンポイントに打ち抜いたのだ。リオが精霊術で遠隔《えんかく》発動させたものである。

「がっ、あっ……」

蓮司は前のめりになり、ふらりとたたらを踏んでしまった。そして――、

「ぐぁっ⁉」

リオが前に踏み込んで放った突きが、蓮司の額を勢いよく打ち抜いた。そのまま後ろへ吹き飛んでしまい、地面から伸《の》びたままの石柱に再び後頭部をぶつける。

「………………」

後ろ、前、後ろと、都合三度も強く頭を打ちつけた蓮司は、脳震盪《のうしんとう》を起こしたのかそのまま倒《たお》れてしまった。

「ひ、ひでえ……」

容赦《ようしゃ》のない一連の攻撃を見て、怜が青ざめた顔でぽつりと呟《つぶや》いた。「けど、すっきりしたぜ」とも口にしていた。ともあれ――、

（完全に気絶させておこう。それと……）

リオは念のために倒れた蓮司の頭に触《ふ》れて、意識を奪《うば》う術を発動させた。そして弘明と蓮司の戦闘で路地を塞《ふさ》いでいた氷に手を触れると、瞬時に蒸発させて路地を確保した。

「なっ………」

大量の氷がみるみる消えていき、その場にいた者達がざわつく。

（あとは……）

リオは完全に意識を失ってしまった蓮司の身体を持ち上げると、容赦せずにレイスがい

る方向へと勢いよく放《ほう》り投《な》げた。

レイスの戦闘力《せんとうりょく》はリオも把握《はあく》している。風の精霊術による高速移動を扱《あつか》えることはわかっているので、逃げに徹《てっ》された上で周辺に見境なく攻撃をばらまかれるとなかなか厄介な相手だ。他の傭兵達《ようへいたち》も油断はならないし、今こうしている間にもレストラシオンの空挺騎士達の数は減り続けているし、仮面の耐久時間もあるのでリオとしては長期戦は避けたい。

蓮司を人質に取ったところで膠着状態《こうちゃくじょうたい》になり、長期戦になるのは目に見えている。ならばいっそのこと気絶して足手まといになった蓮司を押しつけて、レイスの機動力を削《そ》いでしまう方がリオとしては得策だった。

それでも戦うというのであれば、気絶している蓮司を抱《かか》えているレイスを徹底《てってい》して狙い撃《う》つ。そう意思表示するべく、リオは周囲にいくつもの光球を展開させた。

「おっと……」

レイスが蓮司の身体をキャッチする。

その時のことだ。

ピキッ。

と、リオがつけた仮面が軋《きし》んだ。ヒビが入ったわけではないが、ルールが発動していてその負荷を仮面が肩代《かたが》わりしている証拠《しょうこ》である。

「…………」

リオはそっと仮面に手で触れた。ここからどれほど仮面がもつかは、リオにもわからない。早々に決着をつけたいところだ。

果たして――、

「そんなに強く睨まないでも、すぐに立ち去りますよ。この場はね。まあ、逃げられるものならせいぜい逃げてください。それでは、行きましょう」

レイスは気絶した蓮司を抱えたままリオと戦うことを嫌《きら》ったのか、はたまたリオと争うつもりなどもとよりなかったのか、周囲のルッチやアレイン達に撤退《てったい》を指示した。

「ちっ……」

ルッチ達は舌打ちしながらも、レイスの指示に従ってグリフォンに乗る。そしてそのまますぐに飛び去ってしまった。

「…………」

展開させた光球を操って追撃《ついげき》するか悩んだが、それで戦闘が発生しても面倒だし、攻撃《こうげき》するだけでも特定の勢力に肩入れしたと判断される材料にもなりうる。リオは大人しく周囲に展開させた光球を消した。すると――、

「リオ様！」

ソラがクリスティーナとユグノー公爵《こうしゃく》を両脇《りょうわき》に抱えて、低空飛行しながら坂道を下ってきた。背後にはヴァネッサや他の護衛と思《おぼ》しき者達がいて、魔法で身体能力を強化しているのか慌《あわ》ててソラを追いかけている姿も見える。「待て！」とか、「逃がすな！」といった声が聞こえてくるのは気のせいではないのだろう。

（……まあ、任務は達成してくれたということで）

もしかしなくともソラは十分な説明をせずにこの場へクリスティーナ達を連れてきたのかもしれないが、緊急事態《きんきゅう》だ。目を瞑《つぶ》ることにした。一方で――、

「……リオ？」

セリアがリオの名を呼んだ。

「え……？」

リオはサラ達に守られているセリアがいる方を見る。名前を呼ばれて一瞬ハッとしたが、超越者のルールは発動している。セリアも、サラも、オーフィアも、アルマも、リオのことはもう忘れているはずだ。ソラが呼んだ名前を聞いて、口にしただけだろう。仮面を外して時間が経てば、いずれ名前も忘れてしまうはずだ。

「戻りました！」

ソラがリオの傍《そば》に着地し。クリスティーナとユグノー公爵を地面に降ろす。

「な、何なの？」

「どういうことなのだ、これは？」

クリスティーナもユグノー公爵もずいぶんと困惑《こんわく》しているのが見て取れた。

「……今のうちに港へ。魔道船《まどうせん》に乗ってすぐに逃げてください」

リオがいまだ仮面をつけたまま、クリスティーナに指示する。

「え、ええ。貴方は……？」

「最低限の時間はこちらで稼《かせ》ぎますが、猶予《ゆうよ》がありません。急いでください」

と、リオは上空を仰《あお》ぎながら促《うなが》した。

「……感謝します。皆《みな》、急いで港へ向かうわよ！　さあ、走って！」

リオが仮面を外せばこの場でのやりとりも次第《しだい》に忘れてしまうのだろうが、クリスティーナは一時的とはいえリオに謝意を口にした。時間に猶予がないのは確かだ。ロダニアの上空では現在進行形で戦闘が行われていて、轟音《ごうおん》が鳴り響いている。

落下する騎士《きし》達《たち》の姿も見えていて、クリスティーナに促されると、一同は慌ただしく港へと走り出した。すると――、

「おい……！　これは……？」

ここでヴァネッサ達がようやく追いつく。クリスティーナとユグノー公爵を攫《さら》う形でこ

こまで連れてきたソラを問い詰めようとしたが——、

「ヴァネッサ、何をしているの？　港へ急ぐわよ！　貴方はヒロアキ様やフローラが乗る馬車を護衛しなさい！」

　クリスティーナがヴァネッサを発見して叱《しか》りつける。

「え、ええ！　お前達、港まで姫様《ひめさま》をお守りするぞ！」

「はっ！」

　ヴァネッサ達が護衛に加わる。フローラ、ロアナ、そして気絶した弘明を乗せた馬車も先に走り出し、避難民《ひなんみん》達は続々とこの場を後にし始めた。

「……行こう、ソラちゃん」

　セリア達を守る必要はあるが、同行するわけにもいかない。リオはセリア達を一瞥してから、どこか寂《さび》しそうな表情を覗《のぞ》かせてソラと立ち去ろうとした。だが——、

「セリア先生も早く……」

「ま、待って！　リオ！」

　クリスティーナがいまだその場に残るセリア達に移動を促そうとしたところで、セリアがリオの名を叫《さけ》んだ。

「………」

リオとソラが足を止めて振《ふ》り返る。

「私、貴方のことを知っている。そう、そうよ。私、どうして忘れていたんだろう？　リオ、リオ……」

セリアはそう語りながら、ぽろぽろと涙《なみだ》を流していた。

「ど、どうしたんですか、セリアさん？」

サラ達は訳がわからないといった顔で強く戸惑っている。

「……どうして、みんな覚えていないの？」

セリアが泣きながらサラ達の顔を見た。

「そんな、ありえないです……」

神が定めたルールを、どうして？

と、ソラが唖然《あぜん》として呟く。

だが――、

「いや、まさか……。あの顔、あの髪の色。あのホムンクルスの面影《おもかげ》が……。だとしたら、これもリーナの……!?」

ソラはすぐにハッとし、ギョッとしてセリアの顔をまじまじと見つめだした。

その時だ。セリアの身体《からだ》から複雑な魔法陣《まほうじん》が浮《う》かび上がり、全身からあふれ出さんばか

り に光を放ち始める。そして……。

——成功ね。今はまだ全部は無理だけど、貴方に託すわ。あの子に渡《わた》しきれなかったものを。

「え、え……？」

セリアは動転し、きょろきょろと周囲を見回している。

（……どういうことだ？　何が起きている？）

訳がわからないのは、リオも同じだった。

超越者は自らの権能を行使する度に、世界から存在を忘れられてしまうはずだ。超越者を特定できそうな情報はすべて人々の記憶から抜《ぬ》け落ちてしまう。

さらには、仮に正体を隠して接したとしても、超越者は人々の記憶に残りづらい存在になるという。超越者のことを覚えていられるのは、超越者と眷属だけである。それが神の定めた超越者に関するルールであるはずなのだ。

にもかかわらず、セリアはリオのことを思い出している。明らかに、リオが知る超越者のルールを逸脱《いつだつ》した事態が発生している。

なぜ？

どうして？

リオの脳裏《のうり》に、疑問と戸惑いが溢《あふ》れ出る。

だが、他にも湧《わ》き起こった感情があった。

それは……。

希望。

期待。

予感。

歓喜《かんき》。

目の前で起きている奇跡《きせき》に、感情の泉が膨《ふく》れ上がる。

神が定めたルールなのだ。

抗《あらが》えるはずはないと、心のどこかで諦《あきら》めていた。

けど……。

誰《だれ》かが望んだのだ。

誰かが描《えが》こうとしたのだ。

いいじゃないか。人類と世界全体の利益のためだけに振るうべき力を、大切な者達だけのために使ったって。

いいじゃないか。誰もが忘れてしまう人のことを、覚えてくれる者達がいたって。

だから……。
これは、神が定めた悲しいルールに抗う物語。
失った絆《きずな》を取り戻す。
そんな物語。
そうに違《ちが》いないと……。
リオは心の底から願った。

【エピローグ】 ❦ 再会

場所は変わりガルアーク王国城。

ロダニアにベルトラム王国本国軍の魔道船が押し寄せている一方、ガルアーク王国城にはセントステラ王国の魔道船が到着《とうちゃく》していた。

新たに勇者として巻き込まれた雅人《まさと》と、巻き込まれて転移してしまったリリアーナを保護するためにやってきたのだ。

新たに勇者となった雅人がガルアーク王国とセントステラ王国のどちらに所属することになるのか、これから話し合うことになる。

暗雲が立ちこめているというわけではないが、両国の代表者達の間には妙《みょう》に話が拗《こじ》れてくれるなよという緊張感《きんちょうかん》が漂《ただよ》っていた。

一方で、両国の思惑《おもわく》をよそに久方ぶりの再会を果たす者達もいる。片や希望を胸に、片や衝撃《しょうげき》を胸に……。

「やあ……」

再会する。その者達の名は――。

「また会えたね、美春《みはる》」

綾瀬《あやせ》美春。

そして、千堂貴久《せんどうたかひさ》だった。

あとがき

皆様、いつも誠にお世話になっております。北山結莉《きたやまゆうり》です。『精霊幻想記　21．竜の眷属』をお手にとってくださり、誠にありがとうございます。

ＴＶアニメ『精霊幻想記』の第一期が放送終了してから初めての出版です。ＴＶアニメ第一期の放送が終了したのが二〇二一年の九月下旬ですから、早いもので五ヶ月と少しの時間が経ちました。

既にご存じの方も多いとは思いますが、ＴＶアニメ『精霊幻想記』は第二期の制作も決定しておりますので、続報を楽しみにお待ちいただけると嬉しいです！　私も今から楽しみでなりません！　二期ではどこまでやるんでしょうね！　わくわく！

という話はさておき、もう一つお知らせです！　なんと『精霊幻想記』のドラマＣＤ第四弾の制作も決定しました！　こちらは発売時期も正式に決定しておりまして、小説二二巻の特装版に収録されることが決まっております。ドラマＣＤの中でリオ達がどんな物語を繰り広げるのか、こちらも楽しみにお待ちくださると嬉しいです！

なお、本巻の巻末予告にもある通り、『精霊幻想記　22．純白の方程式』は夏に発売予定です。前置きの宣伝も終わったことですし、二一巻の展開を受けて二二巻がどうなるのかというお話をするため本巻（二一巻）のお話もしていきたいと思います。『精霊幻想記　21．竜の眷属』はいかがでしたでしょうか？

今まで語られることがなかった伏線やら設定が大量に情報開示された巻だった、はず！　そのつもりで執筆したのですが、いかんせん二〇巻かけて溜めてきた伏線の答え合わせとして新たに設定等を開示するわけですから、情報整理がとても大変な巻でした。

なんとか当初の予定通りに刊行できる運びにはなったのですが、私の執筆スケジュールが遅れて担当編集さんやＲｉｖ先生に多大なるご迷惑をおかけしてしまったことと思います。誠に申し訳ございませんでした。

本作がこうしていつも無事に刊行できているのは担当編集さんとＲｉｖ先生がとても頑張ってくださったのと、お二人がとても優秀な方だからです。いつも誠にありがとうございます！　この場を借りて心より謝罪とお礼を！

そして執筆しながら私は思いました。頭良くなりたい、と。本編ではシリアスな展開一辺倒になりつつあって、書きたいことを書くためには頭を使って執筆しないといけない場面がとても増えているので、そういう場面でも何度も書き直さずにすらすらと執筆できるようになりたいと痛感した次第です。

　あとは「気分転換も兼ねて『アマカワ卿の食卓』的な一話ごとに独立したスピンオフ作品を作ってみたいな。リオ達が作ったご飯を作中のキャラ達が食べてどういう反応をするのかとかひたすら見てニヤニヤしたいな。場合によっては石鹸とかお風呂を体験したキャラ達の反応とかも描くのもいいな。漫画で読めたら最高だな」とか半分くらいは現実逃避気味に、半分くらいは本気で思っていました（笑）。いや、マジで作りたいぞ！

　などと、話は逸れましたが、二一巻だけではまだまだ回収し切れていない伏線やら語りきれていない世界の謎がたくさんあるんです。作品が面白くなるのはまだまだここからでして、今巻はそのための仕込みといいますか、私が書きたいのもここから先なんです。二一巻を読み終わった皆さんも「いや、面白くなるのはここからだろ。二二巻はよ！」と思ったのではないでしょうか？　そうだったらとても嬉しいです！

　本巻から頼もしいキャラクターも加わってくれましたので、今後はその子も一緒に世界の謎を解き明かし、失ったものを取り戻す旅になる……はず！

　というわけで最後となりますが、作品をご愛読くださる皆様と作品にかかわるすべての関係者の皆様に、心からの感謝を！　二二巻でもまた皆様とお会いしたいです！

二〇二二年二月上旬　　北山結莉

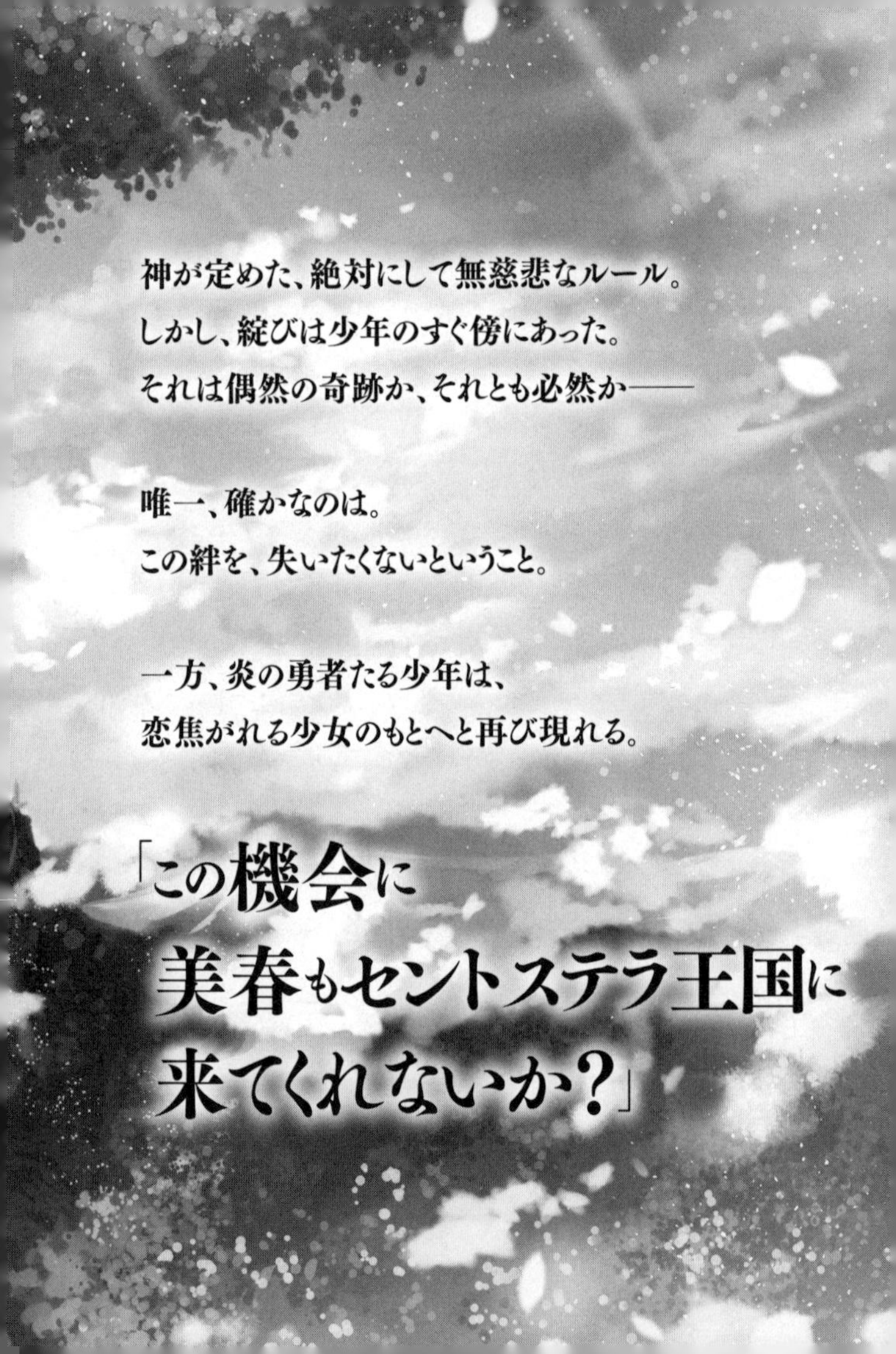

神が定めた、絶対にして無慈悲なルール。
しかし、綻びは少年のすぐ傍にあった。
それは偶然の奇跡か、それとも必然か――

唯一、確かなのは。
この絆を、失いたくないということ。

一方、炎の勇者たる少年は、
恋焦がれる少女のもとへと再び現れる。

「この機会に
美春もセントステラ王国に
来てくれないか？」

精霊幻想記 22.純白の方程式
ドラマCD付き特装版＆通常版
2022年8月1日、発売予定

HJ文庫 https://firecross.jp/
985

精霊幻想記

21. 竜の眷属

2022年3月1日　初版発行

著者――北山結莉

発行者―松下大介
発行所―株式会社ホビージャパン

〒151-0053
東京都渋谷区代々木2-15-8
電話　03(5304)7604（編集）
03(5304)9112（営業）

印刷所――大日本印刷株式会社

装丁――coil／株式会社エストール

Printed in Japan

ISBN978-4-7986-2752-6　C0193